Golden Chances
by Rebecca Hagan Lee

奇跡は草原の風に

レベッカ・ヘイガン・リー
宮前やよい[訳]

ライムブックス

GOLDEN CHANCES
by Rebecca Hagan Lee

奇跡は草原の風に

主要登場人物

フェイス・エリザベス・コリンズ……………………大農園経営者の娘
リース・アレクサンダー・ジョーダン……………牧場経営者
デイヴィッド・アレクサンダー……………………リースのいとこ。弁護士
テンペランス（テンピー）・ハミルトン…………フェイスのおば
ジョイ………………………………………………フェイスの妹
ケヴィン・マクマーフィー…………………………リースの友人。医師

プロローグ

一八六九年一二月
アメリカ、ワシントン市

広告文を書き終えると、リース・ジョーダンはいちだんと厳しい顔になった。これでうまくいくといいのだが。もしうまくいけば、人生が変わる。もう一度文章を見つめ、あちこち削ったりつけ加えたりして、ようやく満足げににんまりした。よし、これで自分の信念を曲げることなく、望みのものを手に入れられる。結婚などする気はさらさらない。もちろん、〝正真正銘の結婚〟という意味だ。とはいえ、この計画なら……きっとうまくいく。戦略を練ることにかけては達人的な、このぼくの計画なのだから。

うずたかく積まれた原稿の前に座っている事務員に、広告文を手渡して話しかける。

「これを明日の新聞に載せてほしい」

「割増料金がかかりますよ」

「ああ、かまわない」代金だけでなく、チップもはずんだ。

「すぐに活字を組みます」

リースは満足してうなずいた。幼い頃から、金を惜しみなく使えば、周囲から尊敬と注目を集められることはよく知っている。尊敬と注目。今はそのふたつをいかにうまく維持するかが問題だ。大きく息を吸い込みながら心の中でつぶやく。明日になれば、計画が動き出す。もう後戻りはできない。

帽子で腿をぴしゃりと叩くと、意外なほど音が大きく響き渡り、事務員から物問いたげな目で見つめられた。リースは帽子を目深にかぶり、足早に事務所を出た。

ふいに荷馬車が遊歩道脇の水たまりをはね飛ばし、走り去っていった。ブーツと折り目のついたズボンに泥水がはねあがり、リースは思わず悪態をついた。いまいましいワシントン。なぜこんなに馬車がひっきりなしに行き交っているのだろう？　もちろん、もうすぐクリスマスだからだ。人々は首都であるこの街へ観光にやってくる。住民たちにより、至るところが緑と赤のリボンで飾りつけられ、鐘の音が鳴り響いているこの街へ。だが、ぼくはクリスマスになんかこれっぽっちも関心がない。頭を占めているのは、過去のある出来事と目下の重要な問題だけだ。ぬかるんだ道を大股で歩きながらふと思いたち、電報局へ立ち寄った。さっきと同じ広告文を、リッチモンドの新聞に掲載しても問題ないだろう。

リースは紙に文章を走り書きし、事務員に代金を支払った。これで手持ちのカードはすべて切った。今後はゲームを慎重に進め、結果が出るのを待つだけだ。電報局を出てマディソン・ホテルのスイートルームに戻りながら、無意識のうちに口笛を吹いていた。クリスマスキャロルではない。戦争中に知った下品な歌だ。このほうが今の気分に合う。何事も念には念を入れて計画する。それがリース・ジョーダンの流儀なのだ。

リッチモンドの電報局では、カタカタと鳴り出した送受信機の音に、事務員がすばやく反応した。受信した電文を手早く書きとめていく。送受信機の音がやんだ瞬間、事務員は手を止め、あわてて広告文に目を走らせた。

〝裕福な牧場主の後継者を産んでくれる、一八歳から二三歳までの健康な女性を求む。できれば良家の血を引く未亡人を希望。子どもはひとり。ワイオミングに一年間滞在できる人。高額の給金及び賞与を保証。希望者は一二月二〇日に、ワシントン市マディソン・ホテルのデイヴィッド・アレクサンダーを訪問のこと〟

事務員は広告を二度読み直した。「こんな求人広告はあり得ない。きっとわたしがまちがえたんだ」鉛筆で慎重に広告文を訂正すると、声に出して読みあげてみる。「〝裕福な牧場主の後継者の世話をしてくれる、一八歳から二三歳までの健康な女性を求む。できれば良家の血を引く未亡人を希望。子どもはひとり。ワイオミングに一年間滞在できる人。高額の給金及び賞与を保証。希望者は一二月二〇日に、ワシントン市マディソン・ホテルのデイヴィッド・アレクサンダーを訪問のこと〟」

事務員はうなずくと心ひそかに、まちがいを未然に防いだ自分に満足した。送受信機に手を置き、ワシントンへたしかに受信した旨を打電すると、訂正した広告文を使い走りの少年に手渡した。

1

一八六九年一二月
アメリカ、ヴァージニア州リッチモンド

クラリー通りにあるコリンズ・ハウスでは、朽ちかけた屋根と割れた窓ガラスに容赦なく雨が吹きつけていた。屋敷の中で手編みの手袋から突き出た指先をかじかませ、暖炉の小さな火の前で身を震わせているのは〈リッチモンド婦人裁縫会〉の面々だ。ウールの青い軍服に鋭い針を突き刺しながら、不満をつぶやいている者もいる。

フェイス・コリンズは座り心地の悪い椅子の上で身じろぎし、頭をぐるりと回して肩と首の凝りをほぐそうとした。縫い物を脇に置いて立ちあがる。雨もりを受けるために応接室に置かれた、三つの大型容器の中身を水槽へ移すためだ。

フェイスはこの仕事を忌み嫌っていた。うんざりするし、きりがない。それに時間の無駄に思えた。どのみち、戦火と雨によって屋敷の床はひどく傷んでいる。ほんの少しの雨粒を容器で受けたからといって、大した違いはない。それに、ぴちゃんぴちゃんと容器を打つ雨音も癇《かん》に障る。この音を聞いていると、どうしても思い出してしまうのだ。銃声やおびただしい数の死、そして自分が失ってしまったすべてを。

それなのに同居しているおばたちは、雨もりを容器で受けろと言って聞かない。それゆえフェイスもしぶしぶ従っている。思えばここ何年も、荒れ模様の天気と朽ちかけた屋根を相手に闘っている気がする。どう考えても勝ち目のない、完全な負け戦《いくさ》だ。

屋敷がこれほど悲惨な状態になったのは、南北戦争のときに武器庫が爆発したせいだ。戦争はようやく終わったものの、屋根を新調する費用までは捻出できずにいる。

そうでなくても、食料や衣服や靴を調達するだけでひと苦労なのだ。もちろん、自分ひとりの分だけなら、なんとかやりくりできただろう。だが、フェイスは〈リッチモンド婦人裁縫会〉のほかの面々の衣食住まで心配する必要があった。

そんなわけで、天気の心配をしている余裕などない。そもそも、天気は自分でどうこうできるものではないからなおさらだ。フェイスの目下の心配は、食料、屋敷、衣服の三つにかぎられている。この肌寒い雨がそぼ降る午後も、それらの心配事が頭から離れなかった。

「フェイス、重い鍋をそんなふうに持ちあげたらだめよ。腰を痛めてしまうわ」

フェイスは顔をあげてヴァート――おばのヴァーチュアスを見あげた。「ええ、わかっているわ、ヴァートおばさん。でも……」ふいにあきらめて肩をすくめる。何を言っても、おばに言い負かされてしまうだろう。

ヴァートはまだ髪も黒々としており、深い青の瞳を持つ美しい女性だ。ただし、過ぎたことをいつまでもぐちぐち言い、人や物を問わず、目にするものを片っ端からこきおろす欠点がある。おばは自分がかつて持っていたもの、そして失ったものをひとつとして忘れてはいないのだ。

「わたしだって手伝いたいのよ、フェイス。だけど、わたしが腰に爆弾を抱えているのは知っているでしょう？　死ぬ思いで息子のウィルを産んだときの後遺症なの。あの子は今のわたしと同じ年齢まで生きてくれると思っていたわ。それがまさか、あんな恐ろしい戦場で命を落とすはめになるなんて」もしそこでテンピー――おばのテンペランス・ハミルトンが応接室に入ってこなければ、ヴァートの愚痴は延々と続いていただろう。

「わたしも手伝うわ、フェイス」テンピーは重いエナメル製のおまるの中身を木製の水槽に空けるのを手伝ってくれた。

屋敷の二階はあまりに傷みが激しく、生活するには危険だったため、フェイスとおばのヴァートとテンピー、さらにヴァートの義理の姉妹であるミセス・アグネス・エヴェレットとミセス・ハンナ・コルソン、そしてフェイスの妹のジョイは一階で暮らしている。一階にあるのは屋敷の正面にある応接室と奥にある居間、図書室、食堂、書斎だ。食堂にある鋳鉄製のストーブで、調理も自分たちで行っている。ちなみに、ストーブはフェイスが古道具の店で買ってきた代物だ。

フェイスはテンピーに笑いかけた。「水槽の中身を全部応接室にぶちまけて部屋にふたをつけたほうが、よっぽど簡単で手っ取り早いわ。そうすれば雨水を一滴残らずためられるもの」

テンピーが声をあげて笑った。容姿といい性格といい、テンピーは姉のヴァートとはまるで違う。小柄で赤毛のテンピーはいつも笑みを絶やさず、フェイスの手助けをしてくれる。それに、泣きたいときは肩も貸してくれる。このおばがいなければ、きっとわたしは途方に暮れていただろうとフェイスは常々思っていた。

「あら、この応接室はそんな水槽には不向きだわ」

「本当に？」フェイスはむき出しの壁と床を見回した。かつては壮麗な応接室だったのに、今では調度品もほとんどない。あるのはストーブと、表面がでこぼこのマツ材のテーブルと長椅子、壊れかけたチェリー材のサイドボード、木製の水槽、入浴用のおんぼろの銅製バスタブ、それにオーク材の樽だけだ。「お父さんとお母さんがこの世にいなくてよかった。こんなありさまはとてもじゃないけど見せられないわ」彼女は低い声で言った。

巨大なクリスタルのシャンデリアさえ略奪者たちに奪われてしまい、もうここにはない。男たちはまるでハイエナだった。銃でシャンデリアを撃ち落とし、金箔が施されたフレームと床に粉々に砕け散ったクリスタルを根こそぎ盗っていったのだ。

「さあ、どうかしら」重苦しい雰囲気を和らげるように、テンピーがからかい口調で言う。「あのシャンデリアは掃除が大変だったでしょう。少なくとも、厄介事がひとつ減ったと思わなくては」

「おばさんの言うとおりね」フェイスは同意した。「そうでなくても心配事が多すぎるもの。

屋根の修繕、それに食べ物や日用品にかかるお金だけでも大変なのに、今月末には税金を支払わなければならないのよ。こうして針仕事でなんとか食いつないでいるけど、そんなお金までひねり出せないわ。日々の暮らしで精いっぱいだもの」

「なんとかなるわ」

「でも、納付期限は今月末に迫っているのよ」

「銀行に行ったらどう？」ミセス・エヴェレットが会話に割り込んできた。「銀行からお金を引き出したらいいじゃない？　亡き夫もいつもそうしていたわ」

フェイスは驚いてミセス・エヴェレットを見つめた。ほかの人におばとの会話を聞かれているとは思わなかった。

「アグネスったら」ヴァートがミセス・エヴェレットを叱りつける。「どうしてそんなにおつむが弱いの？　銀行がお金を引き出す場所だってことくらい、わたしだって知っているわ。だけど、まずは口座にお金が入ってなきゃいけないの。それがないから困っているんじゃない！」

フェイスは指でこめかみを押さえた。ヴァートのとげとげしい声は聞きたくない。

ここで言い争っても仕方がないのに。あのふたりにはそんなこともわからないの？

ヴァートとミセス・エヴェレットの絶え間ない言い争いに、フェイスは辟易していた。わたしが必要としているのはいさかいや非難の言葉ではなく、手助けや助言なのに。

「あら、どうして？」ミセス・エヴェレットが憤然と言い返す。「わたしたちが針仕事で得た収入をかき集めて、銀行口座に預ければいいわ。それから銀行の人に、屋根の修繕やら税金やらでお金が必要だと訴えれば貸してくれるはずよ」

「そんなに簡単にいけばいいけど、ミセス・エヴェレット」フェイスはため息まじりに答えた。「そうはいかないの。ジョイの持っている一〇ドル金貨も含めて、針仕事で得た収入は六八ドル三二セントよ。屋根の修繕費用にはとても足りない。それにたった六八ドル三二セントを元手に、銀行がわたしたちにお金を貸してくれるはずがないもの」

「家と土地を担保にはできないの？」テンピーが尋ねた。「たしか、お父さんはそうやって銀行からお金を借りて、新しい納屋と厩舎を作ったはずよ」

「ええ、それもひとつの手段だけど、なるべくその手は使いたくないの。戦争後に南部へやってきた北部人《カーペットバッガー》たちは、南部の土地をことごとく買いあさっているわ。もし借金を返済できなければ、わたしたち、まちがいなく家も土地もすべて失うことになるのよ」

「でも税金を払えなくても、家も土地もすべて失うことになるんでしょう？」テンピーがずばりと指摘する。

「そうね。今、わたしたちに必要なのは奇跡なのよ」うなだれたフェイスは椅子の背に体を預け、縫い物を手に取った。

「わたしたちに必要なのは」ヴァートが突然言い出した。「男性だわ」

「男性？」フェイスはわけがわからずにつぶやいた。「さらにひとり分、食いぶちが増えるだけなのに？」

「いいえ、ただの男性じゃなくて夫よ。お金を稼いで、わたしたちの重荷を背負ってくれる存在のこと」ヴァートはさらに詳しく説明した。「わたしたちをこんな惨めな状態から救い出してくれる人。日々の生活を滞りなく送る方法をよく知っている人――つまり夫よ」

「夫って誰の？」テンピーが訳知り顔のヴァートに尋ねた。「ジョイを除いて、ここには五人の女性がいるわ」長椅子ですやすやと眠っている、五歳のジョイを見ながら言う。

「ええ、もちろんジョイは例外よ。まだほんの五歳ですもの」ミセス・コルソンが当然だという口調で答えた。「もしなんなら、わたし、もう一度結婚してもいいわ。五人も女性がいれば、ひとりくらい結婚できるはずよ」

「今から一カ月以内に？」ミセス・エヴェレットが信じられないという様子で尋ねる。「そんなのは無理だわ」

「残念ながら、アグネスの言うとおりね」テンピーが同意する。「今は南部女性のほぼ全員が夫を探しているんですもの。実際、男性の数が圧倒的に足りないのよ。戦争のせいで多くの既婚女性が未亡人になったうえ、若い女性の大半が結婚できずにいる。これから未亡人も未婚女性もさらに増えていくでしょうね」

「そのとおり」ヴァートが口を挟む。「フェイスをごらんなさい。求婚してくる男性がひとりもいないじゃないの。昔は結婚するのにうってつけだと言われていたのに」

　フェイスはヴァートをにらんだ。自分が年を重ね、若さを失いかけていることは百も承知だ。でも、わたしはまだ二四歳。八〇歳じゃない。

「リッチモンド周辺で、フェイスと年が釣り合う男性なんていないわ。北軍兵士か、みんなに嫌われている鼻つまみ者しかいないはずよ」テンピーは即座にフェイスの味方をしてくれた。「ジョイが大きくなる頃には、フェイスより結婚のチャンスに恵まれるかもしれないけれど」

「ええ、そうね、テンピーおばさん」フェイスは言った。「だけどその頃には、わたしたち全員が住む家も食料も失っているわ」

「あるいは死んでいるかも」不吉にも、ヴァートがつけ加える。

「さっきも言ったように」フェイスは言葉を継いだ。「わたしたちに今、必要なのは奇跡よ。それもすぐに起きてもらわないと」

「それなら、これがその奇跡かもしれない」ミセス・コルソンが出し抜けに言った。興奮しているらしく、声が震えている。「ほら見て！」テンピーに折りたたんだ新聞を手渡した。「バトラー少佐の上着に入っていたの」

テンピーは石油ランプの揺らめく明かりに新聞を掲げると、声に出して読みはじめた。

「〝裕福な牧場主の後継者の世話をしてくれる、一八歳から二三歳までの健康な女性を求む。できれば良家の血を引く未亡人を希望。子どもはひとり。ワイオミングに一年間滞在できる人。高額の給金及び賞与を保証。希望者は一二月二〇日に、ワシントン市マディソン・ホテルのデイヴィッド・アレクサンダーを訪問のこと〟」

「それだわ！」ヴァートが興奮して叫ぶ。「それこそわたしたちの奇跡よ！」

「ちょっと待って」フェイスはそっけなく言った。

「そうよ」テンピーが相槌を打つ。「あわててはいけないわ」

「今日は何日？」ミセス・コルソンが尋ねた。

「一四日」ミセス・エヴェレットが即答する。

「それなら、フェイスに支度をさせる時間はまだ十分にあるわ」ヴァートが当然だとばかりに言い放った。「フェイスなら未亡人のふりができるでしょう」

「まあ、見えないこともないでしょうね」ヴァートに鋭い一瞥をくれながら、フェイスは言った。

おばたちの計画に易々とのるのは気が進まなかった。こんな求人広告に応募するためにワシントンまで出向くと知ったら、両親も草葉の陰で嘆くだろう。だけど、ここで誰かがこれ以上の名案を出さないかぎり……。

「フェイス」テンピーが尋ねた。「あなたはこれがばかげたアイデアだとは考えていないのね？」

できれば認めたくない。フェイスは頭の中で、ほかのさまざまな可能性を思い浮かべた。でも、どう考えてもこれはチャンスだ。望み薄だけれど、チャンスであることに変わりはない。テンピーの問いかけに、フェイスは正直にうなずいてみせた。

「ちょっと待って！」テンピーが言う。「フェイス、衝動的になるなんてあなたらしくないわ。もっと時間をかけてよく考えてみて」

「そんなことはできないわ。考えたら、絶対にいやになってしまうもの」フェイスは本心を打ち明けた。正直に言えば、すでにこの計画の欠点を頭の中であげつらいはじめている。それに見知らぬ人ばかりの遠い町へ、たったひとりで出かけていくのは不安だ。「でも、誰かほかにいいアイデアはある？」

女性たちはみな、かぶりを振った。テンピーまでが眉をひそめ、困ったように唇を引き結んでいる。

「行きなさい」ヴァートが命じた。「条件に合うのは、あなたしかいないんだから」

「言わせてもらうけど、フェイスは条件に合っていないわ。まず年齢制限に引っかかる。フェイスはじき二五歳になるのよ。それに一度も結婚したことがない。ましてや未亡人でもないんだから」テンピーが反論した。

たちまちフェイスの心は沈んだ。

「ジョイを連れていけばいいわ。わたしの子どものふりをさせるの」

「そうよ、フェイスは二五歳には見えないわ。どう見ても一八歳ってところね」ヴァートはすでにやる気満々だ。

「フェイス、お願いだからやめて」テンピーが懇願した。「こんな広告に飛びついてはだめよ」

「だけど、そうしなければならないのよ、テンピーおばさん。ほかにいいアイデアがないんだもの」

「それはそうだけど、でも――」

「それなら決まりね」ミセス・コルソンが高らかに宣言した。「針仕事で得た報酬でフェイスがワシントンへ行って、この仕事に就くってことで」

「いいえ、決まったわけではないわ」せっかく盛りあがっているところに水を差したくなかったが、それでもフェイスは反論した。目の前にいる女性たちに厳しい現実を理解してもらわなければならない。「たぶん応募者が殺到するでしょう。わたしよりも条件にぴったりの女性が大勢いるはずだわ。わたしがその仕事に就けるはずがない」

「いいえ、あなたは絶対にこの仕事に就くわ」ヴァートが決然と言い放った。「それしか選択肢はないのよ」

「たとえ仕事に就けたとしても、一年間ワイオミングに滞在しなければならないのよ。そのあいだ、家のことは誰がやるの？」

「わたしたちがやるわ」ヴァートがきっぱりと言う。「一年あれば、自分たちでやりくりする方法くらい学べる。あなたがたんまり賞与をもらってくれるのだからなおさらよ」

「そんなのわからないじゃない」フェイスは言い返した。「もし賞与をたくさんもらえなければどうするつもり？」

「たくさんもらわなきゃだめ」ミセス・エヴェレットが言った。「駆け引きするのよ、フェイス。あなた、そういうのが得意でしょう？」

「そうかしら？」テンピーがためらいがちに言う。「ねえ、フェイス、経歴を偽るなんてことがあなたにできると思う？」

フェイスは裾かがりをしていたズボンを脇に置くと、テンピーに近づいた。優しいおばの体に両腕を回し、灰色の目をのぞき込む。フェイスと同じく、テンピーの顔にもまた名状しがたい表情が浮かんでいた。「テンピーおばさん、わたし、みんなのためならなんだってやるわ。わが家の男の人たちは命を懸けて、わたしたちが生き残れるように戦ってくれたんだもの。必要とあらば、嘘をつくことだってできる。わたしたちにはお金が必要だし、この広告の条件に合うのはわたししかいない。必要なお金を得られるなら、悪魔に魂を売り渡してもいい」立ちあがり、背筋をのばしながら言葉を継ぐ。「少なくとも、試してみようと思うの。そうしなければならないのよ」

「わかったわ、フェイス」テンピーはフェイスの額に額をくっつけた。「もしあなたがそうするのがいちばんだと思うなら、わたしたちもあなたを応援する。今のわたしたちにとって、あなたはたったひとつの希望ですもの。どうかワシントンへ行って、最善を尽くしてきて」

「ええ、頼むわ、フェイス」ほかの女性たちも声を合わせて言った。「ワシントンへ行ってちょうだい」

フェイスを見つめる女性たちの瞳は希望で輝いている。彼女たちと同じように、わたしも自信を持てたらいいのに。おばたちのこれほど期待に満ちた表情を見たのは、ずいぶん久しぶりだ。

おばたちは気づいていないのかもしれない。だが、フェイスははっきりと気づいていた。この求人広告を見て、家族を養うために今回の仕事に就きたいと本気で願う女性はほかにも大勢いるだろう。そしてその女性たちの家族は全員、どうかこの恵まれた条件の職に就けますようにと祈る気持ちでいるに違いない。奇跡でも起きないかぎり、自分より若くて魅力的な女性がたくさんいる中、わたしが選ばれるとは思えない。

だけど戦争で荒れはてたリッチモンドを離れて、一年間ワイオミングで暮らすと考えるだけで……。期待感が込みあげ、胸がどうしようもなくざわめいて、フェイスはため息をついた。

2

フェイスはこれ以上ないほど惨めな気分で、ワシントン駅からマディソン・ホテルへの道を歩いていた。距離は六ブロックほどだが、冷たい雨でずぶ濡れになり、ドレスのスカートが脚にまつわりついて早足で歩けない。雨粒がまつげにぶらさがり、垂れさがったボンネットからは黒髪の巻き毛がはみ出している。身も凍るような寒さに足がかじかみ、ワシントンでは〝街路〟と呼ばれる泥の川の中を、ぐしょ濡れの靴とストッキングでとぼとぼと歩いていく。くしゃみをくり返したフェイスはマディソン・ホテルの前に立ち、一瞬戸惑った。

どっしりとした煉瓦造りの建物は手入れが行き届き、高級感を漂わせている。赤い壁一面に這っているのはツタだ。激しい雨の中、フェイスは立ちどまり、建物を眺めた。こんな高級ホテルに入るのは、ずいぶん久しぶりだ。しかも、以前はこういった場所にひとりで入ったことはない。いつも父か、兄のハミルトンが一緒だった。南部のレディは付き添い役なしで旅はしないものだ。ましてや、ホテルにひとりきりで入るなど言語道断だ。

自分の恵まれた家庭環境を思い出した瞬間、唇に悲しげな笑みが浮かんだ。戦争がはじまってからというもの、南部のレディにあるまじき行為をどれほど積み重ねてきただろう。そう、これもそのひとつにすぎない。唇を噛み、おばのヴァートのまねをして肩を怒らせると、ホテルの所有者であるかのような堂々たる足取りで正面玄関へと向かう。

金モールの飾りがついた淡緑色の制服姿の案内係が進み出て、扉を開けてくれた。フェイスは威厳たっぷりにうなずくと、華やかなロビーに足を踏み入れた。一瞬立ちどまり、ありったけの勇気をかき集める。それから受付へと歩みを進め、ミスター・デイヴィッド・アレクサンダーと約束した者だと告げた。

フロント係に頭のてっぺんからつま先までじろりと眺められても、ひるんだりしなかった。戦争がはじまって以来、こんなふうに侮蔑の表情で見られた経験は数知れない。フロント係が考えていることなどお見通しだ。〝この女は適切なサービスを受けるためにいちばん必要なものを持っていない。そう、現金だ〟

フェイスは負けじと、フロント係を冷たく一瞥した。

「ミスター・アレクサンダーはお忙しくて手が離せない状態です、ミス」

「マダムよ」フェイスはすかさず訂正した。「それに、いくら忙しくても、ちょっと会うくらいできるはずだわ」

「いいえ、本当にご多忙なんです。お仕事の邪魔はできません」

「それはミスター・アレクサンダーが決めることでしょう？　なんなら今から彼に尋ねに行きましょうか？」

フロント係は肩をすくめると、呼び鈴を鳴らしてベルボーイを呼んだ。

「こちらのマダムをミスター・アレクサンダーのスイートルームへ案内してくれ」

「かしこまりました」ベルボーイは階段をのぼりはじめたが、フェイスがあとからついてきているかどうか、振り返って確かめようともしなかった。

彼は階段をのぼりきると廊下を進み、いちばん奥にあるスイートルームを示した。

「ミスター・アレクサンダーはあちらの部屋にいらっしゃいます」

フェイスはがっくりと壁に寄りかかった。スイートルームの前に、女性たちがずらりと並んでいる。最悪の予想が当たってしまった。目の前には文字どおり、さまざまな体型をしたあらゆる年齢の女性たちがびっしりと列を作っていた。

思わず息をのんだ瞬間、そのことを悔やんだ。女性たちが密集した空間には、さまざまなにおいが漂っていた。きれいに洗った体のにおいもあれば、まったく洗っていない体のにおいもあり、そこへ香りのいい石鹸や安物の香水、揚げ物のにおいや脂ぎったにおいが入りまじっている。みぞおちがよじれ、吐きそうになった。

現金。それは社会のあらゆる階層の人々にとって魅力的なものらしい。戦争のせいで貧しい未亡人と孤児が激増してしまった。彼女たちの多くは、わたしなんかよりもずっと、ワイオミングにいる子どもの世話係になる資格があるのだろう。

列に並んでいたひとりの女性が、フェイスを振り向いて言った。「列のいちばんうしろに並んで。今朝八時からこんな状態なの。誰を採用するか決めるまで、まだ時間がたっぷりかかると思うわ」

フェイスは無言でうなずくと、空いている椅子を探した。

だが、廊下に並べられた椅子はすべてふさがっている。女性たちの多くはドレスのスカートを広げて床に腰をおろし、小声でおしゃべりをしていた。彼女たちにならい、フェイスも床に座り込んで、列が動くときだけ立ちあがり、数歩前に進むようにした。だが、列は遅々として進まない。もどかしいほどに。

三時間が経っても、フェイスはほとんど前に進んでいなかった。寒いし、くたびれている。硬い床に長いあいだ座っているため、脚の感覚もない。それに空腹のせいで、おなかも鳴っている。

とうとう昼食の時間になった。多くの女性たちがっかりしたように立ちあがり、列を離れ、不満をこぼしながら廊下を去っていくのを見て、フェイスは嬉しくなった。行列が短くなった瞬間、よろめきながら立ちあがる。残った女性たちが争って座り心地のいい場所へ移動していった。昼時になったのだから、もっと帰る人が出るかもしれない。そうすれば競争相手が少なくなる。だが、そんな淡い期待はすぐに打ち砕かれた。

まわりにいた女性たちは荷物に手をのばし、持参した昼食を取り出した。フェイスは壁際の座りやすい場所へ移動しつつも、失望のあまりうめかずにはいられなかった。グーグーと鳴っているおなかをなんとか無視しようとする。競争相手たちは準備万端だ。惨めな思いを抱えながら、なすすべもなく座り込む。

ミスター・アレクサンダーは食事の合間も惜しんで、面接に取り組んでいるらしい。ホテルの従業員が、彼の机まで昼食を届けにやってきた。ローストビーフにビスケット、エンドウマメ、グレーヴィーソースのかかったマッシュポテトのトレイが、フェイスの目の前を通過していく。香ばしいにおいが鼻をかすめた瞬間、つばがわき、空っぽの胃袋がねじれるように痛んだ。リンゴとシナモンのかすかなにおいまでわかる。たぶん、アップル・コブラーかアップルパイだろう。それにコーヒーの香りもした。ああ、いれたての熱々のコーヒーが飲めたらどんなにいいだろう。フェイスは両腕で膝を抱え込んだ。そうしないと、今すぐミスター・アレクサンダーの机に駆けつけて、彼の昼食を見てよだれを垂らしてしまいそうだ。内心でおすそ分けを期待しつつ、あたりを見回してみる。だが乏しい昼食を分け与えようという者は誰もいない。それに自尊心が邪魔をして、フェイスも分けてくれるよう頼めずにいた。まったくなんの準備もせずに、ワシントンへやってきたのが悔やまれる。楽観的なことばかり言うおばたちの言葉をつい真に受けてしまったのだ。〝ミスター・アレクサンダーの事務室に入った瞬間、あなたで決まりよ〟

油布や新聞をくしゃくしゃに丸める音とともに、ようやく昼食の時間が終わった。フェイスはふたたび希望がわきあがるのを感じた。これだけ候補者が減ったら、面接が終わるのに午後いっぱいはかからないだろう。立ちあがって脚をのばしながら周囲を見渡し、列の長さと競争相手の様子を確かめる。やはり立ちあがってずきずき痛む脚をのばしている者もいれば、膝の上で眠りこけている幼児をあやしている者もいた。また、あまりに長い待ち時間にくたびれはてて不機嫌になり、大声で泣き叫ぶ赤ん坊や子どもたちをなだめようと躍起になっている者もいる。ジョイを連れてこなくてよかった、とフェイスはしみじみ思った。おばのヴァートが、ジョイが騒いだらミスター・アレクサンダーの決心が鈍るかもしれないと助言してくれたおかげだ。

大人のわたしでも我慢の限界をとうに超えているのだから、五歳のジョイなど数時間ともたなかったに違いない。自分も今にもわっと泣きはじめ、子どもたちと一緒に叫び出しそうで恐ろしい。

あたりを見ると、どの女性も同じ表情を浮かべていた。みなの顔に浮かんでいるのはどうしてもこの仕事に就きたいという必死さと、就けるかもしれないという一縷《いちる》の望みだ。たぶん、彼女たちの多くはわたしよりずっと前から困窮生活を送り、わたしと同じようにあの戦争ですべてを失ったのだろう。いいえ、わたし以上に失ったのかもしれない。わたしは両親と兄弟といとこを亡くし、快適な生活と富を失ってしまったけれど、夫や恋人や子どもを亡くしたわけではない。

そのとき、周囲でざわめきが起きた。女性たちがふいにドレスのしわをのばしはじめる。ボンネットを直す者や手で髪を整える者もいた。中には、まるで恋人を迎えるかのように頬を軽くつまんだり、唇を噛んだりしている者までいる。どうしてこんなに色めきたっているのだろう？　不思議に思ったフェイスは、スイートルームの中の様子を見てようやく合点がいった。机から立ちあがったミスター・アレクサンダーが、スイートルームの居間から出てきたもうひとりの男性と何やら真剣に話し込んでいる。

「あの人は誰?」フェイスは前にいた女性に尋ねた。女性は居間から出てきた男性をぼうっと眺めている。

「例の人よ」

「例の人?」

「求人広告を出した張本人ってこと」明るいピンクのドレスを着た女性は手袋を取り、手のひらをさっとなめると、けばけばしい色の金髪を整えはじめた。「あなた、口紅なんて持ってないわよね?」

フェイスは頭を振り、女性がレース飾りのついたボディスを大胆に引きさげて胸の上部を露出させるのを、あっけに取られて眺めた。

「てっきりミスター・アレクサンダーが広告を出したのかと思っていたわ」

「あら、違うわよ。ミスター・アレクサンダーは今回の件を一手に仕切ってるだけ。彼も相当ハンサムだけど、あそこにいるもうひとりの男性にはかなわないわ」女性は唇を噛んだ。

「もしミスター・アレクサンダーの目に留まれば、あの部屋に入ってもうひとりの男性と面接できるの。ああ、楽しみで仕方がないわ!」

「あの男性って何者なの?」

「さあ、よくわからない」女性が答える。「でも、ミスター・アレクサンダーはただの仲介役にすぎないわ。もうひとりの男性が雇い主なのよ。ほら、よく見て。あんなにハンサムな人、見たことある？」

顔をあげてその男性を見たとたん、フェイスの頭の中に答えが浮かんだ。いいえ、あんな男性にはこれまでお目にかかったことがない。彼は本当に美しかった。まったく〝美しい〟としか言いようがない。男性の頭のてっぺんからがっしりした胸板へ、さらに力強い腿からふくらはぎへ目を走らせる。なんて長い脚だろう。それにあの靴ときたらぴかぴかに磨き込まれている。

フェイスはどうにかして男性から目をそむけようとした。こうして見ているだけで、脈拍があがってしまう。ゆっくりと口を閉じながら心の中でつぶやく。もし彼に欠点があるとすれば、内面に違いない。だって外見は完璧だもの。ここが女性で埋め尽くされているのも不思議はない。ハンサムな雇い主だという噂が、あっという間に広まったんだわ。

はたして彼は気づいているのかしら？　これだけ多くの女性が殺到している理由が、この仕事の多額の報酬ではなく自分自身にあることに。

フェイスはもう何時間も彼を見つめていた気になっていた。でも実際は、ミスター・アレクサンダーと会話していた男性が顔をあげるまで、一、二分しか経っていなかっただろう。彼はとても背が高く、漆黒の髪が居間の戸枠に触れていた。髪は長めで、いかにも手触りがよさそうだ。アレクサンダーが何か言うと、男性はにっこりし、不安げな女性と子どもたちでごった返している廊下をさりげなく見た。フェイスの灰色の目と彼の目がぶつかったのはそのときだ。

ふいに目が合い、フェイスは全身に電流にも似た衝撃を感じた。彼の目はチョコレートのような深みのある茶色で、わずかに金色が混じっていた。その目を縁取るまつげも、眉も黒々としている。呼吸が速くなり、ふいに顔がほてり出したフェイスはあわてて壁の背後に隠れ、ぼろぼろの靴のつま先を見つめた。

一方で、リース・ジョーダンは動けずにいた。今、視線が合った若い女性が、突然目の前から消えてしまったからだ。あの女性はたしかにぼくを見つめていた。それなのに次の瞬間、ひしめく女性たちの中にふっと姿を消し、完全に見えなくなってしまった。

「彼女は何者だ？」リースはアレクサンダーに尋ねた。

デイヴィッド・アレクサンダーは、手にしていた書類を眺めて答えた。「メアリー・スティーヴンス、一九歳だ。ジェイムズという名の三歳の息子がいる。夫は五カ月前、酒場のけんかで死んだ。彼女が次の応募者だ」デイヴィッドは、テーブルの正面でじっと待っている若い女性を指し示した。女性のおなかに金髪の幼児がしがみついている。

「いや、彼女じゃない」リースは女性を見ようともしなかった。「別の女性だ。少し前、廊下の中央にいたんだが」

デイヴィッドは人でごった返している廊下を見回すと、いとこであり雇い主でもあるリースに視線を戻した。少なくとも一〇〇人ほどの女性が、スイートルームの前をうろうろしている。そのうち四〇人程度が廊下の中央の列に並んでいた。

「もっと具体的な特徴はないのか、リース？　理想が高いきみの目を引いたのはどんな女性だ？」

リースは人込みに目を走らせながら答えた。「ちょっと前までここにいたんだ。くそっ、手品みたいに消えるわけがない。いったいどこに行ったんだ？　いくら捜しても見当たらない」デイヴィッドを見ながら言葉を継ぐ。「次の女性を部屋に入れてくれ。だが、ぼくが今見た女性がいないかどうかも捜し続けてほしい。小柄で黒髪、目の色が濃くて、かわいらしい感じだ」

デイヴィッドはいとこをちらりと一瞥した。小柄で黒髪、目の色が濃くて、かわいらしい感じ？　リースの好みのタイプではない。彼が好きなのは、大柄で胸の豊かな赤毛、または目の覚めるような金髪の女だ。

「まだ面接を続ける気か？　もう時間も遅いし、きみも疲れただろう？　ぼくもへとへとだ」

リースはベストの脇にぶらさげた金色の鎖を手に取り、ポケットから懐中時計を取り出すと、ふたを開けた。「あともうひとりってとこだな。次の女性に入ってもらおう」

デイヴィッドは正面で待っていた女性を手招きした。「メアリー・スティーヴンスだ」履歴書をリースに手渡しながら言う。

リースは今日はじめて真剣に候補者の若い女性を見つめたものの、かぶりを振った。

「彼女はだめだ」

「どうしてだ？」デイヴィッドが困惑した顔で言う。「すべての条件にぴったり当てはまるじゃないか」

「よく見てみろ、デイヴィッド」リースは促した。

デイヴィッドは女性を一瞥した。「彼女がどうかしたのか？」

「明らかに妊娠している。これから満たしてほしい〝妊娠〟という条件を、すでに満たしてしまっているんだ。彼女は失格だよ」リースはきっぱりと言った。

デイヴィッドは女性に首を振ってみせた。

「申し訳ない、ミセス・スティーヴンス。ですが――」

「彼の話、聞こえたわ」うつろな様子で女性が言った。「わたしじゃだめなのね。でも、それならもう少し早く言ってくれてもよかったんじゃない？　わたし、ここで彼に会うために一日じゅう待ってたのよ。あなただってわたしをひと目見て、だめだとわかってたんでしょ？」

「ええ、それはわかっていました。いえ、ただ気づかなかっただけで……いや、その……」

デイヴィッドが口ごもった。

「彼女には金を払ってお引き取り願おう。ここで議論している暇はない」リースは会話に割り込むと、上着の胸ポケットから財布を取り出した。

女性は首を振った。

「わたしがここに来たのは、本当に仕事を求めてたからよ。施しを受けるためじゃないわ」

「施しじゃない」リースは話を丸くおさめようとした。「きみがここで費やした時間を金であがなおうとしているんだ。たしかに面接をはじめる前に、きみたちの中に妊婦がいないかどうか、ミスター・アレクサンダーに確認させるべきだったからね。きみみたいな体調の女性は——」

「あなたの施しなんか受けなくてもなんとかやっていけるわよ」かっとなりながら女性が言う。「この女は失格だなんて言うような人からお金を受け取るつもりはないわ。施しだか、あがないだか知らないけど」彼女は振り返ると、集まっている女性たちに告げた。「わたしみたいに妊娠してる人がいたら、この仕事はあきらめたほうがいいわ。妊婦は失格なんですって。ここで待ってても時間の無駄よ」そう言うと荷物を手に取り、人ごみをかき分けて立ち去った。ほかの数人の女性もあとに続いた。

「なんだ、それならわたしも失格だわ」けばけばしい金髪の女性が言う。「まだ傍目にはわからないけど、すぐにおなかが目立ってくるもの。あなたはどうなの？」彼女はフェイスのほうを向いた。

「ああ、わたしは……夫が戦争で亡くなったから。そういうことはしていなくて……」フェイスは顔を真っ赤にしながら口ごもった。

「そんなの関係ないわ」女性は笑った。「わたしの夫だって戦争で死んだのよ」

ぽかんと口を開けたフェイスを見て、女性はさらににやりとした。

「生き抜いて家族を養うために、女なら誰だってやってることよ。そんなことも知らなかったの？」肩をすくめて言葉を継ぐ。「幸運を祈ってるわ。あなたが合格するかもしれない」

彼女はフェイスに向かって手を振ると、階段をおりて玄関ホールへ向かう女性たちのあとを追った。

フェイスはあたりを見回した。列に並んでいる候補者がかなり少なくなっている。まさかここにあれほど大勢の妊婦がいるとはフェイスは思いもしなかった。それに、一日じゅう待たされたにもかかわらず、彼女たちがあっさり立ち去ったのも信じられない。なんだか腹立たしい。これって正しいことと言えるのかしら？　妊婦たちにも、面接のチャンスが与えられるべきなのでは？　だって求められているのは子どもの世話係だもの。これからわが子を産もうとしている女性だって、自分なんかより十分資格があるはずだと思った。とはいえ、思いがけない展開でチャンスはぐっと広がった。すべきなのは、ミスター・アレクサンダーと言葉を交わす順番を待ち、別室にいる例の男性との面接にまでこぎ着けること。あと少しなら待てる。リッチモンド行きの最終列車が出発する今夜九時までには、あの美しい男性と面接できるだろう。フェイスは決意を固くした。

数時間後、リースはデイヴィッドを見おろしながら考えていた。こんなに厄介な状況の中、デイヴィッドはよく仕事をこなしている。気の毒に、さぞ疲れているだろう。実際、口元にはしわが寄り、目はどんよりと曇っている。いつもの目の輝きはとうの昔に失われていた。今デイヴィッドに必要なのは、おいしい夕食と睡眠だ。「今夜はもうよそう、デイヴィッド。ぼくらふたりともくたくただ。まさかぴったりの候補者を探すのにこれほど苦労するとは思わなかった」

「だから言ったんだ。新聞広告はよせって」デイヴィッドが言う。「こんなことになるんじゃないかと思っていた。今は、誰も彼もが絶望している時代だ。きみの知り合いの中にも、計画に喜んで協力してくれる女性は大勢いたはずなのに」

「計画がすべて終わったときに、彼女たちの父親や兄弟たちに追いかけ回されるのはごめんだ。ぼくは新聞広告がいいと思ったから、その直感に従ったまでだ」

「狂気の沙汰じゃないか。本当にこんな計画をやり遂げられると思っているのか？」

「もちろんだ。それに、狂気の沙汰じゃない。新聞広告での相手探しは、ヨーロッパ大陸ではずっと昔からある方法だ」

「一点だけ訂正させてくれ」デイヴィッドが口を挟む。「それは結婚する相手を探す場合の方法だ」

「たしかに」リースは認めた。「だが結婚こそ、ぼくがいちばんしたくないことなんだ」

「なぜだ？」デイヴィッドが尋ねる。何度尋ねられたかわからない質問だ。

「きみだってわかっているだろう。ぼくが結婚についてどう考えているか、きみがいちばんよく知っているはずだ」リースは黒髪に指を差し入れた。

「かつてはきみもあんなに結婚を心待ちにしていたのに」

リースは茶色の目を細めた。「はるか遠い昔の話だ。ぼくはもはやあんなに愚かでも、うぶでもない。これはぼくが思いついた唯一の解決法で、十分考え抜いたうえでの決断だ。今、何をしようとしているかは、自分でもよくわかっている」

「どうしても跡継ぎとなる息子が欲しいんだな？」

「ああ」リースは答えた。もうこの話はおしまいだとばかりの決然とした口調だ。「女性たちには家に帰ってもらってくれ。応募資格のある者は、明日一〇時にまたここへ来るよう伝えてほしい」

「一〇時？」デイヴィッドがきく。いつも夜明け前から働いているリースにしては、ずいぶんと遅い時間だ。

「今夜はこれから英国大使館のパーティに出席しなければならない。ひどく長い夜になりそうだ」

「そんなに時間がかかりそうなのか？」

「パーティのあと、昔の知り合いと会う予定なんだ。彼女の期待に応えたいからね」リースは突然笑みを浮かべた。

この笑みだ。リースのこの笑みがあまたの女性を虜にしてしまうのだとデイヴィッドは思った。

リースは身ぶりでデイヴィッドを促した。「さあ、候補者たちを家に帰してほしい。夕食のために身支度を整えなければならないんだ。ぼくらふたりにとって、今日は長い一日だった。これからさらに長い夜になりそうだ」

「長い夜になりそうなのはきみだけだ」デイヴィッドが含み笑いをする。「わかったよ、リース。じゃあ、明日の一〇時に会おう」

リースはうなずくと、隣の部屋へ戻った。

デイヴィッドは大勢の女性たちの前に進み出た。

「みなさん、申し訳ないが、今日は以上で終了です」

集まった女性たちの中から怒りの声がわき起こる。「以上で終了ってどういうこと？」

「本日の候補者の審査と面接は以上で終了ということです。応募資格があり、まだこの仕事に興味をお持ちの方は、明日一〇時にここへいらしてください。また審査を再開します」デイヴィッドは淡々と答えた。

「わたしたち、一日じゅうここにいたのよ」部屋の奥にいた、がっちりした金髪の女性が叫んだ。

「それはぼくも同じですよ、ミス」デイヴィッドは言った。「ただし、あなたたちのほうが、ぼくよりもはるかに疲れていると思います。ですからどうぞお帰りになって、家でゆっくり休んでください。明日の朝、またあなたたちがいらっしゃるのをお待ちしています」そう言うと、机の上に積まれていた応募書類や手書きのメモなどを集めはじめた。

デイヴィッドが鞄に書類をおさめて顔をあげると、若い女性がひとり、まだ立っていた。体がふらついている。

「まだ何かご用ですか？」

「いいえ」

「本当に？」

〝わたしを選んで！　わたしには仕事が必要なの！〟実際口に出して言ったわけではないが、女性の目ははっきりとそう訴えかけていた。

「大丈夫ですか？」

「ええ、大丈夫です」

とても大丈夫そうには見えない。デイヴィッドが見守る中、女性の体がまたしてもふらつき、今度はがくんと膝をつきそうになった。やつれた表情の顔は蒼白で、大きな目の下にはくまが浮かんでいる。

デイヴィッドはとっさに駆け寄った。だが彼が口を開きかけた瞬間、女性は首を振った。

「明日」デイヴィッドは早口で言った。「明日の朝、一〇時の一五分前にここへ来るんだ。そうしたら彼に会わせてあげよう」

女性は何も答えず、背筋をのばして歩み去った。

デイヴィッドは、重い足取りで彼女が階段をおりていくさまをじっと見つめていた。

3

フェイスはなすすべもなく立ち尽くしていた。あまりに疲れはてて動けない。それに呆然としすぎて頭も働かない。階下へおりようと、女性たちが押し合いへし合いしながら両脇を通り過ぎていく。ドレスのスカートや荷物がぶつかり合う音とともに、女性たちが口にする不満や愚痴も聞こえてきたが、彼女たちに同調する気にはなれない。頭は別のことでいっぱいだ。先ほどのミスター・アレクサンダーの言葉を必死で理解しようとする。〝明日一〇時にここへいらしてください。また審査を再開します〟そんなことを言われても、わたしには今夜この地に泊まるお金の余裕がない。ああ、もうおしまいだわ。でも、そうも言ってはいられない。どうしてこの計画をあきらめられるというの？　ほかに選択肢なんてないのに。

くたびれきっていたものの、フェイスは肩を怒らせ、しわだらけのドレスのスカートをのばすと階段の下までおり、まっすぐ受付へ向かった。

「今夜、泊まれるかしら」フェイスは受付係に言った。

「あいにく満室です、ミス。空いている部屋はありません」

「ひと部屋も？」

「空いているのはヴァイス・プレジデンシャル・スイートだけです」

「いくらなの？」あたりを見回しながら、フェイスは尋ねた。ほかの宿泊客に、こんな下品な質問を聞かれたくない。

「一泊五〇ドルです」フロント係が得意げに答える。「もちろん、プレジデンシャル・スイートの次に贅沢なお部屋ですから」

「ええ、もちろんだわ」フェイスは失望を押し隠しながら答えた。

「お荷物を運びましょうか？」フロント係は目を丸くしながら、フェイスのみすぼらしいドレスを見つめた。朝のフロント係と同じく、値踏みするような目つきだ。

「いいわ、ありがとう。二番目にいい部屋では満足できないから。プレジデンシャル・スイートでなければ、泊まる価値がないもの」フロント係をにらみつけ、スカートに手を添えながら言う。「では、ごきげんよう」

顔をあげると、フェイスはマディソン・ホテルを出た。

「馬車を呼びますか、ミス？」彼女が正面玄関から出ると、ドアマンが尋ねてきた。

「いいえ、結構よ」

「ですが、雨が降っていますよ」

「雨に濡れても体は溶けないわ。それにもう濡れてしまっているし」

「今夜はここにお泊まりですか？」ドアマンはさっきの失礼きわまりないフロント係たちよりも年配だった。若い女の身を本気で心配している様子だ。

フェイスはかぶりを振った。「いいえ、満室だと言われたの」

「連邦議会がまだ開催中で、国会議員たちがこの町に集まっているんです。今、ワシントンのどのホテルも空室はないと思いますよ」

「ええ、いいの」フェイスは肩を落とした。「でも、ありがとう」なんとかドアマンに向かって笑みを浮かべ、駅の方向へ歩き出す。故郷リッチモンドへ帰る列車に乗るために。


数分後、リース・ジョーダンはホテルの正面階段を駆けおり、待たせてあった馬車に乗り込んだ。雨が吹きつける窓の外をぼんやりと眺める。馬車の速度があがるにつれ、リースは車窓を流れる景色を見ながら今日一日を振り返った。

夜明けから夕暮れまで、実にひどい一日だった。あんな小さな新聞広告にあんな多くの応募者が殺到するとは、ぼくもデイヴィッドも考えていなかった。まったく信じられない。

南部に住む未亡人たちはみな、血眼になって仕事を探しているのだろう。ぼくの広告を読んで今日マディソン・ホテルに詰めかけた女性たちは、少なくとも二〇〇人はいた。よけいな仕事が増えたホテルの従業員たちがうんざりしたのは言うまでもない。実際、ホテルの支配人から文句を言われた。付き添い役もなしに未婚女性たちがスイートルームに押しかけているのを見て、従業員もほかの宿泊客たちも文句を言っていると。

「うちは高級ホテルなんですよ、ミスター・ジョーダン。娼館ではありません」

支配人の憤った様子を思い出し、リースは含み笑いをした。

誰もが勘違いしていたようだ。今日ぼくが面接した女性たちはそういういかがわしい女たち――ぼくがいつもワシントンへ来る途中に立ち寄る、歓楽街として有名なテンダロイン地区にいるような娼婦たち――に違いないと。

リースは窓から顔をそむけ、前に投げ出した脚を見おろした。今日面接した女性たちの中で、候補者はすでにふたりまで絞り込んである。しかしひとつ、問題があった。

ふたりとも条件は満たしているのだが、たとえ一時的であっても体の関係を持ちたいと思えない。焦げ茶色の髪の女は冷たい感じで、金目当てなのがみえみえだ。一方、金髪の女はざっくばらんで、気取りがなさすぎる。けれども正直に言えば、もっと根本的な問題がある。どちらの候補者を見ても、まったく性的興奮を覚えないのだ。さすがのぼくも、まさかこんな可能性があるとは思いもしなかった。

今日一日でいちばん興味をかきたてられたのは、あの大きな灰色の瞳の女性だ。ひと目見ただけでぴんときた。それなのに次の瞬間、彼女は姿を消してしまい、自分はどこか釈然としない思いを抱えている。

ふと窓の外を見ると、通りを歩いていた男が突然走り出し、前にいる黒いスカート姿の女性の左腕をつかんだ。女性は立ちどまり、大胆にも右腕を男の耳めがけて振りあげ、抵抗している。そのとき街灯の明かりの下、男の手もとで銀色の何かがきらりと光った。ナイフだ。男はバッグの紐をナイフで切ると、女性を地面に突き倒した。

リースはすぐさま行動に出た。馬車を停めるよう御者に叫んで扉から飛びおり、ひったくりのあとを追いかけはじめる。

だが数分後、追跡劇は終了した。リースがつかまえる前に、ひったくりは暗い裏道に姿を消してしまった。しばらく男の姿を捜したものの見つけられず、リースは来た道を引き返し、倒れている女性に駆け寄った。

女性は地面にうずくまっていた。雨に濡れながら寒さに身を震わせているうえ、ドレスも泥で汚れている。だがリースが近づいた瞬間、彼女は振り向き、こぶしを握りしめた。自分が持つ唯一の武器で、さらなる攻撃から身を守るかのように。

「大丈夫だ」リースは女性に話しかけた。「きみを傷つけたりしない。さあ、立つんだ」彼は手袋をはめた手を差し出した。

女性が顔をあげた。

見覚えのある瞳だ。リースはまたしても衝撃を覚えた。ずっと忘れられずにいた灰色の瞳。優しい気持ちがふいに込みあげてくる。「きみは……」

女性はリースの顔を見つめ、彼が差し出した手を取った。まるで夢の中にいるかのようなゆっくりとした動きだ。すがれるものはリースの手しかないという必死さが伝わってくる。

「バッグを盗られたんです」女性が左腕を掲げた。バッグの紐はまだ手首に巻きついているものの、端はだらりとぶらさがり、先にあるはずのバッグが見当たらない。

「バッグ？　そんなのはどうだっていい。きみ、けがは？」リースは女性の手首を取り、街灯の明かりにかざすと袖を押しあげた。柔らかな手首の周囲に赤い擦り傷がついている。

「どこか切られていないか？」考える間もなく、傷ついた女性の手首を親指でそっと撫でた。痛々しい擦り傷を消すかのごとく。

彼女ははっと息をのんだ。口を開いて話そうとしたが、言葉が出てこない様子だ。なすすべもなくリースの前に立ち尽くして唇を引き結び、深い灰色の目で彼を見つめる。

彼女の瞳に危うく吸い込まれそうになった瞬間、リースはわれに返った。手袋をはめた女性の手の甲をそっと撫でると、ふいに手を離してあとずさった。

「ここはひどく寒い。馬車に乗ろう。歩けるかい？」

女性がうなずき、一歩踏み出そうとしたが、とたんにへなへなとくずおれた。ぐらついた体を、リースはあわてて抱きとめた。

小声でののしりの言葉を吐き、両腕で女性を抱きあげる。

彼が馬車に向けて通りを歩き出したとき、ようやく女性は声を出した。「わたしのバッグ！」

「もうとっくに盗まれてしまったよ」

「でも――」

「バッグはあきらめるんだ。代わりはいくらでもある」

「だけど、お金が――」

「たかが金だ。自分の命を懸ける価値などない。きみが男と戦おうとしたのを見て、わが目を疑ったよ」リースは慎重に言葉を選んで口を開いた。「いいかい、きみ。今度どこかの男にバッグを盗まれそうになったら、素直に渡すんだ。絶対に抵抗してはならない。さっきの男は体の大きさがきみの二倍もあったうえに、ナイフまで持っていたんだぞ」彼はすばやく馬車へと戻った。

「でも、あの男はわたしの全財産を盗んだんです」リースの上着に顔を押しつけていたので、女性の声はくぐもって聞こえた。「まんまと逃げられてしまったわ」

「軽い擦り傷程度ですんでよかったんだ。もっとひどい傷を負っていたかもしれない」リースは馬車の前で立ちどまり、御者が扉を開けるのを待った。

「ご婦人は無事でしたか？」

「ああ、マレー。雨に濡れて体が冷えて少し震えてはいるが、大丈夫なようだ」リースは馬車に乗り込むと、座席に彼女をかけさせ、膝掛けで体をくるんだ。「さあ、出してくれ」

「かしこまりました」

「どこへ連れていくつもりですか？」

リースは隣にいる膝掛けにくるまれた女性を見おろした。顔は蒼白で、肌も抜けるように白い。ただし、鼻筋の通った細い鼻は寒さのために真っ赤になっており、灰色の瞳はきらきらと輝いていた。彼女の顔の中でいちばん大きいのは目だ。そして彼女の顔の中でいちばん愛らしい部分でもある。

「夕食をとりに行くところなんだ。きみはもう食べたのかい？」

女性はかぶりを振った。

「それなら一緒に食べよう」

女性はまたしてもかぶりを振った。

「どうしてだめなんだ？」

「バッグを盗まれてしまったんですもの。わたしにはお金がないんです」

なんて頑固なんだろうとリースは思った。

「バッグのことは忘れたほうがいい。くよくよしても、何も解決しない」

「そう言うのは簡単です。だってあなたは何も失っていないんですもの」女性が反論する。

「たしかに」リースは素直に認めた。「だが、ぼくにはふたり分の夕食代を十分払える金がある。今日はきみにごちそうするよ。どうしても金を返したいなら、経済的な余裕ができたときでいい。これで文句はないだろう？」

「いいえ」

「なぜ？」

「わたし、おなかがすいていないんです」そう言ったとたん、彼女のおなかが大きく鳴った。

リースは頬をゆるめた。

「じゃあ、これならどうだろう？　ひとりで食べたくないから、つきあってほしい」

「ひとりで食事をする気持ちがあなたにわかるとは思えません。だって、きっとあなたは一度もそんな経験をしたことがないはずですから」自尊心を捨てきれず、フェイスはつぶやいた。

「なんだって？」

リースは聞こえなかったふりをして聞き返した。

「こう言ったんです。喜んであなたの夕食のおともをしますって」

「賢い娘だ」男性は馬車の屋根を叩くと、御者に向かって大声で行き先変更を告げた。


「本当にここで夕食をとる予定だったんですか？」女性が尋ねた。「もう少し改まった場所へ行くつもりだったのでは？」

ふたりは背もたれがまっすぐなマツ材の椅子に座っていた。目の前のテーブルには赤い格子模様のクロスがかけられている。ここはワシントンでもあまり知られていないレストランだ。

リースは黒の夜会服を見おろし、にやりとした。

「実は、今夜は英国大使が主催する退屈なパーティに出席する予定だったんだ」

フェイスはメニューから顔をあげ、男性の茶色い目と目を合わせた。

「まあ、パーティに行けなくて残念でしたね」

「パーティなどほかにいくらでもある」彼はこともなげに言った。「さあ、きみは何が食べたい？」

女性は突然、思い出したように言った。「ローストビーフにグレーヴィーソースのかかったマッシュポテト、ビスケット、エンドウマメ、それにデザートはアップル・コブラーにします。あとコーヒーもたっぷりと。本物のコーヒーが飲めるのかしら?」

「はい、当店では本物のコーヒーをお出ししています。ただ残念ながら、アップル・コブラーはご用意しておりません」ウエイターが答えた。

女性は先ほどの明るい顔から一転し、がっかりした表情になった。「アップルパイは?」

ウエイターが首を振る。

「そう、残念だわ……」

リースは財布から紙幣を取り出すと、ウエイターの手に握らせた。

「ぼくも同じ料理を頼む。あと、これでアップルパイをどこかで調達してきてくれ」

「まあ、ご親切にありがとうございます」女性がリースに言った。「もうずいぶん長いこと、アップルパイを食べていなかったんです」

礼を言われ、リースは落ち着かない気分になった。「別にきみのために頼んだわけじゃない。自分のためだ。ぼくもアップルパイが食べたかった」

「まあ」

「いつからだい?」

「なんですって?」突然の質問に、フェイスは戸惑った。

「いつからきみはアップルパイを食べていないんだ?」

「戦争が終わったとき以来です」女性は物思わしげにつぶやいた。

「ゆったりした話し方から察するに、きみは南部の人だね」リースが言う。「家はワシントトン、ヴァージニア、それともメリーランドかな？」
「ヴァージニア州リッチモンドです」

「それはまたずいぶん遠くからやってきたんだね、ミス……」

「コリンズです。フェイス・コリンズといいます」

「リース・ジョーダンだ」リースがテーブル越しに手をのばしてきた。

差し出された手に、フェイスは手を重ねた。手袋は席についたときに脱いでいた。リースは彼女のなめらかな手を意識せずにはいられなかった。

フェイスが身を震わせた瞬間、ふいに鮮やかな光景が脳裏に浮かんだ。自分のブロンズ色の硬い体の下で、青白くて柔らかな肌をあらわにし、全裸で横たわる彼女の姿……。リースは手を引っ込めると、咳払いをした。

「きみのことを教えてほしい。なぜ暗い道をひとりで歩いていたんだ？」

「列車の駅へ向かう途中だったんです。家に帰るために」

「リッチモンドに？」リースは眉をつりあげた。「なぜワシントンへやってきたんだい？」

フェイスは顔をあげ、リースを疑わしげに見つめた。「仕事の面接を受けるためです。マディソン・ホテルで」

「どうしてだ？」リースは彼女が応募した理由を本気で知りたかった。

「なぜ人が求人に応募するか、知りたいと？」フェイスは言い返した。「もちろん、その仕事に就きたいからです」

「なるほど。実に興味深い」リースがつぶやく。

「何がそんなに興味深いんです？　人は毎日のように求人広告を見て応募しています」フェイスはいらだったように言った。

「きみは仕事に就きたいと言っている。だが、金が必要だとはひと言も言っていない。そのふたつを考え合わせると、非常に興味深い可能性に到達するんだ」リースが声を落とした。低くかすれた声だ。

「わたしはお金を必要としていなくても求人に応募するたぐいの人間だと言いたいんですか？」

「そうかもしれない。まあ、仕事の内容にもよるが」

「なぜそんなことに興味を持たれるんです、ミスター・ジョーダン？　あなたにとって、わたしの志望動機がそれほど重要ですか？」

「いいや、どのみちその仕事の候補者たちは、明日またホテルへ戻ってくるはずだ」無意識のうちに、リースはそう答えていた。

「わたしは戻りません」

「どうして？　何か深い事情でもあるのか？」リースはフェイスをからかいたくなかったが、そうでもしなければ彼女に優しくしてしまいそうで怖かった。あの美しい瞳のせいだ。この世に美しい瞳を持つ女はあまたいるというのに。

「あなたには関係ない話です」フェイスは手袋を手に取った。「夕食に誘っていただいたことは感謝しています。でも――」

「食べるんだ」

「なんですって？」

「食べよう、ミス・コリンズ。食べたあとでも話はできる。きみは腹が減っているに違いない」

フェイスは一瞬ためらったのち、空腹に耐えるようにして目の前に置かれた料理を少量ずつ口に運び、ひと口ひと口を心ゆくまで味わった。そしてどの皿も四回だけその作業をくり返したあと、フォークを置いて皿を押しやった。

リースは食べながら目をあげた瞬間、フェイスが切なそうな表情でフォークを皿に置いたのに気づいた。「味はどうかな？」

「すばらしくおいしかったです」フェイスはそう答えると、ナプキンで口を拭った。

「おいしかったなら、なぜどの皿も残しているんだい？」

「紳士の前で料理を全部食べてしまうのは、女性にとって礼儀作法に反する行為だからです」フェイスはよどみなく答えた。

「礼儀など気にしなくていい」リースが語気も荒く言う。「きみが今日最後に食事をしたのはいつなんだ？」

「夜明け前です」

「だったら、まだ腹が空いているだろう？」

フェイスは目の前の皿を見おろしてうなずいた。

「それなら冷めてしまう前に、料理を全部たいらげるんだ。死刑囚だって腹いっぱい食べる権利は与えられている」乱暴な言葉遣いとは裏腹に、リースの瞳には優しい光がたたえられていた。「もし全部食べなければ、アップルパイにはありつけないぞ」

傍目にもわかるほどがっかりしたフェイスの様子を見て、リースは冗談を言ったことを悔やんだ。

「ぼくの育った地域では、紳士にごちそうになった料理は残したら失礼にあたると考えられているんだよ」彼は促すようにフェイスの皿を押し戻した。

「そんな考え方を聞いたのははじめてです。あなたはどちらのご出身なんですか？」

「食事をとると約束したら、教えてあげよう」

フェイスはフォークを手に取ると、料理の残りを食べはじめた。リースは長いあいだ無言のままだった。

「西部だ」リースが唐突に答えた。

「ワイオミング準州ですか？」

「今はそこに住んでいる」

フェイスはさらに尋ねた。「それより前は？」

「インディアン特別保護区だ。テキサスとダコタにいた」

「戦争中のことですか？」

「いいや、その前からだ」リースが椅子の背にもたれる。ウエイターはリースが食べ終えた皿をさげると、熱々のコーヒーと分厚いアップルパイの皿を持ってきた。

アップルパイを見たとたん、料理を味わうフェイスの口の動きが速くなった。

リースは思わず笑みを浮かべた。「大丈夫、きみの分もちゃんとあるよ」

フェイスはローストビーフの最後のひと口を食べ終え、皿を押しやった。続いてウエイターが運んできたコーヒーとアップルパイを口にし、天にものぼる心地を味わっているような表情を見せた。

リースはフェイスの顔から目をそらすことができずにいた。彼女が下唇についたパイのかけらを舌でなめ取った瞬間、思わず息をのんでしまった。

「あなたは食べないんですか？」

リースは目の前のデザート皿を見た。パイにはひと口も手をつけていない。「食べてくれるかい？」そう言うとフェイスの空の皿を引き寄せ、自分の皿を彼女の前に置いた。

フェイスがふた皿目のパイを食べるあいだ、リースは必死で彼女から目をそらそうとした。このまま見続けていれば、またからかい半分でいじめてしまいそうだ。落ち着かない気分のまま、ポケットから懐中時計を取り出し、ふたを開ける。何かをして気をそらしたい一心だった。

「今、何時ですか？」

リースはフェイスに注意を戻した。ふた皿目のパイを食べ終え、コーヒーをしみじみと味わっているところだ。「話をする時間はまだある」

「何をお話しするんです？」

「きみが応募した仕事についてだ」

「応募はまだしていません。応募するために、今日一日列に並んでいたんです」慎重に言葉を選んではいるものの、フェイスの声には明らかな落胆が込められていた。

「いつだって明日はある」

「いいえ、わたしに明日はありません」

ここは口を閉じておいたほうがいい。リースは自分にそう言い聞かせた。フェイス・コリンズががっかりしているのに気づかないふりをし、彼女をリッチモンドへ帰すんだ。そのほうがいい。彼女にとっても、ぼくにとっても。ぼくは別の誰かを選ぶべきだ。フェイス・コリンズではない誰かを。これほど純真無垢ではない女を。

「きみはその仕事に就きたいのかい？」

「ええ、とても」

「ならば、きみの話を聞かせてほしい」

「なぜです？」なぜかは知っている。だが、フェイスはリース・ジョーダンに認めさせたかった。今日の午後、行列に並んでいたわたしをすでに見て知っていたことを。

「あの求人広告を出したのは、このぼくだからだ」リースが茶色の目でじっとフェイスを見つめた。

フェイスはコーヒーカップを置いて両手で挟み込み、カップのぬくもりを楽しんだ。

彼女が左手の中指に指輪をはめていることに、リースはすぐに気づいた。細い金色の指輪だ。だが、それがどうにも気に入らない。指輪を見つめながら、無意識のうちにしかめっ面をしていた。

「きみは既婚者なんだな」

「未亡人です」フェイスはつぶやいた。いっさいの感情を締め出すかのように、表情豊かな灰色の瞳に影が差す。

「戦争のせいかい？」いまいましい指輪め。彼女があんな指輪なんかはめていなければいいのに。リースは考えた。フェイス・コリンズの亡き夫のことなど本当は知りたくない。

嘘をつくのがはばかられ、フェイスはうなずいただけだった。

「子どもは？」

「ジョイひとりだけです。五歳の女の子なんです」フェイスが言葉を濁す。

「ああ、女の子か」リースは自分ががっかりしているのに気づいた。おい、ぼくが求めているのは、性的な経験のある未亡人だったはずだ。なぜがっかりする必要がある？

「何か問題でも？　ジョイはお行儀がいいし、頭もいい子です。人の手をわずらわせるような子ではありません」リースが何も答えないため、フェイスは言葉を継いだ。「たしか広告には〝子どもはひとり〟とあったはずです。ジョイを残してワイオミングへ行くなんて考えられません」

「ああ、もちろんそうだろう。ほかに連れていきたい人はいるのか？　家族とか、両親とか、きょうだいとか、義理のきょうだいは？」

フェイスはかぶりを振った。

「おばがふたりいます。でも、彼女たちは絶対にリッチモンドに残るでしょう」

もちろんそうだろう。リースは安堵した。小さな女の子だけでも最悪だ。これ以上フェイス・コリンズの親族と関わりになるつもりはない。とどのつまり、これはビジネス上の契約なのだから。「きみの話をもっと聞かせてほしい」

フェイスはコーヒーのお代わりを飲みながら、これまでの話を聞かせてくれた。だが突然口をつぐむと、あくびを嚙み殺し、テーブルについた肘であわやカップを落としそうになった。まぶたが落ちかけている。フェイスがテーブルに座ったまま眠りかけていることに、リースはようやく気づいた。

フェイスはまたしてもあくびを嚙み殺した。

「ごめんなさい。どうしてこんなに眠いのか自分でもわからないんです」

リースはポケットからふたたび金の懐中時計を取り出し、ふたを開けた。

「もう一〇時近い。長い一日で、きみも疲れたんだろう」

「一〇時ですって？　そんなばかな」フェイスはふいに立ちあがった。あまりの勢いに椅子がうしろにひっくり返る。「九時の列車に乗らなければならなかったんです。それが最終だったのに」

「乗り遅れてしまったね」フェイスがつまずかないよう、リースは倒れた椅子を起こした。

「今夜は部屋を取らないといけないな」

「連邦議会が開催中で、空室がひとつもないんです。それにたとえ部屋が空いていたとしても、わたしには宿泊代が払えません。全財産を失ってしまったんですもの」フェイスが衝撃に大きく目を見開き、リースを見あげた。「わたしの外套はどこでしょう？　手袋はどうしたかしら？　おばたちに心配をかけてしまうわ。早くわたしを駅まで連れていってください」

「しっかりするんだ、きみは列車を逃してしまったんだよ。今夜、家に帰ることはできない」ああ、くそっ、この吸い込まれそうな灰色の瞳をなんとかしてくれ。こんな目で見つめられたら、彼女が抱えている問題をことごとく解決してやりたくなってしまうじゃないか。

「ぼくと一緒に泊まればいい」

「そんな不適切な振る舞いはできません」フェイスが堅苦しい口調で言う。

「きみを駅のベンチで寝かせて、悪党どもの餌食にさせるほうが適切だというのか？」リースは反論した。「ぼくのスイートルームには部屋がたくさんある。それにデイヴィッドにお目付役を頼めばいい」

「おばたちはどうするんです？　わたしの帰りを待っているんですよ」

「電報を打てばいい。きみの帰りが遅れるとね」リースはフェイスに外套を手渡すと、彼女がボタンを顎まできっちり留めるのをいらいらしながら待った。「さあ、ここから出よう」

フェイスの肘に手をかけ、レストランから馬車へと導いた。

馬車の革張りの座席に腰をおろすと、リースはフェイスに膝掛けを渡した。温かな膝掛けにくるまったフェイスは、馬車が二ブロックも進まないうちにうとうとしはじめた。

リースは反対側の座席から、壁にぐったりともたれかかって寝込んでいるフェイスを見守った。馬車の車輪が深いわだちにはまった瞬間、壁にしたたか頭をぶつけたフェイスを見て思わず顔をしかめたものの、それでも彼女のそばに寄ろうとはしなかった。そのあと三回壁に頭をぶつけても、フェイスは一度も目を覚まさずに眠り続けた。

マディソン・ホテルの正面に馬車が停まったときも、フェイスは目を覚まさなかった。リースが彼女を抱きあげ、ホテルの階段をのぼり、プレジデンシャル・スイートまで運び込むあいだも。

自分のベッドにフェイスを横たえると、リースは慣れた手つきで服を脱がせはじめた。必要以上にフェイスの体を動かさないよう、細心の注意を払う。今、彼女に目を覚ましてほしくない。ドレスの下に隠されていた体があらわになった瞬間、じっと見つめずにはいられなかった。

なんてことだ。彼女はあまりにやせている。やせすぎだ。すりきれたコットンのシュミーズの上からでも、鎖骨と骨盤が突き出ているのがわかる。小柄で華奢な体は、巨大なベッドの純白のシーツに今にも埋もれてしまいそうだ。だがシュミーズの薄い生地からは、みずみずしいピンク色の胸の頂と、脚のあいだの黒々とした部分が透けて見える。その瞬間、リースは確信した。フェイス・コリンズはやせっぽちで小柄だが、決して子どもではない。愛すべき、魅力たっぷりの大人の女なのだ。

リースはフェイスの汚れた黒い靴を脱がせると、そっと上掛けをかけた。

4

ソファから男の軽いいびきが聞こえてきた。デイヴィッド・アレクサンダーは思わずにやりとした。情熱的な一夜を過ごし、リースは自分の寝室へ戻る体力さえなかったに違いない。デイヴィッドはつま先立ってソファへ近づき、いとこを見おろした。かわいそうに、寝心地の悪い長椅子に、だらしなく手足をのばして眠っている。もう少しだけこのまま寝かせておいてやろう。女性たちがやってくるまで、あと一時間くらいはあるはずだ。

デイヴィッドはソファから離れ、部屋の隅まで行くと、呼び鈴の紐を引っ張ってボーイを呼んだ。やってきたボーイに、朝食と濃いコーヒーをポットで注文する。

扉からもれ聞こえる人の声で、リースは目覚めた。ソファに起きあがった瞬間、朝食を注文するデイヴィッドの声が聞こえた。

「ぼくのはふたり分にしてくれ」リースは低い声で言った。

デイヴィッドはにやりとし、からかった。「さぞかし大変な夜だったんだな」

「何が?」リースは豊かな髪に手を差し入れ、乱れた部分を整えようとした。

「忙しい夜だったんだなと言ったんだ」

「どうして？」

「どうして？」デイヴィッドはリースの口調をまねた。「おい、リース、ぼくにそんな演技をする必要はない。きみは深夜遅くにここへ帰ってきた。そして翌朝目覚めると、旺盛な食欲を見せている。考えられることはひとつしかないだろう？」

「ぼくが疲労困憊して、腹をすかせているということか？」

「ゆうべはお友だちのレディがきみを遅くまで独占して、ふたりで夜通し礼儀正しい会話以上の行為を楽しんだということだよ」

「実際、ぼくはゆうべ夕食をとり、礼儀正しい会話を楽しんだ」

「そんなせりふは、そのレディの父親か兄弟、婚約者、あるいは夫が激怒して乗り込んできたときのためにとっておけよ。ぼくはきみのことをよく知っているんだ」デイヴィッドはにやりとした。「きみは昨日の夜の正装のままで、長椅子でいびきをかいていた。いったいいつ帰ってきたんだ？」

「夜中の一二時三〇分だ。頼むから大声で笑わないでくれ。あと話し声も控えてほしい。隣の部屋に女性が眠っているんだ」

「きみの部屋に？　ひとりきりでか？」

「駅のベンチに寝かせるよりはずっといいだろう」リースは立ちあがると背のびをし、首の凝りをほぐすべく頭をぐるぐると回した。

「ベッドを女に譲って、自分はこんな窮屈なソファに寝たというのか？」デイヴィッドが尋ねた瞬間、扉をノックする音がした。

扉のところに立っていたのはボーイだ。いれたてのコーヒーをのせたトレイを持っている。

「ああ、そのとおりだ」デイヴィッドの隣に立ち、リースはつぶやいた。トレイを受け取ると、ボーイに一ドル硬貨を渡した。「朝食を急いで持ってきてくれ」

デイヴィッドは後ろ手に扉を閉めると、ソファの前のテーブルのところに行ってコーヒーを注いでいるリースを見つめた。

「昨日の話はそれだけか？」好奇心を抑えきれずに尋ねる。

「ああ、それだけだ。少なくとも、モーニングコーヒーくらいゆっくりと味わわせてくれ。さあ、座れよ。きみにもコーヒーを注いでやろう」


フェイスは温かな上掛けにくるまったまま、ぼんやりと夢を見ていた。戦争がはじまる前の懐かしい家族の光景だ。朝を迎え、温厚な兄弟たちが軽口を叩き合う声がし、屋敷じゅうにコーヒーの香りが漂っている。フェイスは寝返りを打ち、大きなベッドの上でのびをした。腕を滑らせてひんやりとした清潔なシーツの手触りを楽しんだ瞬間、ふと思った。ベッドにいるのは、わたしだけなんだわ。

目を開けて、寝室の壁を見つめた。見慣れない壁紙だ。自分の寝室にある色褪せた花柄の壁紙とはまるで違っている。それにジョイはどこへ行ったのだろう？　このベッドは広すぎる。寝返りも打てるし、のびもできるなんて。いつもなら、ジョイの小さくて温かい体がすぐそばにあるのに。いったいどうしたの？

室内にはコーヒーの香りが漂っている。本物のコーヒーだ。ちゃんとしたコーヒー豆を買えなくなってから、もう何年経つだろう。

上掛けを押しやると、フェイスはベッドの隅に腰かけた。寒さにぶるりと身を震わせ、あたりを見回してドレスを探したが、どこにも見当たらない。ベッドの足元に焦げ茶色のヴェルヴェットのローブがあるだけだ。仕方なくそれを羽織り、冷たい床をそっと歩いていって寝室の扉を開けた。

フェイスはたちまち凍りついた。目の前のソファには、ふたりの男性がコーヒーを片手に座っている。

昨晩リース・ジョーダンと一緒にいたときの記憶がふいによみがえり、フェイスは頬を真っ赤に染めた。

リースがカップをおろし、ローブ姿のフェイスを凝視した。

デイヴィッドはあわやカップを取り落とすところだった。あわててソーサーに戻したせいで、熱々のコーヒーが手にかかってしまった。

フェイスはなすすべもなく扉のところに立ち尽くしたままだった。ピンが抜け落ちた黒髪は腰まで波打ち、灰色の目は大きく見開かれ、寝起きのせいか、真っ赤な唇が腫れて見える。身にまとった焦げ茶色のローブで顎から裸足のつま先まで完全に隠れているのに、リースは目の前にいるフェイス・コリンズがひどく蠱惑《こわく》的に見え、キスをしたい衝動に駆られた。まるで恋人のベッドから抜け出してきたかのようじゃないか。そう、ぼくのベッドから。

「おはよう」声が上ずらないよう注意しながら、リースは言った。「よく眠れたかい？」

「ええ、そのようです。本当にありがとうございます」

「どういたしまして」

裸足のつま先が見えているのに気づくと、フェイスはローブの襟を握りしめた。これが不適切きわまりない状況であることを意識せずにはいられない。何しろ、着古したシュミーズの上に羽織っているのは男物のローブだけ。そんな姿を、こともあろうにリース・ジョーダンの熱いまなざしの前にさらしているのだ。

デイヴィッドが咳払いをすると、椅子の上で居心地悪そうに身じろぎした。「コーヒーを飲むかい？」身ぶりでポットと空のカップを指し示す。

フェイスはさらに顔を紅潮させた。「え……その……わたし……」

「廊下を突き当たった右側だ」

フェイスはデイヴィッドにうなずいて感謝の意を表すと、洗面所へ急いだ。

扉が閉まるか閉まらないかのうちに、デイヴィッドはリースに矢継ぎ早に質問を浴びせかけた。「彼女がきみのお友だちのレディなのか？　昨日、一緒だった相手？　ひと晩じゅうふたりきりで過ごしたのかい？」

「そういうわけじゃない。たしかに夕食は一緒にとったが、彼女が夜を過ごしたのはこのスイートルームだ。きみと一緒にね」

「きみはどこにいたんだ？」

「階下にあるバーで酒を飲んでいた」

リースはうなずいた。

「彼女をここへ置いてか？　ひとりきりにして？　隣の部屋にぼくがいるというのに？」

デイヴィッドはいとこをにらんだ。「ぼくならまちがいは犯さないと？」

「彼女はぐっすり眠っていた。ぼくよりもきみと一緒にいるほうが安全だと思ったんだ」

「きみは紳士だからな、デイヴィッド」

「だからといって、女性に興味がないわけじゃない」

「わかっている。だからこそ、彼女をここへ連れてきたときに、あえてきみを起こさなかった。起こさないほうがはるかに安全だと思ったからだ」

「だが、彼女の体面はどうなる？　彼女は昨日ここに来ていたんだぞ。ほかの女性たちと一緒に列に並んでいるのを見かけた」

「ああ、ぼくもだ。スイートルームの居間から出てきて、きみに話しかけたときに見た。ただそのあとすぐ、姿が見えなくなってしまったけれどね」

「だが、英国大使館でまた会ったんだろう？　だからここへ連れてきたんじゃないのか？」

「いや、もちろんそんなことはない」リースは答えたあと、デイヴィッドの困惑した顔に気づいて、詳細を説明しはじめた。「ゆうべ、危ない目に遭っていたところを助けたんだ。列車の駅に向かって歩いているとき、彼女はひったくりに襲われた。男に地面に突き飛ばされてバッグを奪われたんだ。ぼくはたまたまそれを大使館へ向かう馬車の中から目撃して、すぐさま男を追いかけた」

「それで彼女をここへ寝かして、きみはひとりでバーへ行ったのか？」まだ腑に落ちない様子でデイヴィッドが尋ねる。

「まずは夕食に連れていった。昨日一日何も食べていなかったらしい。空腹なのに、財布を盗まれて先立つものがない状態だったからね。だがそうこうしているうちに、リッチモンド行きの最終列車に乗り遅れてしまった。ここに連れてくるか、駅のベンチで眠らせるか、選択肢はふたつにひとつしかなかったんだ」

「だが、驚きだな。彼女がここへ来るのに同意したとは」

「同意したわけじゃない。夕食のあと、馬車で眠り込んでしまったからね」

「起こすこともできたはずだ」

「いや、それはできなかった」

「どうして？」

「彼女が誇り高い南部女性だからだ。それに、まだ契約を交わす前だったからでもある」

「ということは、仕事について説明したんだな？」

リースはうなずいた。

「彼女は同意したのか？」

「ぜひ仕事に就きたいと言っている。しかし、どうも仕事内容を理解しているふうには思えない」

「どうしてだ？　求人広告にははっきりと書いたじゃないか」

リースは立ちあがると、行きつ戻りつしはじめた。

「レディが考えていることなどわかるものか」

「そもそもなぜ結婚しない？　それがまっとうなやり方だろう？」

「結婚なんて問題外だ。だが、生まれてくる息子は、ぼくの誇るべき財産を受け継ぐんだ。周囲から蔑まれるようなことがあってはならない」

「結婚相手にふさわしいすばらしい女性はたくさんいる――」

「ああ、そうだ。けれど、ぼくらにとってはそうじゃない。ぼくらは先住民の血を引いているんだよ、デイヴィッド。ぼくら自身は先住民から受け継いだ遺産を誇りに思っているが、いわゆる〝すばらしい女性〟たちは、そういう者たちを色眼鏡で見るものだ」

「女性全員がボストン社交界の若い女性たちと同じとはかぎらない」

「だが、血筋のいいレディたちはそうだ」リースは皮肉っぽい笑みを浮かべた。

「ハーヴァード大学での学生生活で、きみがそれほどつらい思いをしていたとは思わなかったよ」リースのカップにコーヒーを注ぎながら、デイヴィッドが言う。

「つらかったわけじゃない。現実に目覚めただけだ」

「この計画が現実的だと考えているのか？」

「ああ、もちろん。豊富な資金さえあれば、誰だって、なんだって買えるんだ」そのとき、扉を軽くノックする音がした。リースは口をつぐむと、入口のところに行って扉を開けた。

廊下に立っていたのはフェイス・コリンズだった。ローブを体にきつく巻きつけている。

「さあ、入ってコーヒーでも飲もう」リースは優しい声色で言った。「寒いだろう」冷たい床の上で裸足のつま先に力を込めているフェイスを見て眉をひそめる。たしかベッドの足元に、ローブと一緒に靴下を置いておいたはずだ。なぜさっき、それを思い出せなかったのだろう？

「お話の邪魔をしたくありません」フェイスが言う。

「邪魔だなんてことはないよ」デイヴィッドが話しかけた。「ぼくらはただ、朝食が届くまでの時間つぶしをしているだけだから」

フェイスが目を輝かせた。「朝食を注文されたんですか？」

リースはにやりとした。

「どうやら相当な量が必要みたいだな。さっきの注文で足りるかな？」

フェイスが決まり悪そうに頬を染めた。「いいえ、わたしの分まで支払っていただくわけにはいきません。そうでなくても、昨日の夕食をごちそうになっているんですから、朝食までおごっていただく必要はありません」リースの視線を避けるように、じっと床を見つめたままだ。

「いとこはきみをからかっただけだよ」デイヴィッドが口を挟んだ。「もし彼がきみを困らせたり、きみの気分を害したりしたのなら謝る。リースは朝食の前はいつも機嫌が悪いんだ」

「気分を害するだなんてとんでもない」フェイスは素直に認めた。「喜んで朝食をいただきます」

「じゃあ、これで決まりだ」デイヴィッドが高らかに宣言した。「あれこれ悩む必要はない。さあ、中へ入って、ぼくらと一緒に朝食が来るのを待とう。自己紹介させてほしい。ぼくはデイヴィッド・アレクサンダー。リースの顧問弁護士兼ビジネスパートナーであり、親友兼いとこでもある」リースに促されて部屋に入ってきたフェイスに、デイヴィッドは手を差し出した。リースが後ろ手に扉を閉める。

「わたしはフェイス・コリンズといいます。お目にかかれて光栄です、ミスター・アレクサンダー。でも、おふたりの朝食の邪魔をしたくありませんので」フェイスは寝室へ向かおうとした。

「ばかばかしい」リースはフェイスの肘をつかむと、ソファまで連れていった。「さあ、座るんだ、ミセス・コリンズ。邪魔なことなんてない」

「だけどわたし、こんな格好なんですよ」フェイスは抵抗した。

「それで十分だ。朝食をとるのに、わざわざ正装する必要はない」リースがほほ笑んだ。憎らしいほどハンサムな笑顔に、フェイスの脈拍がはねあがった。

女性がひとりきりで男性ふたりと一緒に食事をとるなんて不適切だ。フェイスはそう指摘したかったが、うまく言葉が出てこない。どういうわけかリース・ジョーダンの笑みを見ていると、理性の声がかき消され、全身の感覚が麻痺したようになってしまう。フェイスはリースにほほ笑み返すと、優美な手つきでカップを受け取った。

「ありがとうございます、ミスター・ジョーダン」

「どういたしまして、ミセス・コリンズ」リースは温かな笑みを浮かべ、茶色の瞳をいたずらっぽく輝かせている。彼が口を開きかけたそのとき、扉を鋭く叩く音がした。「きっと朝食だろう」

「ぼくが出よう」ボーイを中へ入れるべく、デイヴィッドが扉を開けた。

「ミスター・アレクサンダー、この部屋のゆゆしき状況について、今すぐミスター・ジョーダンとお話しさせてください」

デイヴィッドの脇を通り抜けてプレジデンシャル・スイートへ入ってきたのは、ホテルの支配人ハワード・クレッグだった。支配人のあとから、ボーイが朝食をのせたワゴンを押して入ってきた。ボーイの背後に、興味津々で室内をのぞく女性たちの一群が見えた。

「ここでいかがわしいことが行われたのはわかっているんです！」支配人は勝ち誇った声で叫んだ。「夜勤のフロント係から、あなたを見たという報告を受けたんですよ、ミスター・ジョーダン」人差し指をリースの鼻先に突きつけながら言葉を継ぐ。「こともあろうに夜遅く、この……この女を抱きかかえて階段をあがっていったと！」最後の言葉を吐き捨てると、今度は非難するように指をフェイスに突きつけた。

フェイスは息をのんであとずさりした。デイヴィッドはすかさずフェイスのほうへ移動し、突きつけられた支配人の指と、悪意に満ちた視線を遮った。見物していた女性たちは前のめりになり、あわや室内になだれ込みそうな勢いだ。リースはフェイスと支配人のあいだに立ちはだかり、非難がましい表情を浮かべた女性たちにフェイスの姿が見えないようにした。

リースは自分の胸に突きつけられた細い指を軽蔑の表情で見おろすと、目の前にいる小柄な支配人の顔をにらみつけた。

「その指をどけてくれ。ぼくによけいな手間をかけさせないでほしい」彼は静かに言った。窓を開けてくれ、帽子をかけてくれと命じるような、ごく穏やかな調子だ。だが低い声には、紛れもない警告がにじんでいた。

「わたしを脅す気ですか？」支配人は顔を真っ赤にして声を上ずらせたものの、突きつけていた指をおろした。賢明だからなのか、恐れをなしたせいなのかはよくわからなかった。

「もちろん脅してなどいない、ミスター・クレッグ」オニキスのカフスボタンをきらりと光らせながら、リースは言った。

支配人はほっとした笑みを浮かべつつも、なんとか背を高く見せようと肩を怒らせた。

「だが、言っておく。これ以上、このレディを非難したり侮辱したりするのは許さない」リースは声色を変えずに続けた。

「なんですって」支配人はまたもや顔を真っ赤にして一歩前に進み出た。けれども、すぐさまデイヴィッドの腕に遮られた。「仕事を装ってここで楽しもうだなんて許しがたい！　あなたはこの……この……薄汚い娼婦たちを雇おうとしているんでしょう！」支配人は腕を振り回し、見物している女性たちの集団を指し示した。

「誰が娼婦ですって？」女性たちの中から怒声があがる。

「まあまあ、みなさん」デイヴィッドは両者のあいだに割って入り、一触即発の状態をなんとかおさめようとした。「どうか落ち着いて」

「落ち着けるわけがないでしょう？」別の女性が叫ぶ。「そこに突っ立ってる男は、わたしたちを娼婦扱いしたのよ。落ち着いてなんかいられないわ！」

リースとフェイスに近い場所にいた女性が賛同した。「わたしたちは娼婦なんかじゃない。娼婦はあの女よ。広告を出した男が候補者をつまみ食いしようとして、あの女がそれに応じたんだわ。ほら、その証拠にローブしか着てないもの。それも男物のローブよ！」悔しそうにフェイスを見たあと、軽蔑するようにリースをにらみつけた。

「みなさん」リースは歯を食いしばった。「あなたたちは誤解している。ミセス・コリンズは、昨日ぼくが候補者の中から選んだ女性だ。彼女は喜んで仕事に就くことを承諾してくれた」

「そりゃそうでしょうよ」女性たちのあいだで冷笑がわき起こる。

「昨日あの女を採用したなんて嘘だわ」誰かが怒った声で言い出す。「わたしは彼女より前に並んでいたのに、ミスター・アレクサンダーと話さえできなかった。あなたはあの女を採用したかもしれないけど、それは絶対に昨日の午後じゃないはずよ」

リースのいちばん近くに立っていた女が回り込み、フェイスが羽織っていたローブの襟をつかんだ。「どうせ色仕掛けなんでしょ？　抜け駆けして採用されたんだわ」

「まあ、雇い主と寝るのが仕事だから、誰もあの女を責められないわね。一早く才能を存分に発揮してみせたんだから」手厳しい非難の言葉に、意地の悪い笑い声があがる。

フェイスは侮蔑と憐れみを込め、襟をつかんでいる女をにらみつけると、女の手首を持って振り払った。

女性たちがいっせいにフェイスを見た。わめき出すのを期待している様子だ。ところが、フェイスは彼女たちの期待をみごとに裏切った。威厳たっぷりに背を向けると、女性たちから離れ、寝室へと歩き出したのだ。ぴりぴりした雰囲気の中、女性たちが次に期待したのは、寝室の扉が閉まるバタンという音だった。だが、またしてもフェイスは期待を裏切り、女性たちを驚かせた。後ろ手に扉を静かに閉めただけだったのだ。

「さあ、出ていってくれ！」静けさの中、リースは叫んだ。「きみたち全員だ。いや、きみは残れ」出ていくのを止められたホテルの支配人は、怒りの表情でリースをにらんだ。リースはそんなことなどおかまいなしに、デイヴィッドに命じた。「個人的な問題にはあとで対処する。とりあえずミスター・クレッグを彼の事務室に連れていって、待機していてくれないか？」そう命じると大股で寝室の扉へ歩み寄り、フェイスのあとを追った。

5

リースは寝室の扉をノックした。だが、返ってきたのは沈黙だけだ。取っ手を回し、扉を開けて室内に足を踏み入れる。ベッド脇にたたずむフェイス・コリンズの姿を見た瞬間、足を止めた。

フェイスはコルセットの長いレース紐と格闘している最中だった。身につけているものといえば、着古したコットンのシュミーズとパンタレットだけだ。焦げ茶色のローブは裸足の足元に脱ぎ捨てられている。リースが歩みを進めると、フェイスが振り向いた。

次の瞬間、リースははっと息をのんだ。たちまち心臓が早鐘を打ちはじめる。フェイスは泣いていた。嗚咽こそもらしていないものの、灰色の目から頬にかけて大粒の涙がぽろぽろと流れ落ちている。涙からは、彼女の心の痛みと屈辱感がひしひしと伝わってきた。

フェイスは恥ずかしそうに目をそむけると、どうにかしてコルセットの紐を結ぼうと無駄な努力をはじめた。見かねたリースはうしろに回り、フェイスの両手からレース紐を取ってからまりをほどこうとした。柔らかな腕に指先が触れたのはそのときだ。息をのんで身を震わせているフェイスのコルセットを締めあげると、リースは紐を結びはじめた。

紐を結び終えたあとも、リースはしばらくフェイスの背後に立っていた。鼻腔をくすぐるのは、よくホテルにあるようなフランス製の機械練り石鹸の香りと、つんとくる涙のしょっぱさだ。レース紐を放し、背後からフェイスの肩を両手で包み込む。腰まで届く黒髪を急いでひとつにまとめたのだろう。ひと筋の長いほつれ毛が首筋にまつわりついている。あの髪を脇へ押しやり、首筋に口づけたい。ふいにそんな衝動に襲われた。

フェイスが頭を垂れた瞬間、ほっそりとした首筋があらわになった。その扇情的な動きに思わず身をかがめ、彼女のうなじに唇を押し当てる。だがフェイスが涙に暮れながらも、かすれた声で何か言おうとしているのに気づき、唇を離した。

「本当にごめんなさい。こんな醜聞を起こしてしまって」

リースはフェイスの体を自分のほうへ向けた。両手は彼女のむき出しの肩に置いたままだ。

「きみは醜聞など起こしていない。今のところはまだね」真剣な目で見あげているフェイスに向かって笑いかける。

「でも、あなたの馬車の中で眠ってしまいました」

「馬車の中で眠るのは犯罪じゃない。それに醜聞を起こすこととも違う」

「だけど、どうすれば今の状況をうまく説明できるというんです？　あの女性たちの言葉を聞いたでしょう？　わたしのことを――」

「彼女たちがどう考えようが関係ない。何が起きて何が起こらなかったかは、きみ自身よく知っているだろう？　いや、ぼくらふたりともがよく知っている」

「でも、悪い評判が立った者を雇うわけにはいかないでしょう？」

なるほど、問題はそこか。フェイス・コリンズは職を失う心配をしているのだ。

「きみは本気でこの仕事に就きたいのか？」

「ええ」

「女性たちから非難されても？　周囲になんと言われようとかい？」リースは本気で答えを知りたかった。ひとたびワイオミングへ連れ帰るとなれば、彼女が今以上にいやな思いをするのは明らかだ。

「だけど、醜聞が――」

リースは単刀直入に切り出した。「もしこの仕事に就けば、きみは恐ろしい醜聞を巻き起こすことになる。きみはそんな状態には耐えられないだろう」リースは、何か言おうとしたフェイスが舌先で唇を湿すさまをじっと見つめた。「もしぼくとの契約に同意すれば、好むと好まざるとにかかわらず、ぼくらふたりともが騒動に巻き込まれ、噂の渦中の人物になってしまう。その現実にきちんと向き合えるかい？　それとも、今ここでリッチモンドへ逃げ帰るか？　なぜこんなことを尋ねているのかといえば、きみこそこの仕事にうってつけの女性だと考えているからだ」彼は身をかがめ、フェイスに口づけた。

最初は荒々しいキスだった。どうしてもキスをせずにはいられなかった。だが途中から荒々しさとは無縁の、まったく別の感情が押し寄せてきた。フェイスの唇をとらえ、腕の中で彼女の体が揺れるのを感じた瞬間、リースの全身は業火にあぶられたようになった。フェイスを強く引き寄せてキスを深めながら、彼女の髪に両手を差し入れ、小さな背中を愛撫しはじめる。硬いコルセットがつくづくいまいましい。だが手をフェイスの背中から下に滑らせると、柔らかなヒップの曲線にたどりついた。彼女のヒップを持ちあげ、すでに硬くなっている自分の脚の付け根に押し当てる。込みあげる欲望にリースは思わずうめいた。

フェイスはリースのキスに圧倒されていた。両腕を彼の首に巻きつけ、なすすべもなく唇を開き、なめらかな舌を受け入れる。リース・ジョーダンの腕、口、硬くて男らしい体、それに彼の唇の感触や味わい以外何も考えられない。キスはコーヒーの香りがした。彼の体からはピリッと刺激的な香りが立ちのぼっている。その香りを思いきり吸い込み、さらに身を寄せると、またしてもリースのうめき声が聞こえた。ふいに息苦しさを覚え、フェイスは唇を離した。感情の波がとめどなく押し寄せてきて、今にも足をすくわれてしまいそうだ。閉じたまぶたに彼の唇が這うのを感じ、思わずのけぞる。リースの唇がまぶたから首にかけてたどっていき、やがて着古したレースに包まれた胸の谷間へとたどりついた。すでに胸の頂がふくらんでつんと尖っている。胸の谷間にリースが舌を差し入れ、柔らかな肌の感触を味わいはじめると、フェイスは息をのみ、彼の首に回した両腕にさらに力を込めた。このままでいたら、くずおれてしまうかもしれない。

フェイスのため息とどこかの寝室の扉が閉まる音で、リースははっとわれに返った。目を開けると、コルセットに包まれたフェイス・コリンズの美しい体が目の前にある。思わず天を仰ぎ、歯を食いしばりながら高まる興奮を抑えつけ、どうにかフェイスの体から手を離した。

「フェイス」

深い灰色の瞳を輝かせながら、フェイスがリースを見あげた。「何……？」

「このままだと、本当に醜聞を起こしてしまいそうだ」

リースの言葉を聞いてフェイスもわれに返ったらしく、あわてて彼の腕の中から逃れた。

「ごめんなさい」

リースは片方の眉をつりあげた。「悪いのはぼくのほうだ」衣装だんすからフェイスの黒いドレスを取り出し、それを彼女が身につけているあいだはうしろを向いていた。

「もうこちらを向いても大丈夫です」ドレスを着て、ボディスにいくつもついた黒いボタンを留め終わると、フェイスは声をかけた。「ありがとうございます」震える声でつけ加える。

「礼を言われる筋合いはない。ぼくは仕事に就きたがっているきみの弱みにつけ込んだも同然なんだから」リースはいらだたしげに髪に指を差し入れながら、寝室の狭い空間を行ったり来たりした。「本当だ。ぼくがしようとしているのは、どう考えても褒められたことじゃない」

「わたしは立派な大人の女です、ミスター・ジョーダン。自分が何をしようとしているかは、ちゃんとわかっています」

「いや、そうは思えない」

「いいえ、もちろんわかっています。だってゆうべ、あなたから仕事の内容を説明していただいたんですもの」

「ぼくは嘘をついた」

「なんですって？」

「ぼくは嘘をついた」リースはくり返した。「いくつかの重大な事実をわざと隠そうとしたんだ」

「そんな」フェイスがかぶりを振る。「あなたがそんなことをするはずありません」

「いや、実際そうしたんだ。いいかい、ミセス・コリンズ、もし仕事を受けたら、自分が何をすることになると思う？」

「求人広告に書かれていたとおりです。あなたのお子さんの家庭教師になって、お世話をするんです」フェイスは外套がかけてある椅子へと歩み寄り、しわくちゃの新聞を取り出した。リースの広告が掲載されたページを表にして折りたたまれている。記事をリースに手渡しながら、フェイスは彼を見つめた。「ご自分の目で確かめてください」

リッチモンドの新聞に掲載された求人広告を読むなり、リースは信じられない思いで頭を振った。なんてことだ。皮肉な状況に直面し、衝撃を受けずにはいられない。力なく笑いながらひとりごちる。本当にこんなことがあっていいものだろうか……。

「ミセス・コリンズ」リースは切り出した。「ぼくが探しているのは家庭教師ではない。子どもの母親だ。ぼくはきみに、自分の子どもを世話してほしいのではない。子どもを産んでほしいんだ。ぼくの子どもを身ごもり、腹の中で育て、出産したら子どもを引き渡してそのまま立ち去ってほしいんだ。永遠に」

　フェイスはふたたびくずおれそうになった。ベッドの端にへなへなと座り込む。

「そんな、信じられない」

　リースは寝室の隅にある机まで歩くと、いちばん上の引き出しから、正しい広告文が掲載されたワシントンの新聞を取り出した。フェイスに手渡し、彼女の目を見つめる。

　フェイスはすばやく広告に目を走らせた。「なんてこと！」

「言いたいのはそれだけかい？」

「わたしに嘘をついたのね」フェイスが非難する。

「必ずしも嘘をついたわけじゃない」

「さっき自分でそう言ったじゃないの」

「いや、ぼくが言ったのは、いくつかの重大な事実をわざと隠そうとしたということだ」

「同じことよ。あなたは嘘をついたんだわ！」

「そうだろうか？　こうしてきみに本当のことを話しているじゃないか。何も言わないままでいることもできたんだ。きみに仕事を与えて、ただ……」リースはふいに口をつぐんだ。自分が何をしようとしていたか、ここで本人に伝えるのは愚の骨頂だ。

「ただ、何？」フェイスが強い調子で尋ねる。「何をしようとしたの？」

「なんでもない」

「なんでもないですって？　いいえ、何かあるに決まっているわ。何か言いかけていたでしょう。ミスター・ジョーダン、ごまかさないで言って。何をしようとしたの？」フェイスが立ちあがり、リースを見据えて答えを迫った。

「なんですって？」

「きみを誘惑しようとした」リースは低い声で答えた。

「誘惑だよ、ミセス・コリンズ。真実を告げないまま、きみを誘惑してぼくの子どもを産ませようとした。真実を告げるより、そのほうがはるかに簡単だっただろう」

「そんな……」フェイスは口を開いたが、何も言うことができなかった。なんと言えばいいのだろう？　彼の話はすべて真実だ。ほんの数分前、わたしはあわや誘惑されそうになった。口づけをされ、すべてを忘れ、彼の唇の感触以外何も考えられなくなってしまった。フェイスはふらふらと椅子のほうへ歩いていって、腰をおろすと、震える手で真っ赤になった顔を覆った。

リースは彼女が座っている椅子から離れると、ふたたび寝室を行ったり来たりしはじめた。「ぼくの立場を弁明する必要はないと思う。リッチモンドの新聞は広告文をまちがえて掲載したんだ。きみにこれを見せられるまで、まったく知らなかった。だが話をするうちに、きみが仕事の内容を誤解しているんじゃないかと薄々感じはじめていたんだ。くそっ！」彼は無意識のうちに、自分の立場を弁明していることに気づいた。「だが、きみが本当の職務内容を知らなかったことを、ぼくに気づけというほうが無理な話だ。特にほかの女性たちは職務を承知の上で並んでいたのだからなおさらだ」

「あそこにいた女性たちが、あなたの子どもを出産することを理解したうえで列に並んでいたというの？」フェイスは衝撃を受けた。「お金のために？」

「ああ、少なくともデイヴィッドと面接した女性たちは全員承知していた。広告にもはっきりとそう書いたんだ。それに、必ずしも前例がないわけじゃない。聖書にも似たような契約の話があるじゃないか」

「だからといって、あなたが許されるわけじゃないわ」

「ぼくは許しを求めているわけじゃない。自分がしていることはよくわかっている。それに、こうするのにはぼくなりの理由がある」

「でも、赤ちゃんをお金で買おうだなんて……」フェイスは立ちあがるとリースのそばへ歩いていき、窓から通りを見おろした。

「ぼくは赤ん坊を金で買おうとしているんじゃない。女性の力を借りようとしているんだ。家の掃除をしたり、食事を作ったりしてもらうのに金を払うのと同じだ」

「そうやって別の欲望も満たそうというんでしょう？」尋ねたとたん、フェイスは顔を赤らめた。同時に、リースも憤怒で顔を真っ赤にした。

「そのとおりだ。人は望みのものが得られるからこそ、わざわざ金を払って契約しようとするんだ。信じてくれ。自分ひとりでどうにかできるなら、ぼくだってそうした。なんであれ、他人に頼るのが嫌いなたちなんだ。だが不幸なことに出産となると、ぼくひとりの力ではどうにもできない。ほかに選択肢がないんだよ」

「あなたにはレディの知り合いがたくさんいるはずよ。実際、誘惑の達人だもの。きっとひとりかふたりはいるはずだわ、喜んであなたの子どもを――」

「ぼくはレディとは寝ない主義だ」

「本当に？」フェイスが強い口調で問いただす。「それならなぜわたしと？　わたしとならベッドをともにしても問題ないと言いたいの？」

「いや、きみを見ているうちに、例外を設けたくなってしまったんだ」そんなことを言うつもりはなかったのに、リースはつい口にした。

「そんな」フェイスが頬を染める。

「いいかい、レディ」リースは〝レディ〟という部分を強調した。「この契約はぼくらふたりにとって有益だ。きみは金を必要としているんだろう？　報酬が目当てでないかぎり、家庭教師になるために自宅を離れようとする南部女性はいないはずだ。しかもこのご時世で、金を必要としていない南部の家庭などひとつもないに違いない」

「仕事に応募したのは、わたしなりの理由があったからよ」フェイスはリースをにらみつけた。これ以上の追及はさせないと言いたげなまなざしだ。

「ならば、そういうことにしておこう。きみにはきみなりの、ぼくにはぼくなりの理由がある」リースはフェイスと目を合わせた。「ただのビジネスと割りきればいい」

「わたしはあなたのことを好きかどうかさえわからないのよ」フェイスは正直な気持ちを告げた。

リースはまたしても笑った。今回は心からの笑みだった。

「ビジネスなんだから、相手の男を好きになる必要はない」

「ビジネスといっても、これは公にはできないビジネスなんでしょう?」

「だから好都合なんじゃないか。感情的なつながりも、しがらみもいっさいなし。ずっと契約が続くわけではないし、ひとたび成果を出せば、ぼくとは二度と会う必要もない。しかもワイオミングに滞在するんだから、きみの仕事についてリッチモンドの人たちに知られることもない。それでいて、数千ドルを手にできるんだ」

「しばらく考えさせて」

「いいだろう。だが、なるべく早く返事が欲しい。ぼくも焦っているんでね。早く契約すればするほど、終わりも早くなる」

「どの程度、猶予をもらえるの?」

「二、三日ならいいだろう」リースはしぶしぶ認めた。「クリスマスだし、ひとまず家に帰るといい。ゆっくり考えてみてくれ。クリスマスが終わったら、答えを電報で知らせてほしい」彼は寝室を横切り、扉を開けた。「リッチモンドまでは、デイヴィッドに送らせよう」

フェイスは無言のままうなずき、出ていくリースを見送った。いったい何が起きているのか、よく理解できていない。それなのに、この奇妙な申し出を受けようかと考えはじめている。きっとお金のせいだ。どうしてもお金が必要なんだもの。

自分でも承知している。お金のために、おばたちのために。いいえ、ほかにどんな理由があろうと、こんな仕事を引き受けるべきではないことくらい。それなのに認めたくはないけれど、心のどこかで引き受けようかと考えてしまっている。それがお金のためだけではないことを、フェイスは痛いほどよくわかっていた。

6

「もうリッチモンドに着くのかい？」デイヴィッドが膝の上に置いた山のような書類から顔をあげた。彼がフェイスに話しかけたのは、列車に乗り込んで以来これがはじめてだ。

フェイスはデイヴィッドの顔を見た。「ええ」

デイヴィッドはポケットから懐中時計を取り出し、ふたを開けた。「三〇分しか遅れていない。いい時間に到着したね」床に置いてあった鞄に書類を戻したデイヴィッドは、フェイスがまだ自分を見つめているのに気づいた。「こういうことに慣れないといけない」

「なんですって？」

「列車での旅だよ。リースと一緒に過ごすなら、列車での旅に慣れる必要がある。ぼくはいつも仕事を持参するようにしているんだ。退屈だからね」

「退屈な相手でごめんなさい」フェイスは硬い声でつぶやいた。

「いや、そういう意味じゃないんだ、ミセス・コリンズ。きみが旅の相手として退屈だと言いたかったわけじゃない。むしろ正反対だ。ぼくはただ、列車の旅そのもののことを言いたかったんだ。馬車での移動に慣れてしまうと、列車での移動が退屈に思えて仕方なくなる。

本を読むか、寝るか、針仕事をするか、それくらいしか時間つぶしができないからね。それに今回、ぼくは繕い物を持ってきていない」デイヴィッドが笑いかける。そのときフェイスははじめて気づいた。この人、リース・ジョーダンによく似ているわ。

フェイスは笑いながら言った。「まさか。あなたは自分で繕い物なんかしないでしょう？」

デイヴィッドが傷ついたふりをした。

「きみにいつか思い知らせてやるぞ。ぼくは糸と針を持たせたら天下一品なんだ」

フェイスは首をかしげ、灰色の瞳をいたずらっぽく輝かせた。「まあ、きっと手先が器用なのね」列車が停まると、外套を手に取り、重たいドレスのスカートを片手でつまみながら混雑する通路へと踏み出した。

デイヴィッドがフェイスのすぐあとに続いた。

「迎えの馬車は待たせてあるのかい？」人でごった返している駅のプラットホームへおりると、デイヴィッドが尋ねた。

「いいえ」フェイスはかぶりを振った。

「それなら、貸し馬車に乗ろう」

「うちまではそう遠くないの。歩ける距離よ」

デイヴィッドはどんよりと曇った空を指差した。

「今にも降り出しそうだが、一か八か歩いてみるかい？」

フェイスは身を震わせた。「いいえ、やめておくわ」

「じゃあ、貸し馬車だな」

二〇分もしないうちに、馬車はコリンズ・ハウスの壊れかけた白い柵の脇に停まった。

フェイスは正面にある応接室のカーテンが動いたのに気づいた。たちまち屋敷の扉が大きく開き、小柄な赤毛の女性が飛び出してきた。崩れかけている部分に注意を払いながら、玄関ポーチの階段を駆けおりてくる。

デイヴィッドの手を借りて、フェイスは貸し馬車からおりた。

「テンピーおばさん！」体の底から元気がわき起こるのを感じ、フェイスはおばに抱きついた。

「フェイス、ああ、フェイス」テンペランス・ハミルトンは姪を強く抱きしめた。離れていたのはたったひと晩なのに、まるで何十年ぶりに再会したかのごとく。「あなたがいなくて本当に寂しかったわ」

フェイスは笑った。「まあ、そんなに長く留守にしていたわけじゃないのに」

「いいえ、永遠にも感じられるほどの時間だったわ。ヴァートやアグネスやハンナと一緒にいると、わたしは頭がどうかしそうになってしまうこと、あなたも知っているでしょう？まったくあの三人のくだらないおしゃべりときたら耐えられないわ。天は二物を与えずというのは本当だわね。見映えはいいけれど、彼女たちのおつむときたら……。まあ、ぺらぺらしゃべってごめんなさいね」テンピーはフェイスの連れのほうを向いた。「別に自分がほかの人より頭がいいなんて考えているわけじゃないのよ。なんだか恥ずかしいところをお見せしちゃったわね。あなたはミスター・ジョーダンでしょう？　ゆうべ、あなたからの電報を受け取ったわ。バート・ウィンスロップが真夜中、わざわざ届けてくれたの。なんてご親切なんでしょう。フェイスがなかなか帰ってこないものだから、心配していたところだったのよ」

「テンピーおばさん」フェイスは口を挟んだ。「しゃべりすぎだわ」

「まあ、ごめんなさい！　礼儀作法をどこに置き忘れてしまったのかしら？　さあ、入って、ミスター・ジョーダン」

「いえ、ぼくは……」フェイスの肘を取り、いそいそと屋敷の中へ入ろうとしたテンピーに向かって、デイヴィッドが話しかけた。

「テンピーおばさん。こちらはミスター・ジョーダンではなくて、ミスター・デイヴィッド・アレクサンダー、ミスター・ジョーダンの顧問弁護士よ」フェイスは玄関ポーチで立ちどまり、おばを紹介した。「ミスター・デイヴィッド・アレクサンダー、彼女はおばのテンペランス・ハミルトンよ」

「あなたがデイヴィッド・アレクサンダー？　でも、わたしたちはてっきり……」テンピーが何か言いかける。

「ミスター・ジョーダンから、ミセス・コリンズを送り届けるよう言われたんです」デイヴィッドが説明した。「彼女も旅支度のための時間が必要でしょう。それにあと少しでクリスマスです。それなら、見知らぬ人たちよりもご親族と祝日を過ごしたほうがいいとミスター・ジョーダンは考えたんです」彼は玄関の扉を開け、女性たちを先に屋敷の中へ入れた。

「まあ、フェイス！」歓喜のあまり、テンピーは飛びあがってはしゃぎはじめた。「ということは、あなた、やったのね！　なんてすばらしいの！　あなたが採用されたのね！」屋敷の中へ入り、正面の応接室に向かって叫んだ。「ヴァート！　ハンナ！　アグネス！　ジョイ！　フェイスがやったわ！　ワイオミングでの仕事に、わたしたちのフェイスがみごと採用されたのよ！」

競うように廊下へ出てきた女性たちはフェイスを抱擁したあと、デイヴィッドのハンサムな顔を眺め回した。

礼儀作法を守るべく、フェイスはデイヴィッドをおばたちに紹介した。

デイヴィッドは自分のまわりに群がる女性たちをまじまじと見つめた。信じられない思いでいっぱいだ。五歳か六歳くらいに見える小さな女の子を除けば、あとはみな、フェイス・コリンズよりかなり年上の女性ばかりだ。思わず頬がゆるむ。愉快なことに、コリンズ・ハウスは年長の女性だらけだ。明るく陽気な雰囲気は、リッチモンドの薄汚れた娼館のそれとはまるで違う。この事実を知れば、リースはさぞ喜び、安堵するに違いない。一刻も早く報告したい衝動に駆られた。

「おかけになって、ミスター・アレクサンダー」ハンナとアグネスはデイヴィッドを馬巣《ばす》織り（馬の毛で織った丈夫で光沢のある織物）のソファへいざなうと、彼の両脇にすばやく腰をおろした。フェイスには、ふたりがスカートを広げてクッションにあいた穴を隠したのがわかった。さらにすばらしいのは、デイヴィッドがこの部屋でいちばん座り心地のよい部分に座れるよう、ふたりが気を配っていたことだ。

「軽食はいかが？」テンピーが礼儀正しく尋ねる。

「紅茶はどうかしら」ハンナが言う。「おいしい紅茶があるんですよ。テンピー、わたしがしまっている場所を知っているでしょう？　熱い紅茶はいかがですか、ミスター・アレクサンダー？」

数分後、支度をして戻ってきたテンピーはトレイをハンナの前へ置いた。

「紅茶を注いでもらえるかしら、ハンナ？」

「ええ、喜んで」ハンナがにっこりする。大役を任され、ご満悦の様子だ。

ハンナとアグネスに挟まれたデイヴィッドはソファの上で落ち着きなく身じろぎすると、ハンナから手渡された紅茶のカップを受け取った。ハンナが女性陣のために紅茶を注ぎ終わるまで忍耐強く待ってから、ようやく紅茶をすする。テンピーがすすめてくれたジンジャークッキーもひとつ口にした。

「さあ、もうひとつどうぞ、ミスター・アレクサンダー。何しろ、お茶の席に紳士をお迎えするのはずいぶん久しぶりなんですよ」ハンナがにこにこしながら言う。

「そろそろジョイのお昼寝の時間ね。わたしが寝かしつけてくるわ」テンピーはジョイの手を取りながら促した。「さあ、みなさんにご挨拶して」

ジョイは客人であるデイヴィッドにはにかんだ笑みを浮かべると、年上の女性たちひとりひとりの腰に抱きついた。最後に姉であるフェイスのところへ行き、両腕を彼女の首にきつく巻きつけた。「フェイス！　とっても寂しかった」

「わたしもよ」フェイスはジョイの額にキスをした。

「もう遠くへ行かない？」

「ええ、あなたを置いて遠くへ行ったりしないわ」

「約束する？」

「神に懸けて誓うわ」フェイスは厳かに胸の前で十字を切った。

「ああ、よかった」ジョイはまたしてもフェイスに抱きついた。「じゃあ、おやすみなさい、フェイス」

「いい夢を見てね、ジョイ」フェイスにキスをされたジョイは、テンピーに連れられて寝室へと向かった。ジョイとフェイス、テンピーの三人が寝ている場所だ。

ハンナとアグネスとヴァートはテンピーが去ったのを合図と受け取り、あわてて紅茶を飲み干すと、フェイスを無事に送り届けてくれたデイヴィッドに感謝の意を表し、応接室から出ていった。ここに到着して以来、フェイスははじめてデイヴィッドとふたりきりになった。

「きみのことをフェイスと呼んでいたね」デイヴィッドが言う。

「なんのことかしら？」

「きみのお嬢さんだよ。名前で呼ぶなんて珍しいね」

すっかり忘れていた。デイヴィッド・アレクサンダーとリース・ジョーダンには、自分とジョイが母娘だと思い込ませているのだ。

フェイスは頭をめぐらせ、もっともらしい説明をひねり出した。「ジョイは大人に囲まれて育ってきたわ。わたしのおばたちやほかのふたりのレディたちは、いつもわたしを名前で呼んでいるのよ。だから、ジョイも自然とそう呼ぶようになったの」肩をすくめて言葉を継ぐ。「たしかに珍しいかもしれないわね。でも、あの子にとってはそれがふつうなの」唇を噛み、こぶしを握ったり開いたりしながら、なんとか不安を押し隠そうとする。もっと慎重に振る舞うべきだった。あとでテンピーおばさんに、ジョイに対して状況をうまく説明してもらわなければならない。

「なるほど、そういうわけか」デイヴィッドが言った。「さて、そろそろぼくはワシントンに戻ろうと思う。もし心が決まっているなら、今返事をしてくれてもかまわない。あるいはクリスマスのあと、マディソン・ホテルのリース宛に電報を送ることもできる」

ジョイが娘でないことがばれず、フェイスは内心で安堵していた。

「まだ仕事を受けるかどうか、決めかねているの。考える時間をもらえるかしら」

デイヴィッドはあたりをじっくりと観察した。かつては壮麗な屋敷だったのだろうが、今では見る影もない。壁にうっすらと残る跡から察するに、昔はそこに絵画がかけられていたのだろう。窓ガラスはところどころ板でふさがれているし、漆喰塗りの天井にはしみがいくつも浮き出ている。屋根から地下貯蔵室まで、屋敷の至るところに修繕の必要があるのは火を見るより明らかとはいえ、今のフェイス・コリンズにそんな修繕費が払えるわけがない。

銀行家でないデイヴィッドにも、それははっきりとわかった。

デイヴィッドは立ちあがると、帽子を手に取った。「じゃあ、失礼する」会釈をし、玄関へと歩き出した。

「それで、どんな様子だった？」デイヴィッドがマディソン・ホテルのプレジデンシャル・スイートに戻ってくるなり、リースは尋ねた。

「過酷な長旅でもうへとへとだよ、リース。きみに報告したいのは山々だが、とりあえずコーヒーを飲ませてくれないか？」デイヴィッドがおどけた調子で言う。

「ああ、コーヒーでもなんでも飲んでくれ。ほら」リースは大股で机まで行くと、脇にあるトレイにのっていた銀色のコーヒーポットを手に取った。

「今日はずいぶん優しいんだな。ついでに報酬の増額と、きみが持っているユニオン・パシフィック鉄道の株の譲渡も頼めるかい？」

「なんてずうずうしいんだ。きみの腕をねじりあげて、お払い箱にしてしまうぞ」リースはコーヒーを注いだカップをデイヴィッドに手渡すと、冷気で湿った彼の外套を受け取った。

「それでどんなことがわかった？」

「フェイス・コリンズが非常に誇り高い女性だということだ」

「もっと詳しく聞かせてくれ」

「彼女はリッチモンドのクラリー通りにある朽ちかけた屋敷に、子どもと四人の女性たちと住んでいる。ふたりはおばで、もうふたりは遠縁だ」

「そのふたりは彼女側の親戚なのか？　それとも死んだ夫の側か？」

「彼女側だ。おばの義理の姉妹に当たる。娘のジョイは愛らしい子だ。前歯が抜けているから、おそらく五歳か六歳だろう」

「五歳だ」フェイスが親族について話していたのをふいに思い出し、リースはぼんやりと答えた。「男はひとりもいないのか？」

デイヴィッドはほくそ笑まずにはいられなかった。リースは心から答えを知りたがっている様子だ。「陸軍中尉を見かけた」

「なんだ、そんなことだろうと思った。フェイス・コリンズは候補者として理想的すぎる。絶対に男がいるに違いないと踏んでいたんだ。そうでなければ、女五人だけで生計を立てられるわけがない」リースが室内を行きつ戻りつしはじめる。

「いや、彼女たちは裁縫で生計を立てている」

「なんだって？」リースは立ちどまり、いとこを見つめた。

「縫い物をしているんだ。屋敷に中尉がいたのは、上着が破けたからだよ」デイヴィッドはコーヒーを飲み終わるとソファに腰をおろし、リースがせわしなく歩き回るのを見つめた。

「さあ、手を貸してくれ。足が凍えて感覚がないんだ」ブーツをはいた片方の足をリースのほうへあげてみせる。

リースはデイヴィッドの足から湿ったブーツを引き抜くと、ソファの横に放り投げた。

「縫い物だって？　ドレスを仕立てたりしているのか？」リースは記憶をたどった。たしかフェイス・コリンズはぼろぼろのドレスを着ていたはずだ。「そんな仕事で暮らしがなりたつのか？」牧場で暮らす母方の祖母や数人の女性たちを除けば、リースの知り合いの女性たちはみな、ロンドンやパリで仕立てた流行の最先端のドレスを身につけている。「婦人服店に雇われているのか？　あるいは自分たちで店を経営しているとか？」

「いや、違う。彼女たちは〈リッチモンド婦人裁縫会〉と名乗っている。扱っているのは婦人服じゃない。キルトや刺繍をしたり、繕い物をしたりしている。客のほとんどはリッチモンドに駐屯している兵士たちだ」

「アメリカの兵士たちか？」

「もちろん」

「きみが見た陸軍中尉もそうなんだな」リースがまた歩きはじめる。

デイヴィッドはうなずいた。「ぼくが貸し馬車に乗って帰ろうとしたとき、ちょうど果物のかごを持った中尉が屋敷にやってきたんだ。いつも世話になっているからクリスマスプレゼントだと言って、かごを渡そうとした。ところが彼女たちときたら、それは受け取れないと断った。未婚女性しかいないのに、紳士からプレゼントをもらうわけにはいかないと言ってね。すると中尉は回れ右をして自分の馬車まで戻ると、いきなり上着を破き出したんだ」

「なんだって？」

「ボタンもバッジも全部はぎ取って、袖もびりびりに破いた。それで中尉は玄関ポーチに戻ると、こう言ったんだ。〝これを繕ってほしい。料金はクリスマスに支払うつもりだが、急いで直してもらう礼としてかごを受け取ってほしい〟とね。今度はフェイス・コリンズも快く上着と果物のかごを受け取った」

「本当か？」リースが立ちどまり、振り向いてデイヴィッドを見つめる。

「ああ、本当だ」

信じられない思いでかぶりを振ると、リースは豊かな黒髪に指を差し入れ、理性を働かせようとした。「フェイス・コリンズは、面識がある兵士からも果物のかごを受け取ろうとはしなかった。それなのに、金のためにぼくの子どもを産むことを本気で考えているというのか？」

「ああ」デイヴィッドがうなずく。「彼女の気が変わっていなければ」

「気が変わる可能性はあるだろうか？」

「もちろんある。可能性はゼロじゃない」

「いや、彼女の気が変わることはない。喉から手が出るほど金を必要としているんだ」リースは自信たっぷりに言うと、心の中でつぶやいた。よし、契約金を割り増しにしよう。

それからの三〇分間、リースはデイヴィッドを質問攻めにし、リッチモンドにあるフェイスの屋敷とそこに住む女性たちについて根掘り葉掘り聞き出した。

7

「何か話したいことがあるんじゃない？」テンピーが突然尋ねた。

「話したいことって？」フェイスはおばを見た。ふたりはクリスマスのごちそうの後片づけをすませ、台所のテーブルに腰をおろしてくつろいでいるところだった。

あたりはしんと静まり返っていた。ハンナとヴァートは昼寝をしており、アグネスは応接室の隅でせっせと襟巻きを編んでいる。反対側の隅にある小さなテーブルでは、ジョイが小型の紅茶セットでままごとをしていた。小さな椅子に座らせているのは二体の人形たちだ。

遠くからジョイの様子を眺めつつ、フェイスは二体の人形の違いを見比べた。ジョイの右側にいるのは、本物の金髪で繊細な顔立ちをしたビスク・ドールだ。腕も脚もすべて磁器で作られ、純白のアイレット・レースでできた美しいネグリジェを着ている。一方ジョイの左側にいるのは、フェイスがクリスマスプレゼントとしてあげた小さな布製の人形だ。髪は茶色の刺繍糸でできており、顔にはていねいに目鼻が刺繍されていた。軍服の端切れで作った青のドレスに、テンピーのペチコートから作った白いエプロンを合わせている。

フェイスは毎晩、ジョイが眠りに就いたあと長い時間をかけて、その人形をこつこつと仕上げた。それが今の自分にできる最高のプレゼントだった。だがヴァートが指摘しなければ、フェイスのあげた布製の人形は、今もクリスマスツリーの下に転がったままだっただろう。ジョイは色鮮やかな包装紙に包まれたプレゼントに目を奪われ、ツリーの下にある茶色の包装紙に包まれた地味なプレゼントにはまったく気づかなかったのだ。

自分のプレゼントをどこかに隠してしまいたい。フェイスは本気でそう考えていた。配達人が届けてくれたすばらしいプレゼントの数々に比べると、いかにも見劣りがする。

テンピーはジョイを見つめるフェイスの顔を見守っていた。「フェイス、ジョイはまだ小さいわ。生まれてはじめて本当に平和なクリスマスを迎えられたんですもの、新しいおもちゃに夢中になるのも無理ないわよ。あなたが小さい頃、はじめて人形をもらったときと同じね」

「ええ、わかっているわ、テンピーおばさん。ただ、あのプレゼントをジョイにあげたのが自分ならよかったのにと思っていたの。わたしもあんなすばらしいプレゼントを贈りたかった」

「あなたが贈ったも同然じゃない？」テンピーは同意を求めるように、灰色の目をフェイスに向けた。

「いいえ、贈り主は彼よ」憤懣《ふんまん》やるかたない様子でフェイスは答えた。「わたしはまったく関係ないわ」

「本当に？　てっきりあなたが関係しているのかと思っていたわ。このプレゼントはミスター・アレクサンダーからだと思っていたの。たいそうあなたを好ましく思っていた様子だったから」

「いいえ、全部リース・ジョーダンからよ。ミスター・アレクサンダーがそうするように言ったのかもしれないけど、すべてリース・ジョーダンが買ったものだと思うわ」

「リースですって？」テンピーが鋭く探りを入れる。「雇い主とは、もう名前で呼び合う仲なの？　そんな話は聞いていなかったけれど」

フェイスはテンピーが心配そうな表情になったのを見逃さなかった。「まだ話していないことがいっぱいあるのよ、テンピーおばさん。どう話せばいいのかわからなくて」

「よかったら聞かせてちょうだい」

「リース・ジョーダンはわたしに子どもを産ませたがっているの」おばが受ける衝撃を少しでも和らげようと、フェイスは声を落とし、ひっそりと告げた。

テンピーはぽかんと口を開けた。言葉を失ってしまったらしい。ようやく話せるようになると、早口でささやいた。「彼がなんですって？」

「わたしに子どもを産ませたがっているの。リッチモンドの新聞広告はまちがいで、リース・ジョーダンが本当に探していたのは、自分の跡継ぎの世話をする女性ではなくて、跡継ぎを産んでくれる女性だったのよ。彼の言葉を借りれば、〝子どもを身ごもり、腹の中で育て、出産したら子どもを引き渡してそのまま立ち去って〟くれる女性ということ。ただし、わたしが仕事を引き受けた場合、報酬ははずむと言ってくれているの」フェイスは立ちあがると、台所を落ち着きなく歩き回りはじめた。ときおり足を止め、食器棚のカップをまっすぐにしたり、皿を積み重ね直したりする。「わたしがマディソン・ホテルへ着いたとき、彼のスイートルームにはすでに仕事を希望する女性たちが殺到していたの。半日行列に並んで、彼を遠くからリース・ジョーダンを見ることはできたわ。でも、言葉は交わせなかった。もし運命のいたずらがなければ、彼と話すチャンスは永遠に訪れなかったはずよ」

「いったい何があったの？」

フェイスは大きく息を吸い込むと、リース・ジョーダンと出会ったいきさつを語りはじめた。ただし、キスをされたときに感じた複雑な感情については黙っておいた。彼の口づけとコルセットの紐を結ぶ手の感触を思い出しただけで、いまだに赤面してしまうことも。

「彼はあなたをひったくりから救い、夕食をごちそうして……そういう仕事をしてみないかとあなたに持ちかけたのね。たったひと晩で」フェイスが話し終えると、テンピーは皮肉っぽい口調で言った。「相当なろくでなしに聞こえるわ」

「とても魅力的な人よ。それに必要とあらば、ひどく説得力豊かにもなるの」

「ろくでなしってそういうものよ」

「彼はろくでなしとは違う気がする」フェイスはつぶやいた。「現に、自分からワシントンの新聞広告を見せてくれたわ。黙ったままわたしを誘惑するほうが簡単だったのに、あえて真実を教えてくれたの」

「きっとほかの候補者から本当のことがばれるかもしれないと心配だったのよ。それで誰かがあなたに真相を話してしまう前に、先手を打ったんだわ」テンピーは長椅子の隣を軽く叩き、フェイスに座るよう促した。

「そうかもしれない。でも、心配しているというよりはむしろ、わたしに挑むような言い方をしていたわ。どうしてかしら？」フェイスは長椅子に腰をおろした。

「さあ、わからないわ」テンピーが素直に認めた。「でも、わたしにわかるかわからないかなんてどうでもいい。問題はあなたにわかるかどうかよ。彼と契約を結ぶつもりなの？」

「彼はわたしを求めているわ」フェイスはささやいた。「そう感じたの」

「あなたのことを求めている男性はほかにもいるでしょう。ヴァートはあんなことを言っていたけれど、終戦後あなたに言い寄ってきた男性は、わたしが知るかぎり三人はいたはずよ」

「大酒飲みと、おじいさんと同じくらい年を取った男と、ウィスコンシンに妻と成人したふたりの子どもがいる大尉ね。みんな、わたしをこういう状況から救い出してあげると言ってくれたわ」フェイスは手をひらひらとさせ、応接室を指し示した。「ひとりになれるこぢんまりとした場所を与えてあげようって。でも、そう言われてもちっとも嬉しくなかった」

「リース・ジョーダンからの申し出は嬉しかったの？」

フェイスは一瞬考え込んだ。「ええ、自分でも奇妙なことに……。おとしめられたようにも、悪質な契約を強要されているようにも感じなかった。わたしにチャンスを与えてくれていると感じたわ。こんな話を聞かされてショックだった？」大好きなおばを見つめながら、頬をピンク色に染めた。

テンピーはフェイスにほほ笑んだ。「驚いてはいるけれど、ショックは受けていないわ。だって彼の話をするときのあなたときたら、顔が輝いているんですもの」

フェイスはさらに頬を赤らめると、目を伏せてエプロンのひだ飾りを見つめた。「わたしたちにはどうしてもお金が必要なのに、今のわたしはどうしたらいいのかわからずにいる。そんなときに、リース・ジョーダンから申し出があったの。本当は侮辱されたと考えるべきなんだろうけど、どういうわけかそういう気持ちにはなれない。彼の赤ちゃんを産むって考えると……」フェイスはふいに口をつぐみ、おばと目を合わせた。「もしこのことを知ったら、リッチモンドの人たちはどう考えるかしら？　ひどい醜聞になると思う？」

「そういうことに関してはわたしのほうが詳しいわ。今のあなたの気持ちが、わたしにわからないと思う？　ねえ、フェイス、わたしだって昔からおばさんだったわけじゃないわ。かつては若かったし、情熱的な恋愛もしたのよ」

「まあ、そんな話は一度も……」

「もちろん、一度も聞いたことがないはずよ。あなたが生まれる前の話だし、自分から進んで話したりしなかったもの。でもね、フェイス、わたしにはあなたの今の気持ちがとてもよくわかるの。当時わたしは一六歳で、あなたよりずっと若かった。姉たちはみんな結婚して家を出ていたから、病気の母と馬一頭の面倒はわたしが見ざるを得なかった。自分の人生はおしまいだって思っていたわ。そう、わが家にケヴィン・オマリーがやってくるまでは。その人はアイルランドから渡ってきたばかりで、わたしの父に馬の調教師として雇われたの。彼はわたしが出会った中でいちばん美しい男性だったし、それまで出会った調教師の中でもっとも教養のある人だった。わたしたちはすぐに恋に落ち、彼は求婚してくれたの。でも、父は求婚をはねつけたわ」テンピーは口をつぐむと、まばたきをして涙を振り払った。テーブルから立ちあがってストーブのそばまで行き、コーヒーをふたり分注ぐ。カップをテーブルまで運ぶと、ひとつをフェイスの前に置き、傷だらけのマツ材のテーブルにふたたび腰をおろした。

「それで、どうなったの？」

「わたしは彼と駆け落ちしたわ。ふたりでボルティモアへ行って結婚し、船で西インド諸島へ向かう計画だった。だけど父があとを追ってきて、彼を痛めつけたあげく、船の乗組員として勝手に登録して、彼だけを船に乗せてしまったの。それから彼とは二度と会えなかったし、わたしたちの結婚は無効になった。家族はわたしがそのうち忘れるだろうと考えたんでしょうね。わたし自身もそう思っていたけれど、忘れられなかった。家族もそうだったわ。だってわたし、彼の赤ちゃんを身ごもっていたんですもの」テンピーはひと呼吸置くと、遠い目をした。「妊娠を知った父は、わたしをフィラデルフィアにいる遠い親戚のもとへやったわ。そこで出産したの」フェイスに力なくほほ笑んだ。「でも、子どもを自分で育てられなかった。父に反対されたし、状況的にも無理だったのよ」

「まあ、テンピーおばさん、気の毒に」フェイスは立ちあがり、おばを抱きしめた。

「気の毒がらなくていいのよ、フェイス。わたしがリッチモンドに戻った数週間後、あなたのお母さんがあなたを産んだの。だけどあなたのお母さんはそのあと長いあいだ病気だったから、わたしはこの家にとどまり、ほかの子どもたちと一緒にあなたの面倒も見ることにした。わが子は育てられなかったけれど、結局あなたの母親代わりとして、ずっとここで過ごしてこられたんですもの」

「一度も結婚しなかったのね？」

「結婚したいと思ったことはあるわ。でも愛のない結婚はごめんだったし、わたしはケヴィンしか愛せなかった。それにね、そんな醜聞を引き起こしたせいで、結婚するチャンスも失ってしまったの。男性からの誘いはたくさんあったけれど、どれも求婚ではなかったのよ」

「残念だわ、テンピーおばさん。おばさんは多くのものを失ってしまったのね」

「本当にそう思う？　今のあなたの状況と比べてみてほしいの。わたしはたしかにある男性を愛し、相手の男性からも愛された。それに子どもを産んだことで、喜びと悲しみの両方を味わった。もちろん、あなたにも出産の喜びは体験してほしいわ。だけど、わたしたちを養うために自分を犠牲にしてほしくない。わたしの言いたいこと、あなたならわかるでしょう？」

「後悔はしていないの、テンピーおばさん？」

テンピーは悲しげな笑みを浮かべた。「後悔しないようにしているのよ。もしあなたがリース・ジョーダンの仕事を引き受けたとすれば、それが自分にとって正しい道だと考えたからだわ。どうかうしろを振り返らず、自分の選択を後悔しないで。もし仕事を断ったとしても同じことよ。愛しているわ、フェイス。わたしはあなたの決定を尊重する。人はそのときどきに応じて最良の選択をするものよ。わたしたちの誰もがそうできるの。もちろんあなたにだってできるわ。過去を悔いながら生きるなんてもったいない。だって人生はあまりに短くて、一瞬一瞬がとても貴重なのよ。だからこそ、自分の望みをいちばんに考えてね、フェイス。わたしたちやお金のことは考えないで」

「でも、お金は大切だわ。わたしたち全員にとって大切なものよ。健康で満足のいく暮らしをするためには欠かせない。今日ほどそう思い知らされた日はないわ。これはすべてリース・ジョーダンのお金のおかげなんだもの」フェイスは右手をひらひらとさせ、豪華なクリスマスプレゼントを指し示した。

「でも、ここにあるのはただの物よ。あなたは自分のおなかを痛めて産んだ子どもをお金のためにあきらめられるの？　答えを決める前によく考えて、くり返し自分に問いかけてみて。なぜなら、それがとても重要なことだからよ」

フェイスはおばの頬にキスをした。「どうしてそんなに賢いの、テンピーおばさん？」

テンピーはフェイスに笑みを向けた。「経験のおかげよ」人形遊びをしているジョイへ紅茶を運んでいくフェイスを見ながら、そっと言葉を継ぐ。「それに、愛のおかげだわ」

フェイスは眠れぬ一夜を過ごしていた。ベッドでひっきりなしに寝返りを打ち、どうにか落ち着ける場所を探していたら、ジョイにぶつかってしまった。

いくら寝返りを打っても眠れそうにない。今日の午後にテンピーと交わした会話をどうしても思い出さずにはいられない。それにおばの驚くべき告白も。

〝あなたは自分のおなかを痛めて産んだ子どもをお金のためにあきらめられるの？〟

〝くり返し自分に問いかけてみて〟

頭の中でおばの声がこだましている。それに低くかすれた、荒々しいのにどこか優しいリース・ジョーダンの声もだ。〝子どもを産んでほしいんだ。ぼくの子どもを身ごもり、腹の中で育て、出産したら子どもを引き渡してそのまま立ち去ってほしいんだ。永遠に〟

永遠に。

〝こうするのはぼくなりの理由がある〟

〝自分ひとりでどうにかできるなら、ぼくだってそうした〟

〝くり返し自分に問いかけてみて〟

〝ぼくなりの理由がある……〟

まんじりともせず、フェイスはふたりの声に耳を傾けた。愛と気遣いに満ちたおばの声と、それとは別の感情が込められたリース・ジョーダンのかすれた声を。

フェイスは自分に問いかけてみた。なぜわたしはリース・ジョーダンの子どもを産みたいと考えているのかしら？　大金をぽんと支払ってくれるから？　でもわたしの良心は、お金目当てにそんなことをするべきではないと告げている。一方でわたしの女性の部分は、子どもを産みたいと考えているのは、愛のためだと言い張っている。もちろん、自分ひとりだけのためならこんなことはしないだろう。わたしには愛すべきおばたちの面倒を見る義務がある。おばたちを命の危険にさらすくらいなら、受け入れがたい仕事でも受け入れなければならない。ただ、そういう決意とは別に、わたしの女性の部分が叫んでいる。〝いいえ、わたしは自分のためにリース・ジョーダンの子どもを産みたがっている。そうしたいと乞い願っている。もしふたりのあいだに奇跡が起きれば……彼と本当の夫婦になれるかもしれない……〟

フェイスはとうとう眠るのをあきらめた。ベッドから出て、急いで洗面器の水で顔を洗うと、教会へ行くための身支度を整え、朝食の用意をしに台所へと向かった。

ベーコンを焼く香ばしいにおいにつられてほかの女性たちもベッドから起きあがり、顔を洗って身支度を整えると、手伝いをするべく台所へ集まってきた。最初にやってきたのはハンナだったが、もうすべきことはほとんどなかった。フェイスがすべての準備を整えていたからだ。

ハンナは笑った。「こんなのは不公平だわ、フェイス。あなたはここ二日間とも早起きをして、わたしたち全員のために朝食を作っているじゃないの」

「気にしないで」フェイスは答えた。「眠れなかったから朝食作りを楽しんでいただけよ。でも、もしよければ紅茶をいれてもらえる？」

ハンナは嬉しそうな顔をした。紅茶をいれるのは彼女の得意技だ。「本物の朝食をまたいただけるなんて、本当に嬉しいわ。ベーコンにハムにビスケット、それに卵もあるのよ。ところでフェイス、料理がとてもうまくなったわね。なんだか信じられない。戦争がはじまる前、あなたは料理なんて一度も……」やかんを手に取ると、沸騰した湯をティーポットに注いだ。「まあ、昔の話はよしましょう。でもあなたにこんなに甘やかされたら、わたしたち、寂しくなってしまうわ」

「寂しくなるって？」台所の入口にテンピーが立っていた。

「フェイスのことよ」ハンナが答える。「ワイオミングに行ってしまったら、すごく寂しくなるわ」

「行くことに決めたの？」テンピーは尋ねると、フェイスを見つめた。

「もちろん行くに決まっているわ」テンピーの背後から答えたのはヴァートだ。「行かなければ職に就けないもの。行かなければならないのよ」

テンピーはフェイスからベーコンの皿を受け取り、テーブルに置いた。

「本気で行くつもりなの、フェイス？」

「もちろんよね、フェイス、行くんでしょう？」アグネスも加わる。

「さあ」フェイスはからかうように言った。「朝食が終わったら、とりあえず教会には行くつもりよ。今日のところ、出かける予定はそれだけだわ。ね、そうでしょう、ジョイ？」手をのばし、テンピーのスカートにまつわりついているジョイを両腕で抱きあげた。ジョイがこくんとうなずいた。

日曜の礼拝のあと、教会の墓地を歩きながらフェイスはぼんやりと考えていた。

「フェイス？　まあ、フェイス！」目の覚めるような赤いウールのドレス姿の、大柄な女性がハンカチを振り回している。

名前を呼ばれてそちらを見たフェイスは思わずうめいた。ヴァートと話しているのはリディア・アボットだ。

今度は何？　まっしぐらにこちらへ向かってくるミセス・アボットとヴァートを見て、フェイスは身構えた。リディア・アボットはリッチモンドでも有名なゴシップ好きで、無類のおせっかい焼きだ。

「フェイス」リディアは息を切らしながら、またしてもフェイスの名前を呼んだ。「あなた、ワイオミングへ行くんですって？　ヴァートから、あなたがとても裕福な男性の子どもの家庭教師の仕事を得たという自慢話をさんざん聞かされたところよ。あなたの家に山ほどクリスマスプレゼントが配達されたという話も聞いたの」にやにやしながらフェイスを見る。「あなたが税金の支払いのため、それにあの崩れ落ちそうな家のためにお金を必要としているのは、この町の誰もが知ってるわ。本当にわくわくするわね。あの小さかったフェイス・コリンズが、ひとりで西部へ旅して、お金持ちの紳士のもとで働くだなんて。ねえ、今夜うちに夕食をとりに来ない？　あなたの仕事についてもっと聞かせて。話を聞かずにはいられないわ。フェイス・コリンズが生活のために働く﹅﹅だなんて」

「ほかに話すことなどありませんわ、ミセス・アボット。どうか夕食にはほかの誰かを誘ってください」フェイスはヴァートをにらんだ。おばが自慢話をしたかった気持ちはわからないでもない。でも、よりによってリディア・アボットにそんな話をするなんて。「誘ってくださってありがとうございます。でも、わたしたちはわが家で夕食をとりますので」ヴァートの肘に手をかけると、リディアから引き離した。「では、ごきげんよう、ミセス・アボット」

「ヴァートからは、あなたが出発するってことしか聞いてないのよ。いったいいつワイオミングへ発つの？」

「まだわかりません」歯を食いしばりながら、フェイスは答えた。

「雇い主からいつまでに来るようにとは言われていないの？」リディアが食いさがる。

「あら、フェイスはすぐに出発するわ」ヴァートが大声で答えた。「すぐにね」

フェイスは肘でおばの体を軽く小突いた。「しいっ」

「雇い主から何も連絡がないようなら、ぜひ教えてね、フェイス。お金持ちの男っていうのは気が変わりやすいものよ。それに家庭教師の代わりなんかいくらでもいるんだから。うちの子どもたちにも家庭教師をつけてるの。なんならうちであなたを雇ってあげてもいいわよ」

「絶対にお断りよ」フェイスはつぶやいた。

「なんですって？」リディアが尋ねる。

「さようならと言ったんです、ミセス・アボット」そう言うと、フェイスはヴァートを引っ張って歩き出した。「どうしてあんな話をしたの、ヴァートおばさん？」リディアに声が届かないところまで来ると、フェイスは怒って言った。

「だって、仕方がなかったのよ。リディアがやってきて、わが家に運ばれてきたクリスマスプレゼントのことをしゃべりはじめたんですもの」

「無視することもできたはずよ。それなのに自慢するなんて」

「どうして自慢しちゃいけないの？」ヴァートがフェイスを見つめた。「だって、あなたはワイオミングへ行くんでしょう？」

フェイスはおばの視線を避け、先を歩いていたテンピーとジョイたちに追いつこうと足を速めた。だが、ヴァートも負けじとあとを追ってきた。答えを要求するかのように。

「まだわたしの質問に答えていないわ」フェイスに追いつくなり、ヴァートが非難した。

テンピーが振り返った。「質問ってなんのこと、ヴァート？」

「フェイスにきいたのよ、ワイオミングへ行くんでしょうって」

「さっき、おしゃべりのリディア・アボットと話していたわね。まさかフェイスがワイオミングへ行く話をしたんじゃないでしょうね？」テンピーはヴァートの腕をつかんだ。

「もしそうならどうだというの？　だって、ワイオミングへ行くんでしょう？」ヴァートはテンピーの手を振り払った。「ねえ、そうなんでしょう、フェイス？」

フェイスは何か言おうと口を開きかけた。その瞬間、ハンナがいさかいをおさめるべく、会話に割って入った。「もちろんフェイスは行くわよ。ただ、ここから旅立つという実感がまだわかないだけ。フェイスには少し時間が必要なのよ」

8

ハンナが言ったとおり、フェイスには少し時間が必要だった。いや、〝少し〟どころではない。もっと時間が必要だった。だが、もはや猶予はない。

二度目の税金の納付書が届いたのはクリスマスの二日後、月曜の朝だ。支払期限は一二月三一日。もしそれまでに支払わなければ、リッチモンドとピーターズバーグにある不動産を没収されることになる。もう迷っている時間はない。

フェイスはすりきれた黒い外出用のケープと手袋を身につけ、あわてて正面玄関へ向かった。手に握りしめているのは税金の納付書だ。

テンピーがフェイスのあとを追ってきた。「フェイス、どこへ行くの?」

「税金を支払う手続きをしてくるわ」

「フェイス?」

「心配しないで、テンピーおばさん。これからしようとしていることは、自分でもよくわかっているから」フェイスはおばにほほ笑むと、扉を開けた。「すぐに戻るわ」

フェイスは早足で通りを歩き続け、一度も速度をゆるめることなく電報局にたどりついた。

「いらっしゃい、ミス・コリンズ」カウンターの背後に座ったなじみの職員、バート・ウィンスロップが声をかける。

「電報を打ちたいの、ミスター・ウィンスロップ。今すぐに」

「受取人は？」ウィンスロップは紙と鉛筆を手に取った。

「ミスター・リース・ジョーダン。ワシントン市にあるマディソン・ホテルのプレジデンシャル・スイート宛にお願い」

「文面は？」

「今、書くわ」フェイスは電報発信紙を取ると、自分の要求を書き記した。「ここで待たせてもらうわね」料金と一緒に電報発信紙を手渡す。

「返事が来るまでに時間がかかるかもしれないよ」

「平気よ。ここで待つわ」フェイスは鋳鉄製のストーブの前にある堅い木のベンチに腰かけると、ウィンスロップがメッセージを電信で送るのを見つめた。


リース・ジョーダンはマディソン・ホテルの喫煙室にある革張りの肘掛け椅子でくつろぎながら、細い葉巻をくゆらせていた。ふいに電報配達人に名前を呼ばれて立ちあがる。

「ここだ」リースは読んでいた新聞をたたむと、脇に放り投げた。

「お客様に電報です、ミスター・ジョーダン」配達の少年が電報をリースに手渡した。

リースは少年にコインをはじいて投げ、すぐに封を切って紙を開きかけたが、思い直した。

ここではない場所で読もう。紙をふたたび折りたたんで握りしめ、喫煙室を出て階段をあがり、落ち着ける自分のスイートルームへ向かった。

スイートルームの扉にもたれながら、少し震える指で紙を開いてみる。メッセージは短くて簡潔だった。〝仕事を引き受けます。前払い金としてヴァージニア銀行へ三〇八四ドル三四セント入金されたし。感謝します。フェイス・エリザベス・コリンズ〟

リースの勝利の雄叫びを聞きつけ、隣の部屋からデイヴィッドが何事かとやってきた。

「やったぞ、オーケイの返事が来た！　さあ、さっそくリッチモンドへ行く荷造りをはじめてくれ」

「ぼくが行くのか？　本当は自分が行きたいんじゃないのかい？」

「いや、きみが行ってくれ」リースは言った。「そのほうが事務的でいい」

「手配はどうするんだ？」

「すべてぼくがする。契約書を作る準備はできているのか？」

デイヴィッドはうなずいた。「ただし、契約金の欄が空白のままだ」

「彼女がここへ到着したら、契約金についてもう一度よく考えよう。とりあえずこれを持っていってくれ」リースは机に行くと、何か書きはじめた。「銀行為替手形だ。ヴァージニア銀行のフェイス・コリンズ名義の口座に入金してほしい。あと、年長のレディたちもその口座を自由に利用できるよう手続きしてくれ」

デイヴィッドが銀行為替手形を見つめた。「リース、正気を失ったのか？　ここには一万ドルと書かれている。きみはまだ契約書に署名もしていないし、契約金額の合意に至ってもいない。いくらなんでもこれは高額すぎる」

「今回にかぎってはそうでもない。わかるか、デイヴィッド？　ぼくにとって金は保証代わりなんだ。こんな大金、とてもじゃないがフェイス・コリンズには返済できないだろう。つまりこの大金を受け取った以上、ぼくが望むかぎり、彼女はずっとワイオミングに滞在せざるを得なくなる」

「好きなだけ彼女を滞在させたいなら、もっとうまいやり方がある」デイヴィッドは反論した。「今後この計画にいくらかかるかもわからないんだぞ。法外な金額を吹っかけられるかもしれない」

リースは手にした電報を見おろし、にやりとした。「果物のかごを断る女が？」

「だめだ、危険すぎる」デイヴィッドがきっぱりと言う。「万が一に備えて、彼女と結婚しろ」

「ふたりで神父の前に並んで立つことには興味がない」

「興味を持つ必要はない。代理人を立てて結婚すればいい。ぼくが代理人になる」デイヴィッドは詳しく説明しはじめた。「いいかい、これはすべて法律を踏まえての措置だ。フェイス・コリンズと結婚しておけば、生まれた子どもの親権を取る手続きもすばやく簡単にできる。それにいらぬ騒動を引き起こすこともなくなる。フェイス・コリンズがワイオミングから去っても、彼女の育児放棄を口実にして確実に離婚できるんだ」

「もし彼女がおとなしく去ればの話だけれどね」

「もちろん去るに決まっている」

リースはしばし考えた。「だが、代理結婚は危険だ」

「きみが考えた最初の計画のほうがずっと危険だよ」

「わかったよ。だが、金はけちるな。彼女はどんな大金にも値する女性だ。それにデイヴィッド……」

「なんだ？」

「もしフェイス・コリンズからきかれたら、彼女の口座に要求どおりの金額を振り込んだと伝えてほしい」

「そんな大金を要求してきたのか？」

「ああ。しかし、ぼくが送金しようとしている一万ドルよりはるかに少ない」そう言うと、リースは説明をはじめた。「なあ、デイヴィッド、彼女はなぜあれほど具体的な金額を指定してきたんだと思う？」

「むろん税金のためだろう。彼女は家を所有している。それにたぶんほかにも不動産があるはずだ」

「ということは、フェイス・コリンズが税金を全額支払ったことを知れば、税務署のやつらは税金の額をつりあげるに決まっている。結局、あいつらが欲しがっているのは金じゃなくて土地だからだ。ぼくはそれを見越したうえで、フェイス・コリンズが自分の家や土地を所有し続けられるだけの十分な金を支払おうと考えたんだ。どのみち契約が終了すれば、彼女にはどこかへ行ってもらわなければならない。ワイオミングにずっと置いておくわけにはいかないからな」

「なるほど。それで、ほかに要望は？」

「もっと必要なら金はいくらでもあるが、彼女には絶対に言うな。それとデイヴィッド、なるべく早く帰ってこい」

「本当に自分でリッチモンドへ行かなくていいのか？」

「ああ、いいんだ」リースはきっぱりと言った。フェイス・コリンズがリッチモンドのどんな場所で暮らしているかをこの目で見るよりも、ワシントンに残ったほうがいい。あとで事細かに思い出さないためにも、人づてに聞いたあいまいな話にとどめておいたほうが身のためだ。この計画は必ずやり遂げてみせる。そのためには、フェイス・コリンズとの関係をあくまでビジネス上のものにしておく必要がある。一時的なものだと。それをゆめゆめ忘れてはならない。

そう考えながらリースは目を細め、顔を曇らせた。ていねいに電報を折りたたみ、上着の胸ポケットにしまい込む。ちょうど心臓の上だ。コート掛けから外套を取ると、袖を通し、帽子をかぶって手袋をはめた。

「どこへ行くんだ？」デイヴィッドはいとこを見つめた。さっきまで有頂天だったのが嘘のように、リースは重苦しい表情をしていた。

「電報局と駅だよ。きみは着替えて荷造りをしていてくれ。今夜はリッチモンドまで夜通し列車の旅になるぞ。そのほかの手配はぼくに任せろ」

四五分後、リッチモンドの電報局で、送受信機の電鍵がカタカタと動き出した。バート・ウィンスロップがちびた鉛筆をつかみ、電信を書きとめはじめる。

「きみ宛だよ、ミス・コリンズ」

フェイスははじかれたように飛びあがった。立ちあがり、恐る恐るカウンターへ近づく。長いあいだ堅い木のベンチに座っていたため、体がひどくこわばっていた。「どんなメッセージかしら？」ささやき声にはかすかな興奮が混じっていた。

バート・ウィンスロップはフェイスを見おろした。今や彼女は高いカウンターの前でつま先立ち、自分が走り書きした紙を読もうと身を乗り出している。頬が染まっているのが興奮しているせいなのか、ストーブの熱のせいなのかはわからない。ただ、大きな灰色の瞳はきらきらと輝いている。そのとき彼は、フェイス・コリンズが美しい女性であることにはじめて気づいた。これまではいつも彼女のことを〝ミス・コリンズ〟として見てきた。そう、有能で、物静かで、働き者で、退屈なミス・コリンズ。気まぐれなめんどりたちが住む屋敷で、勤勉に働く灰色のスズメのような存在だと。それがこの変身ぶりはどうだろう。今、目の前にいるミス・コリンズは息をのむほど愛らしい。

「ミスター・ウィンスロップ、返事はなんて？」フェイスがまたしても尋ねる。

ウィンスロップは殴り書きした言葉をあわてて読みあげた。「メッセージはこうだ。〝仕事を受けてくれてよかった。デイヴィッドがすぐ迎えに行く。きみの到着を楽しみにしている。R・ジョーダン〟」

「見せてもらってもいい？」

「これをあげるよ」ウィンスロップは走り書きした紙をフェイスに手渡した。

フェイスは胸の前で紙切れを握りしめた。重心を片脚からもう一方の脚に移動させながら、カウンターの前でそわそわと体を揺らしはじめる。

「西部へ行くんだね」ウィンスロップの言葉で、フェイスは現実に引き戻された。

フェイスは新調した黒いシルクのバッグに紙切れを押し込むと、そろそろとベンチへ戻った。きっちりとまとめたシニョンからほつれた幾筋かの髪を撫でつけ、興奮を抑えるかのように大きく深呼吸をする。

フェイスは一瞬考え込むと、ためらいがちにほほ笑んでみせた。

「ええ、ミスター・ウィンスロップ。わたし、西部へ行くわ」

9

デイヴィッド・アレクサンダーがリッチモンドにたどりつき、貸し馬車に乗ってコリンズ・ハウスへやってきたのは翌日の早朝だった。

彼のノックに応えたのはフェイスだった。「約束のものは持ってきてもらえた？」早口でささやく。

デイヴィッドはうなずくと、外套の中へ手を入れ、上着の胸ポケットをぽんぽんと叩いた。

「ああ、ちゃんとここにある」

「見せてもらってもかまわないかしら？」

デイヴィッドはかぶりを振った。「残念ながらそれはできない、ミセス・コリンズ。リースからはっきりと言われている。ぼくがこの銀行為替手形を持参したことは、誰にも知られないほうがいいとね」

フェイスは納得してデイヴィッドを見つめた。たしかにわたしはすでにひったくりの被害に遭っている。「銀行が開くのは八時三〇分なの」

「わかった。ぼくらの列車の出発まであと三時間ある。ところで、大丈夫かい？」フェイスはひどく疲れて見えた。まるで昨夜は一睡もできなかったかのように。

「ええ、荷造りは終わっているわ。ただ、ジョイがまだ寝ているの」フェイスもまたデイヴィッドを見つめ、なんて疲れた顔をしているのだろうと思った。目の下には濃いくまができ、スーツにはしわが寄っている。片方の手に帽子を、もう片方の手に鞄を持ち、玄関ポーチに立ち尽くしたままだ。「まあ、わたしったらぼんやりしていてごめんなさい。さあ、中へどうぞ、ミスター・アレクサンダー。濃いブラックコーヒーをいれるあいだ、どうかくつろいで」フェイスは脇へ寄ると、デイヴィッドを屋敷の中へ招き入れた。

デイヴィッドは応接室のほうへ歩きかけたが、フェイスは彼を台所へ案内した。台所の隅で鋳鉄製の大きなストーブが赤々と燃えている。その上にコーヒーポットがのせられていた。

「テンピーおばさん、覚えている？　ミスター・アレクサンダーよ」

ストーブのそばにいたテンピーが振り返る。「もちろんよ。さあ、ミスター・アレクサンダー、座ってちょうだい。フェイスがコーヒーをいれているあいだに、帽子と外套を預かるわ」

デイヴィッドは外套と帽子をテンピーに手渡したが、書類でふくらんだ鞄は脇に置いたままだった。いれたてのコーヒーをひと口すると、フェイスに向かって話を切り出した。

「きみとあと誰かもうひとり、ここのレディに来てほしいんだ。これからぼくと一緒に銀行と裁判所へ行ってほしい」

「どうして？」フェイスは尋ねた。

「まずはきみの口座に入金する必要がある」デイヴィッドはカップをソーサーに戻した。「それに結婚の手続きを完了させなければならない」

フェイスはコーヒーポットを取り落としそうになった。

「結婚ですって？　ミスター・ジョーダンは結婚については何も言っていなかったのに？」

「わたしが行くわ」テンピーが名乗りをあげた。

「よかった。これであなたに結婚の証人になってもらえる」デイヴィッドが続ける。「まずこれからすぐに裁判所へ行って、次に銀行へ行きましょう。ミス・ハミルトン、あなたにはワシントンへも来ていただく必要があります。契約書の証人になってほしいのです。泊まりになりますが、旅費はすべてリースが払います」彼はもうひと口コーヒーをすすると、テンピーが出したビスケットの皿に手をのばした。

「ミスター・ジョーダンは何時に到着するの？」興奮した様子でテンピーが尋ねる。

「いいえ、彼は来ません。ぼくが代理を務めます」

「わたしはあなたと結婚することになるの？」フェイスはデイヴィッドを指し示した。

テンピーが用心のためか、フェイスの手からコーヒーポットを取ると、ストーブの上へ戻した。

「いや、きみが結婚するのはまちがいなくリースだ」デイヴィッドは請け合った。「法的な委任状によってね」

「結婚するというのに、ミスター・ジョーダンは来ないの？」

「リースはワシントンで仕事があるんだよ」デイヴィッドは優しい声で言った。

「そんなのは大した問題じゃないわ、フェイス」テンピーがすかさず慰める。「あなたが彼と婚姻関係を結ぶことに変わりはないんですもの」

フェイスはまっすぐにデイヴィッドの目を見つめた。「夫婦でいるのはいつまで？」

「赤ん坊が生まれるまでだ」

「そのあとはどうするの？　婚姻そのものを無効にするの？」

デイヴィッドがかぶりを振った。「いや、離婚ということになる」

フェイスは大きく息を吸い込み、肩を怒らせると背筋をのばした。

「少なくとも、自分がどういう立場に置かれているのかはよくわかったわ」

フェイスとジョイ、テンピー、デイヴィッドの四人が一〇時一五分発の列車に乗り込んだのは、発車一五分前だった。

フェイスは安堵のため息をついた。短時間のうちに、すべての仕事をどうにか片づけることができた。まずデイヴィッドが銀行為替手形を振り出してくれたおかげでヴァージニア銀行の口座に入金され、税金を滞納せずにすんだ。おまけに、わたしは結婚まですませた。結婚という儀式に立ち合おうともしない男性と。数千ドルという大金をくれたものの、結婚指輪さえ忘れている男性と。

フェイスとジョイは、ヴァートやハンナやアグネスに別れを告げた。フェイスは彼女たちを抱擁しながら、一〇ドル金貨をそれぞれにそっと手渡すのを忘れなかった。

テンピーも同じようにしばしの別れを告げた。ふたたび戻るまで、屋敷の切り盛りは姉のヴァートに任せることになっている。別れ際、しなければならないことのリストをヴァートに渡しつつも、テンピーは祈らずにはいられなかった。あまりの忙しさに姉が目を回しませんようにと。

列車に乗り込んだフェイスは、向かい側の席でぴょんぴょん跳ねているジョイを見てほほ笑んだ。ジョイは小さな鼻をガラス窓にぴったりとつけている。あまりに近づきすぎて、ガラスが鼻息で曇るほどだ。

「見て、フェイス！」ジョイが嬉しそうに線路を指差す。

フェイスは窓の外を眺め、列車の駅がみるみる小さくなっていくのを見つめた。興奮と不安がないまぜになり、思わず唇を噛む。ただ、ジョイの隣に悠然と座っているテンピーの姿を見ると、自然と気持ちが落ち着いた。契約が成立すれば、すぐにおばはワイオミングを離れることになるのだろう。でも、少しのあいだだけでもそばにいてもらえれば心強い。

ワシントンへの旅は永遠に終わらないかに思えた。客車は思いのほか寒く、フェイスはテンピーとジョイが座っている長椅子に移り、三人で肩を寄せ合って暖を取った。ひとり残されたデイヴィッドは、厚手の外套をしっかりと着込んでいた。時間が経つにつれ、興奮ぎみだったみなのおしゃべりもしだいに途絶えていった。眠気を誘う列車の揺れと、いかんともしがたい退屈さに負け、やがて四人はうとうとしはじめた。

ワシントンでは、リースが忙しく立ち働いていた。ワイオミングへ向かう旅の手配をすべて整え、フェイスの到着に備えて机の周囲を片づける。ほかのこまごまとした仕事は、彼女との契約の詳細を決め、正式な書類を作成するまで保留してもいいだろう。とにかくあらゆる要点を明確かつ簡潔に記し、この契約に法的拘束力を持たせなければならない。ぼくは何より契約を重んじる。そして今、自分の人生にとってもっとも重要な契約に署名しようとしているのだ。いらいらしながら時計をちらりと確認し、朝刊を開いて列車の時刻表が載ったページを開いてみる。今頃彼女はフェイス・ジョーダンとなり、ワシントンへ向かっているに違いない。だが、彼女との結婚についてはあえて考えないようにした。これは単に便宜上の行為で、契約内容を確実に守らせるための手段にすぎない。彼女を自分の妻として認めるつもりはない。ぼくの頭の中では、彼女は依然としてフェイス・コリンズのままだ。

リースはまたしても時計を見た。あと二時間。あと二時間待てばいい。よけいな考え事をしたくない一心で、郵便物の仕分けをはじめた。

ふいにクリーム色をした上質皮紙の封筒に目を留めた。手書きの文字を見ると、差出人住所がダーシー上院議員の事務所になっていた。上院議員は歳出委員会の委員長を務めており、ワイオミング準州の自由放牧地活用に関するいくつかの法案の賛同者でもある。

封筒を開けながらリースは思った。いったいどれくらいの期間、書類の山のあいだに埋もれていたんだろう？　くそっ、よりによってこんなときに見つけてしまうとは。封筒の中身は、ニュー・イヤーズ・イヴに上院議員の屋敷で開かれるダンス・パーティの招待状だった。招待状の日付に目を走らせ、机の上のカレンダーを確認してみる。パーティは今夜だ。あと二時間でフェイスが到着するというのに。

リースは机と窓のあいだを数分行ったり来たりし、考えをまとめ、計画を練り、さまざまな計算をした。そして自分にとってこのチャンスを有利に変える方法に思い至り、にやりとした。パーティの開始は夜の九時。フェイスが準備を整えるには、まだたっぷりと時間がある。

リースは帽子と外套を引っつかんで手袋をはめると、スイートルームを飛び出していった。

列車は甲高い音をたてながら、ワシントン・ユニオン駅に停まった。

デイヴィッドは座席から立ちあがり、両腕を思いきりのばしてから、向かい側の座席へ手を差しのべた。フェイスとテンピーの膝の上で、ジョイがぐっすり眠っている。「ぼくがジョイを運びましょう。もう何時間もそのままの姿勢だったでしょう? さぞお疲れに違いない」

テンピーはフェイスの膝の上からジョイを抱きあげると、デイヴィッドに託した。膝の上にずっとジョイの脚がのっていたため、体がこわばって感覚がない。フェイスも同じであるのはよくわかっている。列車に乗っていた時間の大半、ジョイは頭をフェイスの膝に預けたまま、眠り続けていたのだ。「ありがとう、ミスター・アレクサンダー」テンピーはほっとして言った。

フェイスもうなずいた。「なんだか腕も脚もしびれているみたい」そう言いながら脚を前にのばしたとたん、こわばった四肢の痛みに思わず唇を噛んだ。

「急がなくていい。リースが迎えに来ているに違いない。ぼくはひとまずジョイを馬車まで連れていって、また戻ってくる」デイヴィッドが通路を歩き出した。

リースは列車からおりてきたデイヴィッドをすぐに見つけた。馬車から飛びおり、大股で迎えに行く。「彼女はどこだ？」

「まだ列車の中だ」デイヴィッドは説明した。「ぼくがジョイを連れて外に出ているあいだ、手足をのばしてもらおうと思ってね。道中、この子が彼女たちの膝の上で眠りこけていたんだ」

「彼女たち？　いったい何人連れてきたんだ？」リースは一瞬パニックに陥った。もしかすると、ほかのレディたちがフェイスと離れるのをいやがったのだろうか？　ぞろぞろと全員でやってきたとすれば、どうしたらいい？

「大丈夫だ、リース。おばがひとりだけだよ。契約合意に当たって、彼女側の証人が必要なんだ。それに親族がそばについていれば、彼女も安心できる。ぼくの見るかぎり、いちばん信頼できるおばだ。この計画をむやみに他人に話したりはしないだろう」

リースは安堵のため息をつくと、ジョイに手をのばした。「さあ、その子をこっちへ。ぼくが面倒を見ているあいだに、きみは戻って彼女たちを手伝ってやるといい」

デイヴィッドはジョイをリースの腕の中へ預けると、フェイスとテンピーを助けるべく列車に戻っていった。

リースは腕の中にいる女の子をまじまじと見つめた。髪の色が母親のフェイスとは全然違う。ジョイは巻き毛で、ほとんど白に近い金髪だ。それにほっそりと高いフェイスの鼻とは異なり、ジョイの鼻は平たくて小鼻が開いている。肌の色もフェイスは青白く、ジョイは浅黒い。にもかかわらず、ふたりはよく似ていた。

リースの腕の中で、ジョイが身をよじらせてあくびをした。リースはジョイの目をのぞき込んだ。灰色だ。色といい、形といい、フェイスの目にそっくりだった。

ジョイは見知らぬ男性を見あげ、起きあがろうと体をよじりはじめた。リースが両腕をずらし、もぞもぞしているジョイを強く抱きしめると、少女は両脚をリースの腰に巻きつけ、首に腕を回してきた。そのとき突然、リースは首筋にひんやりとした湿り気を感じた。ジョイの左手だ。右手は赤い手袋で覆われているものの、左手からは手袋が脱げ、右の手袋に縫いつけられた紐からだらりと垂れてしまっている。思わず手をのばし、ジョイの左手を確かめてみると、寒さのあまり親指が腫れたように真っ赤になり、じくじくとしていた。

胸が締めつけられる思いで、リースはフェイスの娘に笑いかけた。

「きみはジョイだね」

ジョイが恥ずかしそうにうなずいた。「あなたは誰?」

「ぼくの名前はリースというんだ」

「イース」ジョイはくり返し、深い灰色の目でリースを見あげた。「フェイスはどこ？　テンピーおばさんは？」

フェイスは列車からおり、急ぎ足でプラットホームを横切った。プラットホームを歩きながらも、胸が痛いほど高鳴り、息苦しいことを意識せずにはいられない。数秒間、雑踏に視線を走らせ、ジョイを腕に抱いたリース・ジョーダンの姿を見つけた。フェイスは突然立ちどまり、目の前の光景に見入った。

背後でテンピーも足を止めた。「フェイス、いったいどうしたの？」いきなり立ちどまった姪を気遣った。けれども、フェイスは答えなかった。根が生えたようにその場に立ち尽くしている。

テンピーは姪の視線の先をたどった。背が高く、黒い外套を着たハンサムな男性が馬車の隣に立っている。彼はジョイを抱きかかえ、小さな左手に赤い手袋をはめてやっていた。

ポーターを従えて、デイヴィッド・アレクサンダーがテンピーの隣にやってきた。「彼がリースです」リースの注意を引こうと帽子を振りながら言う。

「そう、あの人がリース・ジョーダンなのね」テンピーはつぶやいた。「さあ、行きましょう、フェイス」姪の肘をつかむと、歩道に沿って大股で歩き出した。「ミスター・ジョーダンに紹介してちょうだい」ちらりとフェイスの様子をうかがうと、頬をピンク色に染めている。テンピーは思わず眉をひそめた。どういうわけか、彼を目の前にして自分の心臓も少し高鳴っている。まったく、あの男性はハンサムすぎる。ろくでなしなのはまずまちがいない。

テンピーはさらに大股で歩き、リース・ジョーダンの前にたどりついた。

「ほら」リースの腕の中でジョイが言った。「これがフェイスとテンピーおばさんよ」

リースは見おろした。

フェイスが顔をあげる。

ふたりの視線が重なった。

フェイスは青白い顔で、黒いドレスは見る影もなく押しつぶされており、特に正面がしわだらけになっていた。髪が幾筋か肩にほつれかかっているのも気にせず、ジョイの人形を胸に押しつけている。目の下には紫色のくまができているが、頰はいきいきとしたピンク色だ。唇を嚙んでいたからか、それは赤くぽってりとしていた。

リースは咳払いをすると、すばやく隣の女性に視線を移した。フェイスと同様、華奢で小柄だ。明らかに親戚だとわかる。フェイスやジョイと同じく、おばの瞳もまた灰色だったが、黒いボンネットからこぼれている髪は鮮やかな赤だった。リースは体の緊張を解くと、女性にほほ笑みかけた。

デイヴィッドがすかさず紹介した。「ミス・テンペランス・ハミルトン、こちらはぼくのいとこであり雇い主でもあるミスター・リース・ジョーダンです」

リースはジョイを左腕で抱え、右手を差し出した。「お会いできて光栄です」いきなり口から飛び出した歓待の言葉に、リースは自分でも驚いた。邪魔者のおばなど、会った瞬間に嫌いになるだろうと考えていたのに。

「ええ、わたしもよ、ミスター・ジョーダン」手を取ったテンピーの瞳を見つめた瞬間、リースはすぐに気づいた。このおばもまた同じことを考えていたに違いない。そう、会った瞬間にぼくを嫌いになるだろうと。隣で身を硬くしたままたたずんでいるフェイスとは対照的に、テンピーは体の力を抜くと、笑みを返してきた。

「さあ、こんな寒い場所にいつまでもいたら風邪を引いてしまう」デイヴィッドはテンピーとフェイスを馬車へと急がせ、ふたりのあとから自分も乗り込んだ。さらにリースからジョイを受け取り、リースが隣の席へ腰をおろすのを待った。ジョイはふたりの男性のあいだで身をよじらせると、リースの胸に頭を寄せた。

「ホテルに戻ってくれ、マレー！」リースが御者に叫び、馬車は駅前から混雑する通りへ出た。

彼らがマディソン・ホテルに到着したのはそれから三〇分後だった。リースはフェイスとジョイのために、寝室がふたつあるヴァイス・プレジデンシャル・スイートを予約してくれていた。すぐに食べられるよう夕食の用意もしてある。

リースはフェイスのために風呂も用意していた。化粧室の中央に置かれていたのは、湯がたっぷりと張られた真鍮のバスタブだ。湯の表面から蒸気がもうもうと立ちのぼり、高い漆喰の天井まで届いている。バスタブ脇の椅子にはホテルのメイドが待機していた。メイドはフェイスとテンピーに、自分は今夜の支度のためにここにいると説明した。フェイスの着替えを手伝うよう言われたという。

「なんのために？」リースが説明した。いつの間にか、腕組みをしている。

「着替えですって？」フェイスは驚いた。「なんのために？」

「ニュー・イヤーズ・イヴのパーティに出席するんだ」リースが説明した。いつの間にか、彼は化粧室に入ってきていた。戸枠にもたれて長い脚を足首のところで交差させ、腕組みをしている。

「なんですって？」フェイスは突然現れたリースを目にして一瞬言葉を失ったものの、ようやく話せる状態になると尋ねた。

「きみとぼくはこれから、ダーシー上院議員の家で開かれるニュー・イヤーズ・イヴのパーティに出席する」リースはフェイスに歩み寄ると、指先で彼女の顎を持ちあげた。茶色の瞳でじっとフェイスを見つめる。

テンピーおばさんやジョイやメイドがいる前で、わたしにキスをしようとしているの？

フェイスは無意識のうちに目を閉じ、顔を傾けていた。

「風呂の湯が冷めてしまう」リースはフェイスの顎から指を離し、うしろへさがった。「さあ、急ぐんだ。遅刻したくない」

リースはきびすを返すと、扉のほうへ歩き出した。

「あなたがどうしたいかなんて関係ないわ」フェイスは振り返り、リースに視線を据えた。

駅でジョイを抱いているリース・ジョーダンを見たとき、どうして彼にも人並みの感情があるなどと考えてしまったのだろう？　一瞬でもそんなことを思った自分が腹立たしい。「わたしはまだ契約書に署名していない。あなたの所有物ではないのよ」

リースは足を止めた。

フェイスも負けじと足を踏みしめて立つ。

室内の雰囲気がより濃厚になったことを、フェイスはひしひしと感じていた。嵐の前のごとく、あたり一面を黒雲が覆い尽くしているかのようだ。まさに一触即発の雰囲気だった。

フェイスの怒気をはらんだ声を聞きつけ、ジョイが泣き出した。テンピーがジョイの手を取り、あわてて寝室へ連れていくと、メイドも気配を察してテンピーのあとに続いた。

リースは振り返り、信じられないとばかりに眉をつりあげた。「きみはすでに結婚契約書に署名をしただろう？　それにクリスマスプレゼントも、銀行為替手形も受け取ったじゃないか」

「クリスマスプレゼントは、わたしが頼んだわけじゃないわ」

「だがぼくの記憶違いでなければ、きみはヴァージニア銀行へ入金してくれと頼んできたはずだ。証拠の電報もちゃんと取ってある」リースは声を尖らせ、早口で言った。「三〇〇〇ドルもの前払い金をきみが返済するのに、いったいどれくらいかかると思っているんだ？　九カ月か、一年か？」

フェイスはリースの言葉に衝撃を受け、目を見開いた。なんて残酷な男。わたしがなんのために雇われたかを、ここで思い出させようとするなんて。

「三〇〇〇ドルを返済する余裕がないなら、早く風呂に入ったほうがいい」

こんなふうに一方的に義務を押しつけてくるリースが憎かった。灰色の目を鋭く光らせながら、フェイスは思わずリースをにらみつけた。

リースはとびきり魅力的な笑みを返した。どんなに敵意を抱いている女性でも、うっとりさせてしまう無敵の笑みだ。「フェイス、これからパーティに行くんだ。せいぜい楽しもう。パーティに出席するのは久しぶりだろう?」彼は扉を開けると、時計を確認した。「あときっかり一時間で支度するんだ」

10

あときっかり一時間。湯に入りながら、フェイスは小さく悪態をついた。リース・ジョーダンときたら、なんていまいましいんだろう。ゆっくりとお湯につかって長い列車旅の疲れを癒やしたいのに、入浴をせかすなんてあんまりだ。それにテンピーおばさんと一緒に過ごせる最後の夜に、外へ連れ出そうとするのも許せない。フェイスは腹立ち紛れに海綿を握りしめると、全身をこすった。彼はわたしをワシントンで開かれるパーティに連れていこうとしている。北部人《ヤンキー》の上院議員の家で開かれる北部人《ヤンキー》たちのパーティへ。

そんな華やかな場所に行けば、さぞわたしは場違いに見えるだろう。もうこれ以上決まり悪い思いをしたり、恥をかいたりするのはごめんだ。わたしにあるのは今、脱いだばかりの黒いドレスだけ。それとも彼は呪文でも唱えて、何もないところからドレスを出すつもり？

フェイスは石鹸の泡を洗い流した。だけど、事のなりゆきを見守るしかない。リース・ジョーダンのような、いちばん大事なもの――結婚指輪であれ、パーティドレスであれ――に気づかない男にすべてを任せるとどうなるのかを。

「けんかは終わった？」フェイスが湿った体にタオルを巻きつけたとき、テンピーが化粧室をのぞき込んだ。

フェイスはうなずいたが、何も答えず、テンピーを見ようともしなかった。

「ジョイに夕食をとらせて、今、寝室でひとりで遊ばせているところよ。あなたのあとにお風呂を使ってベッドにもぐり込みたいと思って。ああ、なんて贅沢なのかしら!」テンピーが感きわまったようにため息をもらした。「自分のためになんでもしてくれるメイドがいるのがどういう感じか、すっかり忘れてしまっていたわ。でも、あまり思い出さないほうがいいわね。特にわたしは明日、家に帰るのだからなおさらだわ」

フェイスが顔をあげると、テンピーは優しい灰色の目でこちらを見つめていた。ふいに涙があふれそうになる。突然弱気になり、いっきに心細さに襲われた。

「今夜、一緒に過ごしたかったのに、テンピーおばさん。一緒に過ごせる最後の夜なのに」

「わかっているわ、フェイス。でも、きっとこのほうがいいと思うの。ひと晩じゅうわたしと泣き明かして、真っ赤に腫れた目であなたをワイオミングへ行かせたくはないもの。パーティに行っていらっしゃい。そして明日の朝、どんなだったか話を聞かせて」

「わたし、さらし者になるのはごめんだわ。だってパーティに黒のドレスを着ていくわけにはいかないもの。かといって、シュミーズで行くこともできないし」

「あら、フェイス」テンピーが興奮ぎみに声を震わせた。「自分の目で確かめてみなさい。本当に美しいんだから! きっと王女様みたいに見えるはずよ。今夜のあなたのことで、わが家の人たちは何カ月も盛りあがるはずだわ」

「テンピーおばさん、いったいなんの話？」

「パーティドレスよ。ねえ、フェイス、ミスター・ジョーダンがあなたのためにドレスを買っておいてくれたの。部屋のベッドに置いてあるわ。あなたにぴったりのデザインよ。ドレスメーカーが今、お直しのために居間であなたを待っているわ。わたし、待ちきれなかったの。早く変身したあなたが見たくて、それでここへ呼びに来たのよ！」テンピーは興奮を抑えきれない様子で、フェイスにコットンのバスローブを手渡した。「さあ、早く」

フェイスは寒さに身を震わせながら、おばのあとについて居間へ行った。

「さあ、こちらへどうぞ」ドレスメーカーがフェイスを手ぶりで案内した。「暖炉のそばに来れば暖かいですよ」手を差し出しながら言葉を継いだ。「マダム・ルクレールと申します。こちらがあなたの下着です。さあ、つけてみてください。ムッシュー・ジョーダンは待たされるのがお嫌いな方ですから」

フェイスは抵抗しようとしたが、テンピーがすかさず目で制した。

ドレスメーカーの隣にあるソファには衣類の山ができており、メイドがその山の中から下着類をフェイスに手渡した。パンタレットの丈は、フェイスがふだん身につけているものに比べて短かった。脚とヒップを包み込むシルクのなめらかな感触が心地よい。パンタレットにはフランス製のレース飾りがついていた。

フェイスはうっとりとし、ため息をついた。「こんなパンタレットははじめてだわ」

続いてキャミソールに腕を通した。襟ぐりが深いデザインで、正面に小さな真珠のボタンがずらりと並んでいる。こちらもシルク製だが、透けて見えるほど薄い生地だ。

マダム・ルクレールが感心したようにうなずいた。「ムッシュー・ジョーダンは本当にすばらしいセンスの持ち主ですわ。柔らかくて美しい下着がお好みなんです」

「彼が選んだの？」フェイスは尋ねた。

「もちろんです」ドレスメーカーは肩をすくめると、数枚の衣類をメイドに手渡した。「さあ、そんなに驚いていないで、ちゃんと息を吸ってくださいな」

フェイスが言われたとおりにしているあいだに、テンピーがコルセットの紐を結んでくれた。だが、胸元が大きく開きすぎている。フェイスはたまらずコルセットを引っ張りあげた。

「だめよ、もとの位置に戻しなさい」テンピーが戒める。「そんなに引っ張りあげたら、ドレスに合わなくなってしまうわ」

フェイスはソファに腰かけると、両脚を包み込んでいるシルクのストッキングの手触りを楽しんだ。サテンのガーターをつけ、ソファから立ちあがる。コルセットとキャミソール、パンタレット、ストッキングを身につけたら、次はドレスだ。スカートを大きくふくらませて見せるフープは避けられないだろうとフェイスは考えた。だが意外にも、フープはつける必要がなかった。

「さあ、いよいよドレスですよ」マダム・ルクレールが指し示す。

テンピーはメイドを手伝ってフェイスの頭からドレスをかぶせ終わると、うしろにさがり、うっとりと姪を眺めた。

暖炉の火明かりの中、ワインレッドのドレスが鮮やかに浮かびあがる。スカート部分はほっそりとしており、フープをつける必要はない。ドレスの前身頃は生地が折り重なっているデザインで、体をぴったりと包み込み、流麗な曲線を描きながら後身頃へと続いている。スカートの背後は腰当て《バッスル》でふんわりとふくらんでおり、うしろに長く引きずるトレーンがついていた。

首回りは大きく開いていて、鎖骨と胸を強調するデザインだ。袖部分には銀色の刺繍を施したシルクの小ぶりな飾りがついている。まさにエレガントを絵に描いたような完璧なドレスだ。派手な露出がないにもかかわらず、周囲の注目を集めるようにデザインされている。マダム・ルクレールはひだの部分を調整し、トレーンをまっすぐにのばした。針と糸をすばやく取り出し、体の線に沿って縫い目を直しながら、フェイスの小柄な体型にドレスがぴったり合うようにする。

そのとき、扉をノックする音がした。「あと一〇分だ」リース・ジョーダンの声だ。

「急いで」フェイスはせかした。

「待たせておけばいいんです」マダム・ルクレールが言う。「男性を待たせるのもしつけのうちです」

テンピーが同意するようにうなずくと、フェイスの髪をとかしはじめた。

女たちはゆっくりと時間をかけて支度を整えた。廊下をせわしなく歩き回るリースの足音は完全に無視した。

フェイスは内心ほっとしていた。せかされるのはもううんざりだ。そんなに急ぐのなら、彼ひとりでパーティへ行けばいい。それがいやなら、紳士らしく待ってもらおう。

結局、フェイスがようやく扉を開けて姿を現したのは二〇分後だった。

リースが最初に目を留めたのはフェイスの髪型だ。豊かな黒髪は一本の三つ編みにされ、ねじりあげて頭のてっぺんで美しくまとめられている。さながら宝冠のようだ。簡素だが優雅な髪型はフェイスによく似合っていた。

次の瞬間、リースの茶色の瞳が濃さを増した。もっとフェイス・コリンズの姿が見たいにもかかわらず、彼女は肩からつま先まで、ワインレッドのヴェルヴェットのケープを羽織っていたのだ。

「遅刻してしまうわ」そう言うと、フェイスはリースの脇をすばやく通り過ぎ、扉へ向かった。

フェイスのあとに続きながら、リースは夜会服のポケットから金時計を取り出した。

「そうだな」

デイヴィッドが馬車でふたりを待っていた。膝の上で鞄を開き、座席じゅうに書類を広げている。頭の横にある石油ランプが、あたりを煌々と照らしていた。ふたりが乗り込むと、デイヴィッドは顔をあげ、フェイスにうなずいた。

「とてもきれいだ、ミセス・コリンズ」

「ありがとう」フェイスがデイヴィッドに笑いかける。

リースはデイヴィッドをにらみつけると、フェイスの隣に座り、脚をのばした。ワインレッドのヴェルヴェットのケープから漂う、柔らかな香りをなんとか無視しようとする。

リースはフェイスとは反対側のほうへ体をずらし、大きく咳払いをした。「それで今夜、上院議員とはどんな話をすればいい？」デイヴィッドに尋ねると、隣に座っているフェイスには目もくれず、座席にゆったりともたれた。

リースはデイヴィッドをひたと見据え、ダーシー上院議員が関わっている法案の概要に耳を傾けようとした。だが、実際は心ここにあらずの状態だった。ほのかに漂うラヴェンダーの石鹸の香りのせいで、どうしても入浴中のフェイス・コリンズの濡れた肌を想像せずにはいられない。いやおうなく興奮をかきたてられ、自分の体の反応を抑えるので精いっぱいだ。

ありがたいことに、ダーシー上院議員の屋敷にはすぐに到着した。あともう少し時間がかかっていたら、この体がどうなっていたことか。リースは馬車が完全に停まる前に飛びおり、フェイスがデイヴィッドの助けを借りて馬車からおりてくるのを待った。屋敷の中も引き続きフェイスをエスコートしてくれと頼もうとしたが、デイヴィッドに機先を制された。彼はリースに厳しい一瞥をくれると、同僚の弁護士とその妻に挨拶してくると言って、その場を離れてしまった。

リースは仕方なくフェイスに肘を差し出した。「さあ、行こうか」歯を食いしばって言う。

フェイスは手袋をはめた手をリースの腕にかけると、彼のリードに従い、玄関の階段をあがって屋敷の中へ入った。

上院議員の執事が扉のところでふたりを迎えた。

リースは印刷された招待状を執事に手渡した。

「ミスター・リース・ジョーダン」執事が高らかに宣言する。「そして……」

「きみの亡くなった夫の名前はなんというんだ？」リースはささやくと、フェイスが答えるのをいらいらしながら待った。

だが、フェイスは聞いていなかった。目の前でくり広げられるきらびやかな光景に圧倒されていたのだ。お仕着せを着たウエイターやメイドたちが、さまざまな飲み物をのせたトレイを運んでいる姿にすっかり魅せられていた。「シャンパン《champagne》だわ」うっとりしてささやく。

リースは振り向いてフェイスを見た。「シャンパン？」

「ええ」フェイスはうなずいた。これまで飲んだことは一度もない。試してみたくて仕方がなかった。

リースは執事にささやいた。

「ミスター・リース・ジョーダンとミセス・チャンプ《Champ》・コリンズだ」

フェイスは困惑して眉をひそめ、リースを見た。ミセス・チャンプ・コリンズ？

ふたりは前に進み出た。フェイスがリースに背中を向けてケープを脱ぎ、待機していたメイドに手渡す。リースは帽子と外套を取ると、フェイスのほうを向いて、背後から彼女の肘を取った。

フェイスが振り返った。

ワインレッドのシルクのドレスはフェイスにぴったりだった。まるで第二の肌のように体を包み込み、胸とヒップを浮きあがらせ、女らしい曲線を強調している。特にリースが気に入ったのは、ドレスに最近はやりのスカートのひだ飾り《フラウンス》や、蝶結びのリボンや、黒玉のビーズがあしらわれていない点だ。なんて簡素なデザインだろう。というか、簡素すぎて目のやり場に困る。リースは、銀色のレースで縁取られたドレスの首回りから目をそらそうと必死だった。とはいえ、襟ぐりはさほど大胆なデザインではない。これよりもっと大きく胸元が開いたドレスは、前に何回も見たことがある。だが上背がある分、リースにはフェイスの胸の谷間がよく見えた。どうしても彼女を見おろし、目の前に広がる光景を楽しまずにはいられない。

リースは大きく息を吸い込んだ。唇の上に玉の汗をかいている。突然体がかっと熱くなった。とりあえず一杯飲まなければ。いや、一杯くらいでは喉の渇きがおさまりそうにない。

フェイスの肘をつかむと、リースは室内を進み、すれ違ったウエイターのトレイからすばやくシャンパングラスを二脚取った。

「まあ、ありがとう――」フェイスが言いかけた。

だがリースはシャンパンを二杯とも飲み干し、空のグラスをテーブルに置いた。フェイスに話しかけられて、つい彼女を見おろしたのがまちがいだった。さらにシャンパングラスを二脚取り、今度は一杯目をひと息にあおると、二杯目のグラスをフェイスに手渡した。

「よほど喉が渇いていたのね」フェイスはリースにならい、シャンパンを飲み干そうとして思いきりむせた。

大きく上下する胸を目の当たりにし、リースは低くうなった。

フェイスはどうにかもうひと口シャンパンをすすったものの、リースにグラスを取りあげられてしまった。彼は自分とフェイスのグラスをトレイに戻すと、一目散に部屋を横切り、別のカップルと談笑しているデイヴィッドのほうへ向かった。

リースはフェイスの肘から手を離し、短く言った。「上院議員と話してくる」

「でも……」フェイスはリースのぶしつけな態度に当惑しながら言った。

リースはフェイスをデイヴィッドの隣に置き去りにし、急ぎ足で立ち去った。

デイヴィッドが友人夫妻にフェイスを紹介した。とりとめもない会話を続けていると、オーケストラが演奏をはじめた。

「踊ってもらえるかな？」デイヴィッドが尋ねる。

フェイスはうなずくと、デイヴィッドのリードに従ってダンスフロアへ進み出た。

「もう何年もダンスなんてしていないの」音楽に合わせて移動しながら、フェイスは打ち明けた。「踊り方を忘れていないか心配よ。あなたのつま先を踏んでしまうかもしれないわ、ミスター・アレクサンダー」

デイヴィッドが笑った。「いや、きっと大丈夫だ」ステップをまちがえそうになる危うい場面もあったものの、フェイスは持ち前の優美さを発揮して、つまずくようなへまはしなかった。「ミセス・コリンズ、きみはダンスが上手だ。とても長年踊っていなかったとは思えない」

「まあ、嬉しい」フェイスの陽気な笑い声が室内にこだました。

リースはダンスフロアにいるふたりをにらみつけた。上院議員と話しながらも、言葉が少しも耳に入ってこない。どれほど無視しようと努めても、ふと気づくとフェイスを目で追っていた。ワインレッドのシルクのドレスに身を包んだ、驚くほど美しい女性のことを。できるものなら自分の腕にフェイス・コリンズを抱き、部屋じゅうをくるくると回りたい。彼女をたくさん笑わせ、温かい笑みをぼくだけに向けさせたい。そんなことを考えてしまう自分に、リースはひどく腹を立てた。

「きみもそう思うだろう、ミスター・ジョーダン？」

リースは上院議員との会話に集中しようとした。「なんでしょう？」

「今、わたしが説明した法案の要点についてだよ」ダーシー上院議員が言う。「きみはどう思う――」

「失礼します、上院議員」リースははじめたときと同じように唐突に、上院議員との会話を切りあげた。「ダンスの約束をしているので」そう言うと、踊っているカップルたちを押しのけてデイヴィッドのほうへ急ぎ、いとこの肩を軽く叩いた。「今度はぼくが踊る番だ」そっけなく言う。

デイヴィッドはリースを、続いてフェイスを見た。

「いいだろう？」リースは一歩も譲らなかった。

デイヴィッドはフェイスに申し訳なさそうな笑みを浮かべると、一歩さがり、彼女から手を離した。

リースはすかさず片手をフェイスの腰に当て、彼女の手を取った。フェイスは身を硬くしたままだ。

「あなたとダンスの約束をした覚えはないわ」はじまったワルツの調べに合わせて踊り出したリースに、フェイスが噛みついた。

「ああ、申し込んではいないからな」フェイスに足を踏まれ、リースはしかめっ面をした。

腕に力を込め、彼女のウエストを引き寄せる。

「申し込むべきよ」

「ぼくが申し込んだら断れるからか？」リースは笑いながら、怒りに燃えたフェイスの灰色の目を見つめた。

「ええ」

「いいや、きみは断れる立場にない」

フェイスはまたしてもリースの足を踏んづけると、にっこりした。

「奴隷制度はもう廃止されたのよ、ミスター・ジョーダン。もしかして、ご存じないのかしら？」

華麗なワルツのリズムにのって、ふたりはくるくると回った。「もしもう一度足を踏まれたら」リースはフェイスの次の動きを警戒して言った。「ぼくも仕返しせざるを得ない」

「あなたなんて怖くないわ」そんなことを言うのは危険だとわかっている。だがフェイスは、彼をなじりたい衝動を抑えきれなかった。

リースはわざとステップをまちがえて、フェイスの体を自分の硬い体の上に引きあげた。

「もっと怖がるべきだ」

「あなたがわたしを傷つけるとは思えないもの」フェイスはさも自信があるふりをした。

「誰がきみを傷つけると言った？」リースはささやくと体をさらに押しつけ、銀色のレースに縁取られたフェイスの胸の谷間を食い入るように見つめた。ボディスから立ちのぼるラヴェンダーの香りと温もりに、いやおうなく五感が刺激される。

フェイスは押しつけられたリースの体の感触を意識していた。服の上からでも彼の体の熱が伝わってくる。森のような清潔な香りや、頬にかかる温かな息を感じずにはいられない。それに下腹部に押し当てられた、彼の下腹部の硬い感触も。たちまち全身の血がたぎり、心臓が早鐘を打ちはじめる。もうダンスのステップを踏むどころではない。ワルツのリズムも聞こえない。フェイスはつまずき、突然リースのほうへよろめいた。そのはずみで彼の足をまたしても踏んでしまった。

リースはフェイスを抱きとめ、彼女の腰を支える指先に力を込めると、なんとかバランスを保った。小声でののしりの言葉を吐きながら思う。まったく、ダンスフロアにいると、この女性は完全なる凶器と化してしまう。

リースが首を少し傾けたとき、フェイスは彼の顎に三日月の形をした小さな傷があることに気づいた。日に焼けた肌とうっすらとのびた髭により、傷がより目立って見える。どう見ても戦争で受けた傷ではない。ふだんの生活、それもずっと昔の子ども時代にできた傷のように見える。どういうわけか、フェイスはその傷に心惹かれた。できるものなら触れてみたい。指先でそっと触れて、唇を押し当てたい。彼の完璧な容姿をごくわずかに損ねている小さな傷に敬意を表して。

「ステップに集中するんだ」リースは命じるとフェイスを現実へ引き戻し、ワルツのリズムに合わせるよう誘導した。

フェイスはステップのことだけを考えるようにした。決まり悪さのあまり、頬が赤らむ。

「ごめんなさい。ただ――」

「言い訳はいい」

音楽が終わり、ふたりは急に向きを変えてダンスをやめた。

「でも――」

「何も言うな」リースはフェイスの肘をつかんであたりを見回し、ウエイターを探した。

「何か飲まなければ」

「わたしも」フェイスが舌で唇を湿した。

リースは眉をつりあげてフェイスを見つめた。自分と同じように、彼女もまた浅く速い呼吸をしている。息をするたびに胸が大きく盛りあがり、ドレスの襟ぐりからこぼれ落ちそうだ。丸みを帯びた胸のラインをひと粒の汗がしたたり、谷間へと転がり落ち、シルクの下着の中へ消えていった。あの汗のしずくを舌で味わいたい。そんなたまらない衝動に駆られ、リースは前にかがみ込み、フェイスに口づけようとした。

フェイスは目を見開いて頬を染めたものの、ゆっくりと目を閉じた。

「おっと、失礼」男の鋭い肘がリースの胸にぶつかった。いったいどこのどいつだ？　振り向いた瞬間、リースははっとした。

彼は自分がダンスフロアの隅に突っ立っていることに気づいた。しかも、フェイスと触れ合わんばかりの至近距離だ。先ほどまで踊っていたカップルたちはふたりの脇を通り過ぎ、夕食をとりに向かおうとしている。

するとそのとき、突然の叫び声に、フェイスがはじかれたように目を開けた。

「リース！　リース・ジョーダン！」

リースは声がしたほうを振り返った。

こっちに向かって合図をしているのはダーシー上院議員だ。

「さあ、こちらへ来たまえ。きみに会わせたい人がいるんだ。彼ならきみと意見が合うだろう」

うめき声を押し殺しながらフェイスに腕を差し出すと、彼女が肘に手をかけてきた。

だがそれがまちがいだったことに、リースはすぐに気づいた。唇を引き結び、フェイスと触れ合ったことによる体の反応をなんとか抑えようとする。なんてことだ。あまりに力を込めすぎたせいで、顎の筋肉が引きつっている。こんな状態で上院議員と話などできるだろうか？　不安を抱きながらも、無言のままフェイスをエスコートし、リースは上院議員のほうへ歩いていった。

11

契約交渉はまさに生き地獄だった。チェリー材のダイニングテーブルを挟んで、一方にはフェイス・コリンズとテンペランス・ハミルトン、もう一方にはリース・ジョーダンとデイヴィッド・アレクサンダーが向かい合っている。双方のあいだの〝中立地帯〟には、山のように法的書類が積み重ねられていた。

銀のコーヒーポットは当然、〝中立地帯〟に置かれるべきだろう。だがその日は朝早くから交渉をはじめたため、誰もがコーヒーを飲みたがり、四人全員がポットを独占したがった。特に四人のうちの当事者ふたりが、ひどい頭痛に悩まされていたのだからなおさらだ。

闘いは膠着《こうちゃく》状態にあった。どちらも一歩も譲ろうとはしない。デイヴィッドがリースを、続いてフェイスを見ながら口を開いた。「さあ、もう一度契約条件を見てみよう」

「契約書はひととおり見たじゃないか」リースは口を挟んだ。「見直す理由はなんだ?」

「理由は」デイヴィッドが決然とした口調で答えた。「署名をするためだ。きみたちふたりとも、まだ合意に至っていないじゃないか」

「署名しなければならないのは彼女のほうだ。ぼくはもう前金を払っている」リースは言った。

「わたしはすでにそのお金を使ってしまった。つまり、返金はできないの」フェイスが食いさがる。

「きみがすべきことはただひとつ、契約書への署名だけだ」リースはフェイスをにらみつけた。昨夜は一睡もできず、頭がひどく痛む。とても契約条件をひとつずつ吟味する気分にはなれない。

「署名したくないわ」フェイスは歯を食いしばり、眉間をこすった。頭ががんがんしている。たぶん、昨日飲んだシャンパンのせいだろう。どうしてシャンパンを飲みすぎるとこうなると忠告してくれなかったの？

「どこがいけないんだ？」リースはけんかを吹っかけたくてうずうずしていた。すべてはフェイス・コリンズのせいだ。もし彼女がワインレッドのドレスを着なければ、こんなことにはならなかった。

「全部よ」フェイスは腕組みした。まったく、なんて不愉快な男性だろう。葉巻とアルコール、それに高価な香水のにおいをぷんぷんさせている。どうして朝からこんなにおいをさせて平気でいられるの？　これはわたしに対する侮辱にほかならない。そう、昨日の夜リース・ジョーダンはわたしをひと晩じゅう放ったらかしたまま、北部人《ヤンキー》の悪徳資本家たちと楽しげに政治について語り合ったあげく、夜中の二時にホテルの受付の前でわたしを馬車からおろし、おやすみのキスもせず立ち去ったのだ！　まったくどういう神経をしているのだろう？

一方のリースも署名を拒みつつ考えた。この女、いったい何様のつもりだ？　昨日の夜はシャンパンで酔っ払ったあげく、今は今でぼくのことを汚いものでも見るような目つきでにらみつけている。そもそも、なんの権利があってぼくをにらんでいるんだ？　分別を失わないよう、精いっぱいの努力をしていたのはぼくのほうじゃないか。もし昨日の夜、ホテルの受付前でフェイスをおろさなかったら、まだ契約前だというのに馬車の中で体を重ねてしまっていただろう。そんなぼくの気遣いさえわからないのか？

リースはコーヒーポットに手をのばしたが、フェイスに先を越された。ポットをつかみ、自分のほうへ引き寄せようとするも、フェイスが頑としてポットを放そうとしない。

「まったくあなたたちときたら」テンピーがたしなめると、ふたりからポットを取りあげ、どちらのカップにも注いでやった。「まるで甘やかされた頭の悪い小さな子どもみたいよ」

同意を求めるようにデイヴィッドを見やる。

デイヴィッドがうなずいた。

「さっきからなんの合意にも至っていない。こうなったら、交渉は打ち切りだ」

「そんな！」リースとフェイスが同時に叫ぶ。

「それなら愚かな振る舞いはやめて、ビジネスと割りきってくれ」ふたりの頑固さに、さすがのデイヴィッドも我慢の限界を超えそうになっていた。そろそろ妥協点を探るか、それとも契約を破棄するか決めなくてはならない。「まず第一の条件として……」

デイヴィッドは契約全体の説明をすると、障害となっている点を探りはじめた。

「契約金は二万ドルとする」確認するようにリースを見る。

リースはうなずいて同意を示した。

金額の大きさにテンピーがはっと息をのむ。

だが、フェイスはかぶりを振った。

「なんてことだ！」リースは吐き捨てるように言った。「何が気に入らない？　まだ足りないというのか？」

「いいえ、多すぎるわ」フェイスがきっぱりと答える。

「多すぎる？」リースは驚いた。「いったいいくらならいいというんだ？」

「その半分よ。一万ドルでいいわ」

リースはデイヴィッドを見た。「わかった。それなら一万ドル支払おう。半額は今、もう半額は出産後に渡す。それでいいか？」リースはフェイスを見つめた。同意してくれるよう、なかば祈る気持ちだった。

「もちろん前金としてもらった三〇八四ドル三四セントは差し引いてね」

「よし、前金は差し引く」リースはただちに同意した。自分の銀行口座にあと七〇〇〇ドル近く余分に振り込まれていることを、フェイス・コリンズはまだ知らない。その事実に気づく頃には、すでに立会人のもと署名をした契約書が正式なものとして存在している。ひとたび離婚したら、彼女はワイオミングに戻ってこられない。もちろん、金をさらに請求したり、だまされたなどと言いがかりをつけたりするのも許されない。ぼくがはっきりさせておきたいのは、離婚後はこちらとの連絡をいっさい断つという点だ。そのためにも、やはり二万ドル受け取らせる必要があるだろう。彼女が好むと好まざるとにかかわらず。

「ミスター・ジョーダンはミセス・コリンズとその娘ジョイに、食料と衣類及び住居を提供することに同意する。また妊娠期間中に発生するさらなる生活費も負担する」デイヴィッドが続ける。「ミセス・コリンズはワイオミングにあるミスター・ジョーダンの牧場に最長一年間居住することに同意する。また子どもを出産後、体調が回復したらすみやかに立ち去る」彼はフェイスを見た。

耳元でテンピーにささやかれ、フェイスはうなずくと口を開いた。「しかるべき乳母が見つかれば、体調が戻り次第、わたしはすぐに立ち去ることに同意するわ。おばによると、乳母を見つけるにはそれなりに時間がかかるそうなの。子どもを栄養失調にはしたくないから」リースと目が合った瞬間、彼女は真っ赤になった。「わたしが出す条件に同意してもらえるかしら、ミスター・ジョーダン？」

「ああ、同意する。もっともな話だ。ぼくの子どものことを第一に考えてくれて感謝する。ただし、きみは子どもに関する権利をいっさい放棄しなければならないことを忘れないでほしい。きみはワイオミングを離れたあと、子どもといっさい連絡を取ってはならない」

フェイスは椅子の上で身じろぎした。涙がこみあげ、胃がよじれたが、何も答えずにいた。

「それでいいかな？」髪に指を差し入れながらリースは尋ねた。

フェイスがうなずいた。

「母親としてのあらゆる権利を放棄することに同意するのか?」リースはフェイスの目を見据えた。「永遠に?」

「あなたが死んでしまった場合や、あるいは殺されてしまった場合も?」フェイスがポケットからハンカチを取り出して握りしめた。きらめく灰色の目がリースを射抜く。

「ああ、たとえそういうことがあってもだ」フェイスの揺るぎないまなざしにひるんだものの、リースは目をそらそうとはしなかった。

フェイスがためらいがちに尋ねる。「あなたが亡くなった場合、子どもはどうなるの?」

「ミスター・ジョーダンは生まれた赤ん坊の法律上の父親になり、赤ん坊は彼の法律上の子ども及び相続人となる。それゆえ、もしそういう場合は、ミスター・ジョーダンによって指名された後見人が、子どもが成年に達するまで面倒を見ることになる」デイヴィッドが説明した。

フェイスはデイヴィッドを見つめた。「あなたに赤ちゃんの後見人になってほしいわ、ミスター・アレクサンダー。もしミスター・ジョーダンの身に何かあったら、わたしの子どもをあなたに育ててほしいの」

「ぼくの子どもにとって何がいちばんいいかを決めるのは、このぼくだ」リースはフェイスにきっぱりと言った。子どもが生まれた場合、その後見人としてデイヴィッドを指名する新たな遺言状を作成し、すでに署名もしてある。だが、それとこれとは別問題だ。フェイス・

コリンズにあれこれ指図されるいわれはない。

「それは、後見人として別の人を探すということ？」フェイスは椅子から立ちあがって身を乗り出した。「いいえ、この点だけは譲れないわ。後見人はミスター・デイヴィッド・アレクサンダーでなければだめよ」彼女は気づいていた。万が一リース・ジョーダンに何かあった場合、自分の居場所を知っているのはデイヴィッド・アレクサンダーだけなのだ。わが子と自分を結びつける人は彼しかいない。

フェイスは息を殺して返事を待った。けれども、待たずともリース・ジョーダンの表情を見ればわかる。わたしの意見をはねつける気だろう。暗い怒りの色をたたえた目を細め、歯を食いしばっている。力を込めすぎているせいで、右頬の筋肉がかすかに痙攣しているほどだ。

フェイスは前かがみになり、テンピーに何かささやいた。するとテンピーもまた椅子から立ちあがった。

リースは挑発にはのらず、座ったままだった。そんな芝居がかったまねをしても無駄だとフェイスに言ってやりたかったが、実際には言えなかった。猛烈な怒りを感じてはいるものの、ここはフェイスの条件をのむほかないことくらいわかる。感情を表に出していないことから察するに、フェイスは一歩も引かないつもりに違いない。

「くそっ、わかったよ！」リースはしぶしぶ負けを認めた。「きみの条件に同意しよう」きっとフェイスはほくそ笑むはずだ。だが、彼女は予想を裏切る意外な行動に出た。

フェイスはありがとうとだけ言った。優しい声には心からの感謝がにじみ出ていた。

午前中いっぱいかけて、四人は契約条件についてひとつずつ話し合い、意見の調整をしていった。そしてとうとう、合意がいちばん難しそうな最終条件について話し合う瞬間が訪れた。

デイヴィッドは咳払いをすると、最後の書類に手をのばした。「これが最後の項目になるんだが……数についてだ……」またしても咳払いをし、言い直そうとした。「受胎を試みるための……実際の数についてだ」

「なんですって？」信じられないと言いたげな口調で、テンピーが叫んだ。髪の色と同じくらい顔が真っ赤になっている。

「期限を設ける必要がある。一年以内に妊娠しなければ、この契約は無効となる」デイヴィッドはなんとか弁護士らしい態度を保とうと必死の様子だ。

リースはにやりとした。

テンピーとフェイスは身を寄せ合い、ひそひそと話しはじめた。数分間の話し合いのあと、ようやく彼女たちは結論にたどりついた。

「三でどうかしら？」フェイスが尋ねる。

リースはまたしてもにやりとした。今度は自己満足の笑みだ。「三でいいと思う」

さらなる言い合いにならないうちに、デイヴィッドはすかさず書類に数を書き込んだ。

あわてて決めたため、リースもフェイスも〝三〟が何を意味しているのか、確認しようとせずじまいだった。ベッドをともにする回数なのか、はたまた三分、三時間、三日間、三週間、三カ月を意味するのか。

デイヴィッドは、リースとフェイスに契約書の写しを手渡すとペンを差し出した。

「もうひとつだけある」リースはさりげなく口を開いた。「ここにある書類に署名した瞬間から、きみはぼくと一緒に暮らすことになるんだ、ミセス・ジョーダン。ただし、ぼくだけとだ。もし別の男と浮気している疑いが生じれば、この契約は無効となり、金も没収となる」

「よくもそんなことを！」テンピーが立ちあがる。

「あえて言っているんですよ、ミス・ハミルトン」リースはなめらかな口調で答えた。「息子の父親はぼくだという確証が欲しいんです。正真正銘ぼくの血を引いた子でなければならない。息子には醜聞や噂とは無縁でいてほしいんです」茶色の目でフェイスを見つめてつけ加える。「きみが出産するまで、ぼくらは法的に結びつけられる。いわゆる代理結婚だが、一時的にしろ夫と妻になる。ワイオミングでは夫婦として暮らすのだから、慎重に行動してほしい。ほかの男と関係を持たないでくれ」

リースに引っぱたかれたかのように、フェイスはびくりとした。みるみるうちに頬が染まり、あまりの侮辱に息が荒くなる。灰色の瞳を怒りにきらめかせながら、フェイスは氷のごとく冷たい声で言った。「それがあなたの最終条件なの？」

「そうだ」

「わかったわ」フェイスはリースをひたと見据えたまま言った。「わたしにも最終条件があるの。ミスター・ジョーダン、知ってのとおり、わたしは気難しい女よ。もし今みたいな状態――アルコールや煙草や、別の女性の香水のにおいをぷんぷんさせた状態でわたしの前に現れたら、妊娠していようがいまいが、この契約は無効にさせてもらうわ。そのときはもちろん、わたしもお金をもらう権利を放棄する。でも、あなたにもわたしの子どもに関するいっさいの権利を放棄してもらうわ」込みあげてくる吐き気をなんとかのみくだしながら言葉を継ぐ。「たしかに、わたしはこのばかげた茶番劇に合意した。だけど、ひとりの人間として自分の意見を述べる勇気を失ったわけではないわ。あなたも同じ人間ならわかるはずよ、ミスター・ジョーダン。契約期間中、あなたもほかの女性と関係を持たないで」フェイスは先ほど自分に向かって言われた言葉をリースに投げ返した。

リースは無言のまま、デイヴィッドの手からペンを引ったくった。契約書に署名し終えると、フェイスのほうへペンを差し出した。

フェイスはペンをつかみ、リースのほうを見もせずに二枚の契約書に署名をした。それから証人であるテンピーに契約書を手渡した。

そのあとフェイスはすぐに部屋から出ていった。

「彼女は交渉を有利に進めたな」リースは素直に認めた。今はブランデーグラスを傾けながら泡立った熱い湯に胸までつかり、昨夜の残り香をすべて洗い落としているところだ。迎え酒が喉から臓腑にしみ渡っていく。「ひどい新年の幕開けだ」

デイヴィッドはのけぞって笑い声をあげた。彼が座っているのは、ついたてで仕切られた、バスタブの向こう側にある椅子だ。

「たしかに。あわやきみの計画が台なしになるところだったな」

リースはもうひと口ブランデーをすすった。「今朝、コーヒーだけでなくシャンパンも注文すべきだったんだろうが、彼女の体調が心配でやめたんだ」

「そうか、妻の心配をするのはいいことだ」リースの当惑顔を見て、デイヴィッドは含み笑いをした。「きみはこれから一年、責任を持ってフェイス・コリンズの面倒を見なければならないんだからな。つわりは大変だとよく聞くぞ」

「それにジョイもだ」リースは考え込んで言った。「ジョイのことを忘れてはいけない」

「あと赤ん坊もだ」デイヴィッドがつけ加える。「この尋常ならざる計画を立てたのは、赤ん坊を授かるためなんだぞ」左頬にえくぼを浮かべ、彼はリースに笑みを向けた。「いよいよ、きみがいつも憧れていた家族を持てそうだな」

リースはしかめっ面をした。自分が家族を持ちたがっていたことを、デイヴィッドに気づかれていたとは思わなかった。「今が潮時なんだろう。ぼくと同じ年の男はほとんどが家族持ちだ。ぼくも若くはない。年を取りすぎて息子ができなくなったら、元も子もないからな」

「三一歳といえば、もういい年だ」デイヴィッドがからかう。「ゆうべ、きみが独身最後の思い出に、放蕩のかぎりを尽くしたことを願うよ」そうは言ったものの、デイヴィッドはちゃんと気づいていた。フェイスをホテルに送り届けたあと、リースがどう過ごしたかに。

「カードをしていただけだ」リースは答えた。「それに、酒も飲んだ。だが、女と遊ぶような自堕落な振る舞いはしていない」

「見あげた態度だな。いいことだ。今後はフェイス・コリンズに手綱をしっかり握られるはめになるんだから」デイヴィッドはにやりとし、いたずらっぽく目を輝かせると、さらに何か言おうと口を開いた。

だが、リースのほうがすばやかった。腕を振りあげ、石鹸だらけの海綿をデイヴィッドのいるほうへ放り投げた。しぶきをあげて宙を舞った海綿は、デイヴィッドのおしゃべりな口にみごと命中した。

「まだ言うか?」リースはなじった。

「そろそろくだらないおしゃべりはやめたほうがよさそうだな」デイヴィッドは素直に認めると、海綿を投げ返し、椅子から立ちあがってタオルで顔を拭いて扉へ向かった。「ぼくはご婦人たちの様子を確認してくる」

「ぼくはこれから昼寝だ」リースは言った。「彼女にも昼寝をするよう伝えてくれないか?」

「きみとかい? それとも彼女ひとりで?」デイヴィッドがからかう。

「もちろんひとりでだ」リースは笑い出した。「ぼくだってそれほど愚か者じゃない。引くべきときは心得ているつもりだ」

「そう聞いて安心したよ」デイヴィッドが淡々とした口調で言う。「もし日没前にばったり会いでもしたら、彼女はきみをナイフで切り刻んでしまいそうだからな」

「ばったり会わないことを願うばかりだ。ぼくらは午後五時一〇分発の列車に乗る。きみたちはいつ出発する？」

「その数時間後だ。リッチモンドへ戻る前に、ミス・ハミルトンを夕食に誘おうと思う。今朝はあんな見るに堪えない、いさかいの場を目撃させてしまった。せめてものおわびだ」リッチモンドへ行き、またワシントンへ戻ってくる長旅を考えるだけで、デイヴィッドは正直げんなりした。だがやはり、責任を持ってテンペランス・ハミルトンを家まで送り届けるべきだろうと考えていた。

リースはバスタブから立ちあがると、腰にタオルを巻きつけた。

「数時間したら起こしてくれ。それと、デイヴィッド……」

「なんだい？」

「机の上に男の名前を書いた紙がある」

「それで？」

「リッチモンドにいるあいだに、彼について調べてほしい」

「フェイス・コリンズのおばたちに尋ねろということか？」

「いや、誰にも知られず、目立たないようにしてくれ」

デイヴィッドはにやりとした。そういう調査にかけて、自分の右に出る者はいない。何しろ、あのピンカートン（スコットランド生まれのアメリカの私立探偵。アメリカ初の探偵事務所を設立した）から仕事のこつを教わっている。ただし、ピンカートンもこちらから仕事のこつを学んだはずだ。

デイヴィッドは隣の部屋へ行くと、机にあった紙切れを手に取った。書かれていた名前を読んだ瞬間、笑みがこぼれた。リースはさりげないふうを装っていたが、それにだまされるデイヴィッドではない。彼はもう一度紙切れを見ると、暖炉へ放り込んだ。

〝チャンプ・コリンズ〟

12

馬車の中、リースは目の前にいる女性をちらりと盗み見た。じっと座ったまま動かず、背筋をあり得ないほどまっすぐにのばし、肩を怒らせ、首を傾けている。さながら女王のように傲慢で堂々たる態度だ。

昼寝をしても、フェイス・コリンズの機嫌の悪さは改善されなかったらしい。彼女は依然として怒ったままだ。それに顔はチョークのように白い。美しくふっくらとした唇は引き結ばれている。ホテルを出て以来ひと言も話さず、両手を膝の上できつく握りしめたままだ。

胸躍るはじまりとは言いがたい。

フェイスは歯を食いしばったまま、リースと言葉を交わさないようにしていた。感情が嵐のごとく波立っており、これ以上耐えられないほどの胸のつかえを感じている。今後二四時間をどうやって乗りきればいいのか、自分でもまったくわからない。

それに彼とこれから何日も、何週間も、何カ月も一緒に過ごすことは考えたくもない。でも、どうにかして耐えなければ。契約書に署名をしてしまったのだから。黒々としたインクで記した自分の名前が、ときおり頭の中をよぎる。そしてそのたびに運命にもてあそばれている気分になる。

フェイスは向かい側に座る男性を見た。彼と交わした契約の親密すぎる内容を考えるたびに、体が震えてしまう。彼は今夜列車の中で、ベッドをともにしようと考えているのだろうか？　フェイスはまたしても身を震わせた。だがそれが不安から来るものなのか、期待から来るものなのかはよくわからない。大きく息を吸い、込みあげてくる吐き気をなんとかのみくだす。馬車の中で吐くなどという、みっともない振る舞いをするわけにはいかない。

胸躍るはじまりとは言いがたい。

馬車が駅前で停車すると、デイヴィッドが座席から飛びおり、テンピーがおりるのを手助けした。リースはジョイの体を抱え、空いたほうの手をフェイスにのばした。

フェイスの顔をひと目見るなり、リースはジョイをデイヴィッドに託した。フェイスの体を抱きあげてプラットホームを全力疾走し、この旅のために手配した専用車両へ足を踏み入れた。

「ご乗車ありがとうございます」ポーターが帽子を取り、リースのために専用車両の扉を開けた。

リースが洗面所に駆け込んでフェイスを床におろすと、彼女は子馬のようによろめき、腹部を押さえて胃の中のものを洗面器にすべて吐き出した。リースは水差しの水で洗面用タオルを濡らし、フェイスのボンネットのリボンをほどいて脇へ放り投げ、ほてった彼女の顔に冷たいタオルを当てた。

「気分はよくなったか？」タオルを手渡しながら尋ねる。

フェイスはひどく決まり悪い思いをしながらうなずいた。

リースは指先でフェイスの顔を傾け、様子を確認した。チョークのような白さが消え、頬に赤みが差してきている。

「恥ずかしがることはない。人は誰でもたまには気分が悪くなるものだ」

フェイスが疑わしげな顔をした。

リースはほほ笑んだ。「こんなぼくでもね」フェイスから離れながら言葉を継ぐ。「ここで待っていてくれ。何か飲み物を取ってくる」

またしてもフェイスは疑わしげな顔をした。

「シャンパンは持ってこない」リースはまいったとばかりに両手をあげた。「約束する」彼は洗面所から出ていくと、扉を閉めた。

「あの子はどこ？」誰かの声がした。

リースが振り向くと、テンピーがいた。「この中です」扉を指差しながら言う。「何か飲み物を取ってきます」客車の隅にあるカウンターまで行くと、グラスに水を満たし、テンピーに手渡した。

テンピーは洗面所の扉を叩いた。「フェイス？　わたしよ、テンピーよ。入ってもいいかしら」フェイスのくぐもった答えが聞こえる前に、テンピーは扉を開けて中へ入った。

フェイスは慰めを求めるように、おばに抱きついた。

「ああ、テンピーおばさん、わたしったら本当にばかみたい！」

「そんなことがあるものですか」テンピーがきびきびした口調で答える。「こんな状況ですもの、そうなって当然よ」

「そうかしら」

「そうですとも。それにゆうべ、シャンパンを飲みすぎたせいもあるんでしょう。誰にだって起こることとよ」テンピーはフェイスの顔にほつれかかる濡れた髪を撫でつけた。

「彼も同じことを言っていたわ」

「本当に？」テンピーのリースに対する評価が少しあがったのは言うまでもない。彼女はフェイスに水の入ったグラスを手渡した。「さあ、口をゆすいでから飲んで。少しは気分がよくなるわ」

フェイスは言われたとおりにすると、テンピーを振り返った。

「わたし、一度もこんなことは……」

テンピーは口を開き、あなたはこれからはじめてのことをたくさん体験しなければならないのだと言い聞かせようとした。だが、すんでのところで思い直した。もうこれ以上フェイスの具合を悪くしたくない。「大丈夫よ、フェイス」手袋をはめた手で、姪の頬を軽く叩きながら言う。「すべてうまくいくわ」励ますようにほほ笑んだ。

列車の汽笛が鳴り響くと、テンピーはフェイスから離れた。

「ずっと一緒にいられたらいいんだけれど。ワイオミングまであなたについていきたいわ」

彼女は目に涙をにじませた。

リースが洗面所の扉を叩いた。「あと数分で発車だ」

テンピーは扉を開けた。リースの背後を見た瞬間、フェイスは突然自分がどこにいるかを思い出した。専用車両の中にあわてて目を走らせる。もちろん、内装を愛でているわけではない。「ジョイはどこ?」洗面所から出ると、妹を捜すべく外へ通じる扉へ向かおうとした。

リースはフェイスの行く手を遮り、優しい声で言った。「大丈夫だ。ジョイはデイヴィッドと一緒に外にいる。馬たちを列車にのせる作業を見ているんだ。すぐにここへやってくるはずだ」

数秒後、車両の扉が開き、興奮した様子のジョイが駆け込んできた。フェイスめがけて飛びつこうとしたジョイを、リースが優しく引きとめる。

「ジョイ、彼女は気分がよくないんだ。体が震えて、立っているのがやっとなんだよ」ジョイの手を取り、ソファに座らせる。「さあ、ぼくに馬の話を聞かせてくれ。だがその前に、テンペランスおばさんにさようならをしよう」ジョイに向けた言葉であるものの、それはフェイスに向けられた言葉でもあった。

ジョイはテンピーのもとへ走り寄り、腰に抱きついた。テンピーが身をかがめると、ジョイはおばの頬にキスをし、振り向いてリースを見た。

「テンピーおばさんはどこに行くの、イース?」

「リッチモンドへ帰るんだ。だがぼくらはこれから長い時間、列車に乗って旅をする」

「イースとわたしが？」ジョイの声にはためらいと興奮が感じられた。

リースはうなずいた。

「フェイスも行くの？」

「ああ、かわいい妖精《スプライト》さん。お母さんも一緒だよ」リースは自然に愛称を口にしていた。

リースがその愛称を思いついたのは、ジョイがフェイスを名前で呼んだ瞬間だ。子どもが母親を名前で呼ぶのは実に珍しい。特に南部で〝お母さん〟や〝ママ〟以外の呼び方で母親を呼ぶ子には、これまでお目にかかったためしがない。思うに、ジョイは個性的なのだろう。まだ子どもではあるが、神話の中の妖精のように独立心旺盛なのだ。それゆえ、スプライトという愛称をつけた。

ジョイが困惑した表情でリースを見つめ、何か言おうと口を開きかけた。

フェイスがはっと息をのんだ。

「フェイス、それじゃあ、気をつけてね」テンピーは少しばかり大きな声で言うとフェイスをあわてて抱擁し、足早にリースとジョイのほうへ向かってなんとか窮地をしのいだ。「ジョイ、フェイスとミスター・ジョーダンのためにいい子でいるのよ。おばさんが話したことを忘れないで」ジョイがうっかり秘密をもらすのではないか、とテンピーは気が気でない様子だ。だが、ジョイは驚くような答えを返してきた。

「うん、テンピーおばさんの話、忘れないようにする」ジョイはテンピーに向かって得意げな笑みを浮かべた。

きっと昨夜、おばはジョイに懇々と言い聞かせてくれたのだろう。いつおばの話を忘れてしまうかわからないけれど、覚えているかぎり、ジョイは秘密を守ってくれるに違いない。

フェイスは安堵のため息をついた。

列車が二度目の汽笛を鳴らすと、デイヴィッドは扉へ向かった。「さあ、そろそろ行かなくては、ミス・ハミルトン。これ以上乗っているわけにはいきません」

「ええ、わかっているわ」テンピーはデイヴィッドにうなずくと、リースに命じた。「わたしの大切な子たちを大切にしてちょうだい」

「はい」

リースの即答に、テンピーが驚いた顔をした。

「もしまたフェイスの具合が悪くなったら――」

「ぼくが世話をします」リースはきっぱりと言った。

「でも……」

「次の駅で、フェイスがどんな具合か電報を打つようにしましょう」おそらく電報はテンペランスがたどりつくよりも先にリッチモンドへ届いてしまうだろう。だが、彼女の不安を少しでも軽くするために自分にできるのはこれくらいしかない。

テンピーはリースを見あげ、視線を合わせた。

「定期的な連絡を待っているわ……もろもろのことについて」

「わかりました」リースは視線をそらさずに答えたが、フェイスの体調以外、知らせるつもりはなかった。

「よろしく頼むわね」テンピーには、リース・ジョーダンはフェイスの体調のことだけを連絡してくるつもりだということはわかっていた。「それじゃあ、いってらっしゃい」彼女はフェイスとジョイにキスをすると、デイヴィッドとともに列車からプラットホームへおりた。列車が出発すると、テンピーはその場に立ち尽くしたまま、涙をこぼしながらフェイスたちに向かって手を振り続けた。


しばらくすると、フェイスは列車の窓から離れた。テンピーの姿はすぐに小さな点になり、列車が吐き出す黒い煙によって完全にかき消されてしまった。仕方なく専用車両へと戻る。

室内にいたのは、新たに夫となった男性だけだった。

フェイスはふいにパニックに襲われた。「ジョイは？」

リースはやれやれと言いたげに肩をすくめた。「ぼくがジョイに何かしたと思ったのか？ジョイが自分の部屋を見たがったんだよ」彼は扉を開けた。

フェイスはリースに近づくと、部屋をのぞき込んだ。ジョイは子どもサイズのベッドの真ん中に座っていた。部屋の扉からベッドまで敷かれたピンク色の絨毯の上に、外出用の上着と手袋と帽子が脱ぎ散らかされている。ジョイは抱いていた人形から顔をあげると、フェイスに手を振った。「見て、フェイス！　イースが教えてくれたの。ここはわたしのお部屋なのよ！　お人形さんも小さなテーブルも椅子も、全部イースが持ってきてくれたの。すごいでしょ？」

ジョイの嬉しさが伝わってきて、フェイスも思わずほほ笑まずにはいられなかった。自分の部屋を持つ喜びなど、とうに忘れてしまっていた。戦争前は当然だと思っていたのに、戦争後はそんな贅沢など許されなかった。

フェイスはベッドに歩み寄ると、ジョイの隣に腰かけて小さな片方の足を取り、靴紐をほどきはじめた。もう片方の靴紐をほどき終わると、ジョイは分厚いウールの靴下姿になった。

「古くて汚い靴で、かわいらしいピンクのベッドカバーを汚したくないでしょう？」

ジョイが大きくうなずいた。「わたしのお部屋、かわいいでしょ、フェイス？」

フェイスは室内を見回した。羽目板の壁沿いにピンク色の人形や小型のテーブルと椅子、おもちゃや本などがずらりと並べられている。入口を見た瞬間、リースと目が合った。

「そうね、わたしが今まで見た中で、いちばんかわいらしい部屋だわ」

フェイスには、リースが誇らしげに胸を張ったのがわかった。

「ほんとに？」ジョイが灰色の目を大きく見開いた。「戦争の前にあったフェイスのお部屋よりも？」

「ええ、神様に誓ってもいいわ」実際、偽らざる心境だった。

ジョイは近づくと、フェイスをきつく抱きしめた。「ありがと、フェイス」今度はベッドから飛びおりてリースに駆け寄り、彼の膝にかじりつく。「ありがと、イース！」

リースはジョイの髪を優しく撫でたが、フェイスから視線をそらそうとはしなかった。

「どういたしまして、スプライト」

ジョイはベッドに戻ると、ふたたび人形遊びに夢中になった。

フェイスは立ちあがり、リースに近づいた。「本当にありがとう」

「ジョイには部屋を与える必要があった」リースはフェイスの感謝の言葉を無視した。彼女の感謝など必要ない。

「あんなにかわいらしい内装にする前、あそこはどんな部屋だったの？」

「ぼくの仕事部屋だ」

フェイスが口を開き、何か言おうとする。だが、リースは彼女を遮った。

「ここでも十分仕事はできる」ジョイの部屋の扉を閉めると、身ぶりで居間を指し示した。

フェイスは改めて居間を見つめた。

明るいオーク材でできた羽目板からなる、とても大きな部屋だ。床には手織りの絨毯が敷かれているが、トルコ絨毯によくある模様ではなく、鮮やかなオレンジ色をあしらった様式的なデザインだ。部屋の隅にはダンカン・ファイフ式の机と揃いの椅子が、大きな鋳鉄製のストーブのまわりには革張りのソファ一脚と肘掛け椅子二脚が配されている。壁にかけられた絵画のほとんどは風景を描いた水彩画だが、パステル画と、ペンで描かれた線描画もちらほら見受けられる。リースの机の背後にかけられているのは、巨大なアメリカ西部の地図だった。フェイスはもっとよく見ようと、ペンで描かれた絵の一枚に近づいた。

描かれているのは、地面から勢いよく突き出した巨大な岩のかたまりだ。岩はずらりと並んだ木々を見おろすようにそびえたっている。だがこの絵のいちばんの特徴は、細部まで描き込んだ画家のみごとな表現力と言っていいだろう。岩でありながら、ギリシアのドリス式円柱のように細かな縦筋が入っているのがわかる。フェイスはこれほど巨大な岩を見るのははじめてだった。

「白人たちはこれを〝悪魔の塔《デヴィルズ・タワー》〟と呼んでいる」フェイスの隣にやってきたリースが説明した。「ただし、スー族は〝灰色熊の巣《グリズリー・ベアズ・ロッジ》〟と呼んでいる。この縦筋が、巨大な熊が山頂目ざしてのぼっていくときにつけた足跡みたいに見えるからだ」

フェイスはほほ笑んだ。

「わたしはスー族がつけた名前のほうが好きだわ。実物を見たことがあるの？」

リースがうなずく。「これは準州の北東部にあるんだ」

「まあ、ワイオミングの？」

「ああ」

「なんてすてきなの！　わたしたちが住む場所の近く？」フェイスは爪で絵のてっぺんをなぞった。

「いいや」リースが答えると、フェイスはがっかりした表情を浮かべた。「家は準州の南東部にあるシャイアンから八キロほど離れた場所にある」彼はフェイスの腕に触れた。「さあ、外套と手袋を脱いだほうがいい。到着までに四、五日はかかる。ここをわが家だと思ってくつろぐといい」リースは大股でカウンターまで行くと、下からやかんを取り出した。やかんに水を入れ、ストーブの上にのせながら言う。「湯が沸くまで、この専用車両を案内してあげよう」

フェイスは外套のボタンを、続いて手袋をはずした。無意識のうちに両手を顎の下へやり、ボンネットの紐を解こうとする。そのとき、ようやくボンネットがないことに気づいて驚いた。

リースがにやりとする。「きっとバスタブのあたりにあると思う」

「脱いだことさえ覚えていないわ」

「当然だ」リースはふたたび笑った。「きみは洗面器の上で格闘中だったから、ぼくが脱がせたんだ。あとで取ってくればいい」彼は自分の腕にフェイスの外套をかけた。「さあ、寝室を見せてあげよう」

「寝室？」フェイスはぎょっとしてリースを見つめた。

「ああ、そうだ、ミセス・コリンズ。ベッドのある部屋のことだよ。ぼくらが寝る場所だ」

「一緒に？」いつもはかすれぎみのフェイスの低い声が、突然甲高くなる。

「そうしないと赤ん坊はできないだろう？」リースはさりげなく答えた。聞き逃してしまいそうなほどさりげなく。

「でも、ジョイはどうするの？」フェイスはすがる思いで、唯一の正当な言い訳を口にした。

「ジョイには自分の部屋とベッドがある」リースはフェイスを見つめた。結婚をし、子どもを産んだ女性にしては、彼女は神経質になりすぎているふうに思える。「ぼくらの寝室にジヨイを寝かせるわけにはいかない。なんのために仕事部屋を寝室に改装したと思っているんだ？　ジョイには他人の目を避ける場所が必要だからだ。それはぼくらも同じだ」辛抱強く説明していたものの、正直な話、リースの忍耐は急速に尽きかけていた。彼女の体内に自分の種を蒔くために、すでに一万ドル支払っているのだ。早くそうしたくてたまらない。リースはフェイスの手を取り、洗面所の隣にある扉へといざなった。「ほら、ここだ」カットグラスの取っ手を回し、扉を大きく開けた。

フェイスは驚きに息をのんだ。

部屋を占領していたのは、オーク材の手彫りの巨大なベッドだ。大きなヘッドボードはアーチ状になっている。アーチ部分の中央に彫られているのは、複雑な形をしたみごとなバラの花束だ。花束の彫刻に結びつけられたリボンが両端にのび、支柱に巻きつけられている。羽毛のマットレスの上に積み重ねられているのは、よくふくらんだグースダウンの枕だ。ベッドカバーは金色のサテン地でできており、フットボードはヘッドボードと同じデザインで少しだけ小ぶりだった。

こんな美しいベッドを見るのははじめてだ。いかにも温かそうだし、寝心地もよさそうで、今すぐもぐり込んでしまいたい。それに罪深いほど豪華だ。まるで王様の寝室のよう。深緑色のサテンの壁紙が、金色に飾られたベッドをいっそう引きたてている。床の上には、やはり金色と緑色の大きな枕があちこちに配されていた。ヘッドボードの両脇には小さなオーク材のテーブルがしつらえられ、どちらの上にも真鍮のランプが飾られている。一方のテーブルには革表紙の本が積み重ねられており、もう一方のテーブルには赤いバラが生けられた花瓶が置かれていた。バラのかぐわしい香りがあたり一面に漂っている。

フェイスが見守る中、リースはオーク材の衣装だんすまで歩くと、一方の扉を開けて彼女の外套をかけ、手袋を棚の上にのせた。そのとき、中にワインレッドのシルクのドレスがかかっているのがちらりと見えた。おそらく、先に届くよう彼が手配したに違いない。

「きみは右側で、ぼくは左側だ」

フェイスはびくりとしてベッドを見つめた。リースが衣装だんすのことを言っているのだと気づくのに、少し時間がかかった。

リースはフェイスの視線の先をたどり、ベッドを見つめた。「こちらのほうはあとで決めよう」からかうように言ったとたん、その場面が頭に浮かび、ふいに全身がこわばった。

フェイスは向きを変え、扉のほうへ逃げようとしたが、すぐにリースの硬い胸板にぶつかった。

リースがフェイスの腰に両腕を回し、しっかりと支える。

彼の腕に両手をかけたとたん、フェイスの全身に電流が走った。漠然とした期待に体がうずく。肌がほてり、口の中がからからになって、無意識に舌の先で唇を湿した。

リースはフェイスの唇の動きを愛おしげに見つめ、前かがみになると、顔をゆっくり近づけていった。

フェイスは顔をあげ、リースを見つめた。彼の顔が徐々に近づいてくる。その瞳は欲望に煙り、色を濃くしていた。わたしにキスをしようとしているのだ。そしてわたしもキスしてほしいと考えている。だが、リースは唇を重ねてはこなかった。フェイスが失望に思わずため息をついた瞬間、彼の唇が首元に押し当てられるのを感じた。耳たぶを軽く噛まれて優しく吸われ、もどかしいほどゆっくりと愛撫される。たちまち脚の力が抜け、フェイスは彼の腕の中でくずおれそうになった。

リースは両手をフェイスの腕の下に滑らせて、自分の首に腕を回すよう無言で促した。だがうまく伝わらなかったため、今度は自分の背中にフェイスの腕を回させ、体を預けるよう仕向けた。もう一方の耳たぶも愛撫し、両手でフェイスの体を探り、胸のふくらみを持ちあげてみる。リースが親指で胸の頂に触れた瞬間、フェイスの体が弓なりにそり返った。

温かく湿った舌を、フェイスの耳たぶからドレスの襟元へ這わせていく。もう一度フェイスの胸を両手で包み込むと、右手の下で心臓がどくんと跳ねるのがわかった。今やフェイスの呼吸は速くなり、息も絶え絶えになっている。

リースは膝を曲げてフェイスの体を抱きあげた。頭の中にあるのは、目の前にある巨大なベッドだけだ。ぼくの両親が夫婦の契りを交わし、ぼくに命を与えてくれたベッド。そしてぼくの息子が命を与えられるはずのベッドだ。リースはフェイスを抱きかかえたまま、ベッドに向かって歩きはじめた。

「イース？」

不意を突かれ、リースはフェイスの体を取り落としそうになった。扉のところから聞こえた声にはっとわれに返る。振り向いて、フェイスの体を下におろした。そこにはジョイが立っていた。不思議そうに目を大きく見開き、ふたりをまじまじと見ている。

「やかんが歌ってる」

「なんだって？」

「ストーブにかけたやかんだわ」フェイスがささやいた。「お湯が沸騰したのよ」

「ぼくももう沸騰寸前だ」リースはすばやくささやき返した。とはいえ、ジョイの登場で、すでに現実に引き戻されていた。

フェイスはドレスのしわをのばすと、ほつれた髪をもとに戻した。ジョイに歩み寄り、手を取りながら言う。「それじゃあ、歌っているやかんを助けに行きましょう」振り返り、リースを見た。「あなたも行く《カミング》？」

リースはののしりの言葉をつぶやき、歯ぎしりした。今すぐみずからを解放《カミング》したいに決まっているじゃないか。

13

それから夜になるまでずっと、フェイスはリースの視線を感じていた。獲物に襲いかかろうとする捕食動物のごとく、茶色の目がこちらの一挙手一投足を見守っている。マディソン・ホテルの料理人が持たせてくれた夕食をとっていても、神経が張りつめ、味わうどころではなかった。皿から顔をあげるたびに、リースの熱い視線を感じて頬を染めずにはいられない。まるでまなざしだけでわたしの服をはぎ取るかのようだ。

そう考えたとたん、体がかっと熱くなった。理屈では説明できない、さまざまな感情が胸に渦巻く。緊張、期待、そして恐れ。リースに対する恐れではない。未知なるものに対する漠然とした恐れだ。今夜を境に、わたしはもはや後戻りできなくなってしまう。きたるべき運命から逃れられなくなる。わたしは悪魔と取り引きした。そして今夜、その代償を支払うことになる。

フェイスはピンク色でまとめられた寝室の扉を閉めた。ジョイはベッドで人形と一緒にすやすやと眠っている。朝まで起きることはないだろう。これ以上、リースとふたりきりになる時間を先のばしにはできない。

居間に戻ると、フェイスは室内を見回した。ジョイを寝かしつけているあいだ、リースは薪ストーブの前でブランデーをすすっていたのに、今彼の姿はそこにない。きっと寝室へ行ったに違いない。ベッドの中でわたしを待っているのだろうか？

波立つ神経を静めるべく、フェイスは大きく深呼吸をし、空のブランデーグラスの脇に置かれた白ワインのグラスを手に取ると、三口で中身を飲み干した。空になったグラスをテーブルに戻し、ランプをひとつずつ几帳面に消しながら、ゆっくりとした歩調で寝室へ向かった。

リースは専用車両の外にある小さなポーチに座っていた。ブーツをはいた片足を柵にかけ、夜空を仰ぎ見る。夜気は身を切るほど冷たいが、満天に星が輝いている。英語やチェロキー語で星座の名前を思い浮かべながら星々を眺め、息を吸い込んで細い葉巻の先を赤々と輝かせてゆっくりと味わったあと、息を吐き出して煙の輪を作ってみた。それから列車のたてる規則的な音に耳を傾けつつ、暗闇に葉巻の燃え殻が一瞬輝いたあと灰になり、風に舞って消えていく様子をぼんやりと眺めた。先ほどからこうして時間をつぶしながら、専用車両の中へ戻るタイミングをはかっている。どこからか、水の流れる音が聞こえた気がした。おそらくフェイスが入浴しているのだろう。リースは分厚い外套の襟を立てて、厳しい寒さをしのごうとした。脳裏に浮かぶのは、入浴中のフェイスの姿だ。濡れてすべすべとした温かな体……。ふいに脚のあいだがこわばるのを感じ、落ち着きなく身じろぎした。よし、フェイスには、あと五分間の猶予を与えてやろう。

きっかり五分後、列車の中へ戻ったものの、リースはテーブルの脚につま先を、鋭い角に膝をしたたかぶつけた。「痛いっ！」暗闇の中で目を細め、家具がどこにあるのかを把握しようとする。月の光に満ちていた外に比べると、ここは漆黒の闇だ。なぜフェイスはランプを消したんだ？「くそっ！」肘掛け椅子の背もたれに思いきり腰をぶつけ、リースはたまらず叫んだ。

寝室の扉がバタンと閉まる音で、フェイスは目が覚めた。ベッドの上に起きあがり、あたりの様子をうかがう。かたわらに立っていたのはリースだ。「しいっ、静かに」フェイスは注意した。

「何が〝しいっ〟だ！」リースは低い声で文句を言った。「きみのせいで、腰や肘をあちこちぶつけてしまったんだぞ。どうしてランプを消したんだ？」

「暗くなるからよ」当然だと言いたげにフェイスが答え、ベッドにもぐり込んだ。

「そんなことはわかっている。暗くなるからこそ、ランプをつけるべきだろう？　真っ暗なせいで、家具がどこにあるかも見えなかった」リースは外套を脱ぎ捨てて椅子のほうへ放り投げ、ベッドに腰をおろした。

リースの体の重みでベッドがいっきに沈み込む。彼のほうへ転がらないよう、フェイスは必死でマットレスをつかむと、そっけない口調で反論した。「そんなにけんか腰にならなくてもいいでしょう？　わたしはこうしてベッドに入っていた。わざわざランプをつけておく必要がどこにあるの？　しかも、あなたがどこに行ったのかもわからないというのに」

「だが、ぼくがベッドに戻ってくることはわかっていたはずだ」

「そんなこと、わからないわ」フェイスは嘘をついた。「だって、ジョイの寝室から戻ってみたら、あなたは姿を消していたんだもの」

「ぼくは凍えそうな寒さに耐えながら、外にいたんだ」リースはブーツを脱ぎ捨て、床に転がしながら言った。「せめてきみに時間を与えてあげようと思って、紳士らしく振る舞ったつもりだ。それなのにランプを消すとは何事だ！」

「でも、寝るときはランプを消すのが習慣なの。つけたまま寝たことは一度もないわ」かたくなに言い張ったものの、フェイスはふいに口をつぐんだ。かすかな空気の動きと衣ずれの音で気づいた。リースが服を脱いでいる！

「チャンプもランプを消していたのか？」リースが立ちあがってズボンを脱いだ瞬間、沈み込んでいたベッドがもとに戻った。

「なんですって？」

「きみの聖人君子のような夫は、ベッドに入る前にランプを消したのかと、ぼくは尋ねているんだ」

フェイスは一瞬考え込んだ。「え、ええ、もちろんよ！　彼ほどの紳士はいないわ」

リースはベッド脇のテーブルに片手をのばした。何かを探している様子だ。

こするような音が聞こえた瞬間、あたりに独特のにおいが漂った。フェイスにはすぐにわかった。まちがいなく硫黄のにおいだ。

「だめ……」フェイスはベッドの上で起きあがると、胸まで上掛けを引きあげ、きつく目をつぶった。

「紳士なんかくそくらえだ」リースはランプのかさを開けると芯を出した。

部屋は金色の明かりに包まれた。

「暗がりの中でへまをするのはごめんだ。ぼくは、いつも目の前にあるものをしっかり見ていたい」リースはベッドを回り込み、フェイスが寝ているほうへやってくると、同じようにベッド脇にあるランプをつけた。フェイスの顔を撫で、含み笑いをする。「きみだってそうだろう？」

リースの姿を見た瞬間、フェイスは目を大きく見開いた。

彼は何も身につけていなかった。

フェイスはふたたび目を閉じた。先ほどよりもさらにきつく。だが、遅すぎた。リースの裸身が鮮やかに脳裏に浮かびあがる。金色に輝く肌は、わたしよりもずっと濃い色をしている。がっしりした胸には、彫刻のような筋肉がついていた。それに何より驚いたのは、リースの胸に丸い褐色の乳首がついていたことだ。まさか男性にも乳首があったなんて。

「ずいぶんと恥ずかしがり屋なんだな？」皮肉っぽく言うと、リースはフェイスの手から上掛けを奪い、いっきにめくってベッドに入ってきた。

フェイスは上掛けをあわててもとに戻し、横にいるリースから離れようとした。近すぎる。彼の体の熱がありありと感じ取れる。

リースは手をのばし、逃げようとするフェイスをつかまえた。「これはなんだ？」やぼったいフランネルのネグリジェを見て思わず尋ねる。「いや、答えなくていい。ぼくに当てさせてくれ。きみはいつも男と寝るときはフランネルのネグリジェを着ているんだろう？」

「冬だけよ」無遠慮なリースの発言に、フェイスは顔を真っ赤にした。「夏はコットンのネグリジェを着るわ」

「それで聖人君子のような夫は、きみにネグリジェを脱いでくれとは一度も頼まなかったのか？」

「もちろんよ！」リースの言葉にフェイスは衝撃を受けた。

「何事にもはじめがあるものだ。言っておくが、ぼくはネグリジェを着たままのきみを抱くつもりはない」リースは寝返りを打つと、がっしりした体にフェイスを引き寄せた。

「あなたにわかってもらえるとは思っていないわ」フェイスは身を硬くしたまま、リースに言った。少しでも気を抜くと、彼の体の温かさにわが身を預けてしまいそうだ。

こちらへ抱き寄せても、体をこわばらせたまま背筋をのばしているフェイスを見て、リースは思わず大きくため息をついた。何を今さら、フェイスをその気にさせる必要がある？契約書に署名し、ベッドをともにすることに同意したのは彼女自身なのに。だが明らかに、フェイスはぼくに多くを期待していない様子だ。きっと亡きチャンプとのときもそうだったのだろう。チャンプは、ベッドの中でフェイスを歓ばせるための努力をしないまま、ジョイの父親になったに違いない。リースは身を起こすと、フェイスの体の下にすばやく腕を回した。

彼はフェイスを愛撫しはじめた。片手をフェイスの腰から背骨に沿ってさまよわせながら、もう一方の手で硬い背中の筋肉を優しくもみほぐしていく。こうすれば、フェイスも体をもっと寄せてくるだろう。

巧みなリースの手の動きに、フェイスは歓びの吐息をもらした。

「目を開けるんだ、フェイス。ぼくを見てごらん。きみを傷つけたりはしないから」

言われたとおり、フェイスは目を開け、リースの顔を見あげた。

その瞬間、リースははっと息をのんだ。フェイスの灰色の瞳は煙っており、開きかけた唇はいかにも柔らかそうで、誘っているかのようだ。口づけされるのをせがんでいるふうに見える。「きみの夫もこういうことはしてくれたんだろう？」片方の手をフェイスの小さな背中に滑らせながら、もう片方の手でネグリジェのしっかり留まったボタンをはずしはじめる。

フェイスは首を振った。

彼女の長くて黒い三つ編みを見つめながら、リースはさらに尋ねた。「キスはしてくれたかい？」

今度はフェイスはうなずいた。

「こんなふうに？」リースは唇をフェイスの唇に押し当てた。はじめは優しく、だんだん力強く。さらに引き寄せると、自分の体の下で、フェイスの胸の頂がつんと尖っているのがわかった。フランネルの上からヒップを優しく撫でつつ、キスを深めていく。フェイスの肌をじかに感じたい。ネグリジェが邪魔で仕方がない。リースはいったん体を引き、フェイスの鼻の頭に軽く口づけた。「どうだい？」

フェイスはためらうことなく正直な答えを返してきた。またしても首を振ったのだ。

「だとすると、ジョイが生まれたのは奇跡だな」フェイスの肩のくぼみに向かってリースはつぶやいた。

本当に奇跡だとフェイスは考えていた。この指をリースの黒髪の中へ差し入れ、彼を近くに引き寄せたい。もっとリースに触れてほしい。いいえ、何より彼に触れたくてたまらない。このすばらしい体を隅々まで調べ尽くしたい。

リースはフェイスの背中に回していた両手を前へ持ってくると、ネグリジェの襟ぐりの刺繍を指先でたどりはじめた。それからフランネルの生地を指でしっかりと押さえると、首元から裾までいっきに脱がせた。「ぼくらにこんなものは必要ない」

フェイスは裸体をさらしてしまった衝撃に息をのんだ。だが彼の顔に浮かんだ称賛の表情を見て、ふいに何も言えなくなってしまった。リースの瞳は紛れもない欲望で煙っている。彼に頭の先からつま先まで見つめられ、顔を赤らめずにはいられない。リースは今、わたしが彼に差し出さなければならないもの――一糸まとわぬ姿のわたし――を見つめ、感心した表情を浮かべている。その瞳に浮かぶ称賛の色を見ていると自信がわき、大胆な気分になってくる。どのみちネグリジェをはぎ取られて、秘めやかな部分まであらわになっている。もう隠すものは何もない。

フェイスは両の手のひらをリースの胸に押し当てた。

リースが一瞬動きを止める。

彼の肌は燃えるように熱かった。信じられないほどの熱さだ。フェイスは両手をリースの体に滑らせ、乳首を探った。指の下で、筋肉が小刻みに動いているのがわかる。とうとう探り当てた乳首を軽くこすると、ふたつの頂がたちまち硬くなった。

リースはうめき声を押し殺した。先ほどから、フェイスの想定外の振る舞いに驚いてばかりだった。同じように両手をそろそろとフェイスの胸までおろし、乳房を手で包み込んで重さと形を楽しむ。手のひらを広げて親指で愛撫すると、フェイスの胸の頂はさらに硬さを増した。

フェイスは目を閉じ、唇を噛んだまま、大きく息を吸い込んだ。

「ぼくを見るんだ」リースが促す。「さあ、ぼくらを見てごらん」

フェイスはどうにか目を開けた。

目の前に広がっていたのはあまりに衝撃的で、しかも刺激的な光景だった。リースのブロンズ色の胸に置かれたフェイスの白い手が、彼の乳首をもてあそんでいる。一方、抜けるように白い彼女の胸を愛撫しているのは、褐色のリースの手だ。フェイスは頬を真っ赤に染めたものの、手を引っ込めようとはせず、リースの動きをまねて手を動かし、彼の体の探険を続けた。

リースはフェイスの両手をつかむと、胸の谷間に舌を這わせはじめた。立ちのぼってくるのはラヴェンダーと汗と女の香りだ。刺激的な香りに興奮をあおられ、欲望の証が耐えがたいほどふくれあがる。リースはフェイスの片方の胸を、続いてもう片方をつかみ、胸の頂を舌で愛撫した。

フェイスは両手を振りほどくと、リースの豊かな黒髪に差し入れ、愛撫を求めて彼の頭を自分の胸に引き寄せた。さまざまな感覚が重なり合い、電流のようにフェイスの全身を駆け抜けていく。

彼女の反応を意識しながら、リースはますます熱心に愛撫しはじめた。胸に指を這わせ、舌で味わい、歯で軽く嚙みながら口で味わい尽くす。ピンク色をした片方の頂を、続いてもう片方をていねいに愛撫した。雪のように白いフェイスの胸を崇めずにはいられない。つんと尖った頂が、ランプの明かりに照らし出されて輝いている光景を愛でるように眺める。

リースは両手をフェイスの胸から腹部へ、さらに腿のあいだの茂みへと滑らせた。指で柔らかな部分をかき分けてみる。案の定、すでにしっとりと濡れていた。

フェイスは腿をぴったり閉じようとした。リースの巧みな指の動きで、熱いものがあふれてしまいそうだ。なんだか恐ろしい。今、触れられているのは、これまで誰にも触れさせたことがない場所だ。それなのに今、リースは指先を柔らかな部分の奥深くへと滑り込ませている。

リースは頭がくらくらした。フェイスの秘めやかな部分は申し分なく引きしまっている。そこへ押し入ると考えただけで欲望の証は岩のように硬くなり、痛いほど屹立している。これ以上もつかどうかわからない。いっきにフェイスの体の奥深くに押し入り、みずからを解き放ちたい。

「久しぶりなのか？」荒々しく息をしながらリースはくり返した。リースは尋ねた。

「久しぶり？」フェイスはぼんやりとくり返した。リースの指先の動きに気を取られ、何をきかれているのかよくわからない。彼が愛撫しやすいように脚を少しだけ開き、小刻みに体を動かしていた。迫りくる何かを求めながら。

「最近……男と……」リースが言葉を絞り出す。「寝たことは？」

フェイスは首を振った。だがリースには、それが答えなのか、愛撫に対する反応なのかわからなかった。答えがはっきりと知りたい。今すぐに。

「夫を亡くしてから、男と寝たことはあるのか？」高まる一方の欲望を抑えようと必死になるあまり、リースは唇の上に汗をかいていた。答えが知りたくて、さらに彼女の体の奥へと指を差し入れる。

「ないわ」リースの巧みな指の動きに、フェイスは思わずあえいだ。「一度も！」

よし、答えがわかった。リースは満足して指を引き抜き、フェイスの唇に口づけた。歯に軽く舌を滑らせ、じらすような動きで彼女の味を堪能する。

フェイスが熱いキスを返してきた。舌に舌を重ね合わせ、欲望のリズムを奏でていく。肩や髪や胸をさまよっていた彼女の両手が引きしまったヒップに置かれた瞬間、リースはもはや耐えきれなくなり、硬くなったものをフェイスの体にぴったりと押しつけた。生々しい欲望を感じ取ったのか、フェイスがもっとと身ぶりで促す。

リースはいっきに攻めに出た。フェイスの脚のあいだに体を置き、彼女の腰を両手で支え、荒々しく引き寄せる。フェイスの体が欲望の証に重ねられた瞬間、リースはうめいた。解放を願い、脚も手も小刻みに震えている。もう待つ理由はない。フェイスも身をよじり、腰を揺らすように動かしている。十分その気になっている様子だ。

リースはフェイスの口元から唇を離して前かがみになると、彼女の尖った胸の頂を口に含んだ。胸の先端に歯を立てながら、腰を前に突き出した瞬間、両腕が震えるのがわかった。胸の頂から唇を離し、フェイスの胸で額を休める。「さあ」かすれた声で言う。「脚をぼくに巻きつけるんだ、今すぐ！」フェイスの脚がきつく巻きつけられた瞬間、彼は勢いよく秘めやかな部分に押し入った。天にものぼる心地にうめかずにはいられない。

フェイスが叫び声をあげた。

その瞬間、リースは壁のようなものを感じた。ののしりの言葉をくり返すと、リースは体をわずかに引き、またしてもフェイスの奥へ入った。今度は先ほどよりも強く。フェイスの奥深くまで進み入ることで、リースは自分を阻もうとする壁を打ち破ろうとした。それと、これまで信じていた愚かな考えも。

彼はフェイスが再度あげた叫び声を封じ込めるかのように唇で彼女の口を塞ぐと、体重をかけて、もがく体を抑え込んだ。

「じっとしているんだ」フェイスの唇に向かって息も絶え絶えに言う。「体を動かしたらよけいに痛くなるだけだ」

　リースはなんとか腰の動きを止めようとした。だが、体が言うことを聞かない。もうずっと長いあいだ、解放の瞬間を待ちわびてきた。気が遠くなるほど長い時間だ。それに、これはフェイスがみずから招いた厄災じゃないか。

　フェイスはこちらの首に腕を、腰に脚を巻きつけたまま耐えている様子だ。歯を食いしばり、目をきつく閉じた顔を肩に押しつけてくる。リースはフェイスの涙が自分の肌を濡らし、背中に彼女の小さな爪が食い込むのを感じた。だが彼がふたたび動きはじめても、フェイスは抵抗せずに強くしがみついてきた。リースは最初はゆっくりと、それからだんだんと動きを速めていった。

　フェイスははじめに感じた激痛が鈍い痛みになり、完全に消えてなくなり、これまで経験したことのない痛みに変わったのを感じた。気づくと、リースの動きに合わせて本能的に動いていた。頭のどこかで感じていたのは、列車の音と動きだ。夜の闇を疾走する列車の音に合わせるかのように、全身の血がたぎっている。あと少し。リースにしがみつき、もう少しで手が届きそうな何かをつかもうとする。体をぴったりと押しつけ、リースの唇を探した。舌先でリースの唇の汗をなめると、そのまま舌を彼の口へ差し入れた。腰の動きに合わせ、舌も動かし続ける。もう何も考えられない。全身がなすすべもなく震えはじめ、体じゅうが何かを求めて叫び声をあげている。ふいにフェイスは歓びに包まれた。リースの名前を叫びながら、めくるめく快感に身を預ける。驚きと栄光に満ちた解放の瞬間だ。

リースは一瞬動きを止めたあと、さらに動きながらいっそう激しく攻めたてた。

体の奥深くから絞り出すようにフェイスの名前を叫ぶと、リースは彼女の腕の中で身を震わせ、とうとうみずからを解き放った。

14

フェイスはリースを見あげ、はにかむようにほほ笑んだ。男女のあいだに、こんなにも美しくてすばらしい営みがあったなんて。まるで夢を見ているみたいだ。息もつけないくらいの驚きだわ。

巨大なベッドに横たわって愛の行為の余韻に浸りながら、フェイスは体をのばすと、つま先でそっとリースのふくらはぎに触れてみた。さまざまな感情が波のごとく押し寄せてくる。その感情を分かち合いたい。わたしを天国まで連れていってくれた男性と。フェイスはリースの注意を引こうと、つま先を小刻みに動かした。

リースは体に火がついたかのように飛びあがると、わずかに退き、こちらを見おろした。顔に笑みはない。瞳には紛れもない怒りの色が宿っている。

彼はフェイスの様子をじっくりと眺めた。まるでふしだらな女のようだ。瞳はきらきらと輝き、唇はキスのせいでぽってりと赤く腫れあがっている。首から胸にかけての柔らかな肌に残っているのは、ぼくの髭がこすれた跡だ。豊かな黒髪が枕一面に広がっている。たしか三つ編みにしていたはずなのに、いったいいつ彼女の髪をほどいたのだろう？　フェイスはたっぷり愛された子猫のように満足げに手足をのばしている。喉を鳴らす声さえ聞こえてきそうだ。当然だろう。それこそゴロゴロと喉を鳴らすほど満足しきっているに違いない。フェイスはぼくをまんまと手玉に取って愚弄した。ぼくに嘘をついたのだ。なんて狡猾な女なんだ！　ぼくはころりとだまされた！

「説明してくれ。だが、自分は処女懐胎した聖母マリアだなんて、下手な説明は受けつけない」リースはぞっとするほど冷たい声で言った。

「なんのこと？」フェイスはシーツに手をのばしながら、用心深く尋ねた。

「わからないのか？　それなら説明してやろう」リースは氷のようなまなざしでフェイスを射抜いた。「ジョイはきみの娘じゃないし、きみは未亡人じゃない！　チャンプ・コリンズなどという男はどこにも存在しない！　はめている結婚指輪は偽物で、きみは偽の未亡人なんだ、ミセス・コリンズ。さあ、これでわかっただろう？」

「どうして気づいたの？」フェイスは目を見開いた。顔がみるみるうちに真っ青になる。

「いつから知っていたの？」ささやきながら顎まで上掛けを引っ張りあげた。

「それくらいわかる」リースはベッドから立ちあがり、全裸であるのも気にせずうろうろと歩き出した。「たしかに、ぼくはきみの未亡人のふりにすっかりだまされていた。だがベッドをともにすれば、処女かどうかくらいわかる」

「まあ」フェイスは聞き取れないくらいの小さな声で答えた。だが、リースの耳にはちゃんと届いた。その答えにさらなる怒りをかきたてられる。

「何が〝まあ〟だ！」リースは立ちどまると、フェイスをにらみつけた。「きみは、そんな違いもわからないほどぼくが経験不足だと考えていたのか？」彼にしてみれば、それはフェイスにだまされていたのと同じくらい腹立たしいことだった。「まったくなんて女だ」もはやフェイスを名前で呼ぶ気にもなれない。「目が大きくて世間知らずのうぶな女を求めているなら、ぼくだって求人広告にそう書いたはずだ。そうだろう？」

リースの前で、フェイスは今にも消え入りそうに見えた。上掛けをきつく握りしめ、ベッドの中に沈み込んでしまいそうだ。

そんなフェイスの様子を目の当たりにしてリースはさらにいらだち、ぶっきらぼうな口調でつけ加えた。「まあ、いい。これできみが差し出せるものはすべて受け取ったんだからな」

リースの皮肉まじりの言葉を聞いた瞬間、フェイスは平手打ちをされたかのような衝撃を受けた。みるみるうちに目に涙がたまる。生まれてはじめて、これ以上ないほど美しい体験をしたばかりだというのに。

リースは、フェイスが涙で瞳をきらめかせ、顔をこわばらせるのを見た。

「まったくいまいましい！　めそめそ泣くな。泣いてももう遅すぎる」

フェイスはシーツを体に巻きつけると、ベッドからおりた。

「いったいどこに行くつもりだ？」

「ジョイの声が聞こえた気がして」フェイスがおずおずと答える。

「ベッドに戻るんだ。ぼくが見てくる」リースはズボンに手をのばし、手早く服を身につけてブーツをはくと、大股で扉から出ていった。

フェイスはがらんとした大きなベッドに寝転んだ。体を丸め、涙が頬を伝うに任せる。声を押し殺してひたすら涙に暮れ、涙がかれたところで起きあがり、リースが戻ってくるのをひたすら待った。

夜明けを迎えると、フェイスはベッドからおり、つま先立って洗面所へ行ってみた。だがリースの姿はどこにもない。冷たい水を急いで浴び、リースとの愛の行為の残滓《ざんし》を洗い流す。寝室へ戻って古い黒のシルクのドレスに着替え、ボタンをきっちり留めたあと、わずかな所持品を荷造りしはじめた。


専用車両の外にある小さなポーチで、リースはピンク色に染まりはじめた空を見つめた。もう何時間もここに座り、身を切る寒さの中、流れゆく景色を眺めている。吹きすさぶ寒風によって、燃えあがる怒りが少しでもおさまってくれることを期待しつつ。

朝になり、フェイスと顔を合わせることを考えただけでぞっとする。おまけに頭も痛いし、喉もひりひりしている。冷たい風にさらされ、寝不足のまま、立て続けにバーボンを飲んで葉巻を吸っていたせいだ。だが、怒りはいっこうにおさまらない。フェイスに対する怒りもあるが、それよりまたしてもこんな事態を招いてしまった自分に対する怒りのほうが大きい。

つぶらで純粋な灰色の瞳にまんまとだまされた。未亡人だという言葉を信じてしまった。

なぜフェイスはぼくに嘘をついたのだろう？　簡単な話だ。金のために決まっている。喉から手が出るほど金を必要としていたからだ。そうでなければ、こんな条件の契約に署名する処女などいるはずがない。そう、今夜までフェイスはまごうかたなき処女だった。結婚したくてたまらず、家庭と指輪を心から求める処女だったのだ。大人になってからというもの、そういう結婚目当ての女は極力避けてきたはずなのに、みずからフェイスの罠にはまってころりとだまされた。白人の処女に。白人のレディには、前にもひどい目に遭っている。どうしてその体験を活かせなかったのだろう？　グウェンドリンにいやというほど教えられたはずなのに。

グウェンドリン・テリル。リースは目を閉じ、彼女の姿を思い浮かべた。その容姿を忘れられるはずもない。長い金色の髪、青磁のように澄んだ瞳、非の打ちどころのない顔立ち、砂時計のようにくびれた完璧な体つき、そして男を喜ばせる言葉がすらすらと出てくる口。グウェンドリンはたっぷりと時間をかけて、ぼくの弱みにつけ込んだ。なぜそのことに気づかなかったのだろう？　ボストン社交界に影響力を持つ名家の娘だったグウェンドリンを、ぼくは心から求めた。おそらく無意識のうちに、彼女が受け継いだ由緒正しい血筋と、それゆえ約束された揺るぎない社会的地位と尊敬を欲していたに違いない。

そしてグウェンドリンもまたぼくを欲した。彼女は禁断の相手との戯れの恋に憧れていて、まさにぼくは〝禁断の相手〟だった。だが当時のぼくは自尊心と欲望で――いや、ほとんど欲望のせいだと言っていい――まわりがよく見えなくなっていた。とはいえ、ボストン社交界で不動の地位を獲得したいという野心があったのも事実だ。父の名前と金のおかげで、ぼくはハーヴァード大学への入学を許された。けれどもアメリカ先住民の血が混じっているせいで、ボストン社交界からにべもなく拒絶されたのだ。

素性を秘密にしたことは一度もない。隠す理由は見当たらなかった。ぼくの母はチェロキー族の血を受け継いでいた。アレクサンダー家は全員、チェロキー族とスコットランド人の血を引いている。父はイングランド人だったため、ぼくにはチェロキー族とスコットランド人、そしてイングランド人の血が流れている。ぼくにとって、それは常に誇りだった。実際それまで育った社会で、拒絶されたことなど一度もなかった。

だが、ハーヴァード大学はぼくを受け入れようとはしなかった。それでも入学できたのは、父が金を払ったおかげだ。けれども、ボストン社交界は何より血筋を重んじる。社交界に受け入れられるか否かも、ボストンで成功できるか否かも血筋次第だ。ぼくは金の力でハーヴァード大学に入り、いくつかのチャンスも与えられたが、だからといって了見の狭いボストン社交界のやつらに受け入れられたわけではない。

リースは上着のポケットから細い両切り葉巻をもう一本取り出した。マッチをすって葉巻に火をつけ、深く吸い込んで味わう。グウェンドリンにはじめて会ったとき、恋に落ちたと思った。ひと目見た瞬間、彼女が欲しくなった。当時のぼくは若くて、金持ちで、傲慢だった。だからグウェンドリンを自分のものにできると考えたのだ。

結婚式は昨日のことのように鮮やかに覚えている。生粋のボストン人がよそ者と結婚するのを見るために、ボストン社交界の面々が集まっていた。ぼくの家族も準州から駆けつけてくれた。父や、母方の祖父と祖母や、その兄弟姉妹たち。愛する人たちがぼくと幸せを分かち合うために、はるばるボストンまでやってきてくれたのだ。彼らはみな、ぼくが選んだ女性に会いたがった。だが結局、暑くて息苦しい教会で午後じゅう待ちぼうけを食わされるはめになった。

父親とヴァージンロードを歩いてくるグウェンドリンの姿を見ることはなかった。残された手紙には、あなたと結婚するつもりなどなかったと記されていた。そう、彼女ははなからぼくを遊び相手としか考えていなかったのだ。

ぼくとのつき合いは単なるゲームにすぎなかった。

出席者の半分は、グウェンドリンのぼくに対する仕打ちを知ってあざ笑った。あとの半分は、ぼくの心の痛みや屈辱感を分かち合ってくれた。なぜなら、それは彼らにとっても屈辱的なことだったからだ。ボストン社交界がリース・ジョーダンを愚弄し、嘲笑したのは、ほかの若いなりあがり者たちに対する戒めでもあったのだろう。

こんなことなど気にするものか。グウェンドリンなどすぐに忘れてやる。そう自分に言い聞かせたが、無理だった。彼女に対する思いはそう簡単に消せるものではなかった。だから数週間後、グウェンドリンの自宅を訪ね、面会を求めた。

ぼくを玄関ポーチで一時間近く待たせたあげく、グウェンドリンは背が高くて金髪の、彼女にふさわしい男にエスコートされ、ぼくのそばを通り過ぎていった。屋敷の前から立ち去るほかなかったあの日以来、グウェンドリンと言葉を交わすことは二度となかった。

どうしてあのまちがいから何も学べなかったのだろう？　もっと慎重になっていれば、こんな大失態は避けられたのに。なぜ医師の診察を受けさせるという最初の計画を変更してしまったんだ？　医師にフェイスをきちんと診てもらうべきだったのに。念には念を入れて、あらゆる細かな点まで考え抜いて立てた計画だった。ただひとつの可能性を除いて。相手が処女だった場合だ。まったくいまいましい。処女がぼくを破滅に追い込む天敵のように思えて仕方がない。

フェイスをリッチモンド行きの列車に乗せて、追い返すべきなのだろう。銀行為替手形の組み戻しの手続きをして口座への入金を取り消し、あとから彼女の荷物を送り返さなければならない。そして……。

リースはため息をついた。今となっては何もかも遅すぎる。フェイスにはすでに大金を支払ってしまっている。それに、ぼくをだましたフェイスをこのまま帰すのはしゃくだ。しかも、ぼくがすでに目的を達成している可能性もある。

リースは立てていた外套の襟をもとどおりにし、専用車両の中へ戻った。朝食の前に身支度を整える必要がある。列車は次の駅で四五分間停車する予定になっている。乗客の乗り降りや水と燃料の補給、それに郵便物の受け渡しのためだ。

この列車の運行予定ならよく知っている。去年五月にユタ準州でのプロモントリー・サミットで、ユニオン・パシフィック鉄道とセントラル・パシフィック鉄道の接続が決定して以来、乗車するのはもう六度目だ。

どのみち、いつかはフェイスと顔を合わせなければならない。すでに三人分の朝食も手配してあるのだから。

洗面所から出ると、ちょうどジョイの寝室の扉を閉めているフェイスに出くわした。両腕に小さなジョイを抱きかかえている。扉の隣には旅行鞄と小さなトランクが並べられていた。フェイスのまぶたは真っ赤に腫れている。鼻も赤い。

「どこかへ行くのか？」顎でトランクを示しながらリースは尋ねた。

「次の駅でおりるわ」

そう答えると、フェイスはリースを見つめた。リースの髪が濡れている。漆黒の髪から水滴がしたたり、胸がはだけたままの白いシャツに細かな点がついていた。石鹸と香辛料が入りまじった香りから察するに、今髭を剃ったところなのだろう。実際、耳の下には石鹸の泡がついていた。フェイスには、そんな彼がいちだんとハンサムに見えた。

「いいだろう」リースが同意した。「きみたちには次の駅でおりてもらう。だが、朝食をとるためだ。それからすぐにここへ戻ることになる」そう言うなり、リースはシャツのボタンを留めはじめた。

激怒している様子ではないものの、言葉の端々にとげとげしさが感じられた。

フェイスは背筋をのばして肩を怒らせ、頭をあげてリースを見つめると、決然とした口調で言った。「いいえ、ミスター・ジョーダン。ジョイとわたしはリッチモンドへ帰るわ」

リースの指の動きが止まる。まだボタンは半分しか留められていない。

「朝食をとる以外、ぼくの子どもを連れてどこかへ行くことは許さない」

「ジョイはあなたの子どもではないのよ」

「だが、きみの子どもでもない」リースはすかさず言い返した。「いったいジョイは何者だ？　妹なのか？」当て推量だったが、どうやら図星だったらしい。フェイスの目の表情からそれがわかった。

「今しているのはそういう話ではないでしょう？」

「ぼくが言っているのはジョイのことじゃない。今この瞬間、きみが宿《キャリー》しているかもしれない子どものことだ」

フェイスはあとずさってリースから離れようとしたが、すぐにピンク色の寝室の扉にぶつかった。「あなたの子どもを宿《キャリー》しているなんてことはあり得ないわ」

「なぜわかるんだ？」

「理屈じゃないわ。でも、わかるの」フェイスは言い張った。

「妊娠しないために何か手段を講じたのか？」リースは険しい顔になり、目を細めた。たちまち険悪な空気が流れる。「今朝、何かしたのか？」フェイスを思いきり揺さぶりたくなり、一歩前に踏み出したが、なんとか思いとどまった。

「いいえ、そんなことは――」

「それならどうしてわかる？　答えるんだ」

「だって、わたしを抱っこ《キャリー》してるからよ」ジョイは甲高い声で言うと、フェイスそっくりの大きな灰色の目でリースを見あげた。「フェイスは体が大きくないから、女の子をふたりも抱《キャリー》っこするなんてできないの」

ジョイの子どもらしい言葉に、険悪な空気がやや和らいだ。

そんなことで怒りがおさまるものか。そう思ったにもかかわらず、リースは口元をほころばせずにいられなかった。言い争いに夢中になるあまり、ふたりともジョイのことをすっかり忘れてしまっていた。

五歳にしてはなんと感受性豊かな子どもだろう。まわりの雰囲気を察する鋭い目と耳の持ち主だ。

この瞬間のことを、ぼくはいつまでも忘れないに違いない。リースはジョイの上を向いた鼻の先に触れながら言った。「きみの言うとおりだな、スプライト」彼が手をのばすと、ジョイが腕を突き出してきた。フェイスからジョイを受け取り、自分の足元へ立たせて話しかける。「さあ、朝食をとりに行こう。フェイスが抱《キャリー》っこするには、きみはちょっと大きいからね」

「フェイスがイースの子どもを宿《キャリー》してるから？」ジョイが尋ねる。もちろん意味もわからないまま、大人の口まねをしているにすぎない。

「まあ、そんなところだ」今は反論をするなという無言の警告を込めて、リースは茶色の目でフェイスを見つめた。

けれども、そんな警告に黙って従うフェイスではなかった。「あなたと朝食には行かないわ」穏やかではあるものの、毅然として言う。何があっても譲らない気なのだろう。

「そんなことは許されない」

「いいえ、ミスター・ジョーダン、わたしは行かない」

「それなら、勝手にしろ。好きなだけここにいればいい。だが、ジョイとぼくは朝食をとりに行く」さりげない口調だが、リースは全身から怒気を放っていた。

「ジョイもあなたとは一緒に行かないわ」

「おなかがすいただろう、スプライト？」リースは手をつないでいるジョイを見おろした。

ジョイがうなずく。

フェイスはジョイに手を差し出した。「さあ、こっちへいらっしゃい、ジョイ。わたしたちは列車からおりて、リッチモンドへ帰るのよ」

ジョイは動こうとしなかった。「おなかが減った」

「リッチモンド行きの列車で食べられるわ」フェイスは説明した。

「イースも一緒？」

「いいえ、ミスター・ジョーダンはこの列車に乗っていくの」

「ウィッチモンドに行く列車に、わたしのお部屋はある？」

「いいえ、最初のときみたいに長椅子に座るのよ」ジョイの手を取ろうと、フェイスは近づいた。

ジョイはかぶりを振ると、リースににじり寄った。「イースと一緒にいる」

「それはできないわ、ジョイ」フェイスは説得しようと懸命になった。「わたしと一緒に帰らなければ」

「好きなだけぼくと一緒にいていいんだよ、スプライト」リースが約束すると、ジョイはさらににじり寄り、彼の膝のあたりにしがみついた。

「いいえ、だめよ！」フェイスはリースをにらみつけた。「ジョイはわたしが責任を持って面倒を見なければならないんだから」

「きみが署名した契約書では、ジョイときみの面倒を見る責任はぼくにあると書いてあったはずだ。もしどうしてもというなら、リッチモンドに戻ってもいい。だが一年間、きみにはジョイに関するあらゆる権利をあきらめてもらう」

「そんなことができるはずがないでしょう！」激怒するあまり、フェイスは涙を流した。

「きみがリッチモンドに戻るなら、ジョイはぼくと一緒に暮らすことになる」

「横暴だわ！　あなたにそんなことは――」

「もちろんできる」リースが手をのばし、フェイスの頬に触れた。フェイスは体を引いて、彼の指から逃れた。「きみの負けだ、ミス・コリンズ」

「いいえ、ミセス・ジョーダンよ」フェイスは頑として敗北を認めようとしなかった。ジョイを人質に取ったリースに対して、激しい怒りを感じていた。そして自分を裏切ったジョイに対しても。「あなたなんか大嫌い」

「上等だ。好きなだけぼくを嫌いになればいい。ただし、朝食には一緒に行ってもらう」リースは無表情のままフェイスの肘を取ると、扉へといざなった。彼もまたフェイスに怒りを感じていた。だましたうえに、こうもかたくなに意見を譲ろうとしないとは何事だ。これが代理結婚だということをつくづく思い知らされる。それに脅しまがいの手を使ってフェイスを屈服させた自分自身にも腹が立つ。

ジョイを人質に取った自分は卑怯なのだろう。だがフェイスを手元に置いておくためなら、なんだってやるつもりだ。たとえフェイスが悲しそうな顔をしていても、彼女の辛辣な言葉に心が折れそうになったとしても。

15

「くそっ、わかったよ、きみの勝ちだ」列車がゆっくりとシカゴ駅を出発したとたん、リースは大声で言った。

またしても無言の朝食に耐えなければならなかった。これで三度目だ。いいかげん飽き飽きだ。

フェイスは彼を無視した。

「聞こえたのか？　きみの勝ちだと言ったんだ」

「わたしたち、何か勝負をしていたのかしら？　ちっとも気づかなかったわ」フェイスはぞっとするほど冷たい声で答えた。

「そんなはずがないだろう！」リースは机から立ちあがると、刺繍をしながら座っているフェイスの前をいらいらと行きつ戻りつした。「ここ二日間、きみは無言の抵抗をくり返している。もううんざりだ。夜中まで寒さに耐えながら外で座っているのにも耐えられない。それにソファで寝ているきみを毎晩ベッドに連れていくのにも疲れた」

そして毎朝、募る一方の欲望を抱えて目覚めるのもうんざりだ。寝ているあいだ、フェイスは体を丸めてぼくに近づき、ぼくの体の温もりを楽しみ、屹立したぼく自身にぴったりと体を押しつけてくる。それなのに目を開けた瞬間、もしわたしが起きているあいだに指一本でも触れようものなら絶対に許さないと言わんばかりの、けんもほろろの態度に豹変するのだ。

「わたしはソファで眠りたいだけよ。毎晩ベッドまで運んでほしいと頼んだ覚えはないわ。実際、ひとりで眠りたいの」

「それは契約違反だぞ」フェイスに指を突きつけながら、リースは言葉を継いだ。「きみは取り決めを守っていない。契約書によれば、きみはぼくと複数回ベッドをともにする必要がある」

フェイスは立ちあがり、鼻先に突きつけられたリースの指先を見つめたあと、彼の頭からつま先まで視線を走らせた。脅しても無駄だと言いたげな態度だ。「それをいうなら、あなたはわたしに謝るべきよ」彼女は刺繍布を折りたたむと、かごに戻した。

「いったい何を謝れというんだ？　いいか、嘘をついたのはきみのほうだ。自分が未亡人でジョイは娘だとぼくに言ったのはきみじゃないか」

「わたしはジョイが娘だなんてひと言も言っていないわ。あなたが勝手に――」

「それなら、説明を省略することで嘘をついたんだな。だが、きみの聖人君子のような夫のチャンプの件はどうなる？」

「あなたが勝手に思い込んだだけよ。自分が既婚者だと、あなたに話したことは一度もないわ」

「きみの結婚指輪はどうだ？」リースはフェイスの左手をつかみ、彼女の面前に掲げた。細い金色の指輪がきらりと光る。リースに触れられた瞬間、フェイスは体のうずきを覚えた。

あわててリースの手から自分の手を引き抜く。

「その指輪を見れば、結婚していると考えて当然だろう？」

「わかったわよ！」フェイスは理性を失い、大声で叫んだ。「ええ、認めるわ。わたしは嘘をついてあなたをだまし、信頼を裏切った。経歴を偽って、それをあなたに信じ込ませようとした。さあ、これで満足？　あなたが聞きたかったのはこういうことなんでしょう？」頬にこぼれた涙を手の甲で荒々しく振り払う。

リースはフェイスの両肩へ手を置くと、がっしりした温かい胸の中へ引き寄せ、優しい声で言った。「ぼくが聞きたいのは、なぜこんなことをしたのかという理由だ」

フェイスはリースから体を離した。「理由なんてどうでもいいでしょう？」

「ぼくにとってはそうじゃない」

「どうして？」フェイスはリースをにらみつけた。「自分の子どもを産む母親が嘘つきのペテン師だと考えるのが耐えられないから？　自分の契約、自分の子ども、自分のやり方。あなたが本当に気にしているのはそれだけじゃないの？」フェイスは体の向きを変えると、安全な寝室へ駆け込み、扉をぴしゃりと閉めた。

リースは寝室の扉を見つめた。「フェイス、ここを開けろ」

だが、答えはない。取っ手を回してみたが、鍵がかかっている。いっそ扉を蹴破ってしまいたい。そうして寝室へ押し入り、フェイスを床に押し倒し、愛の行為を心ゆくまで楽しみたい。それこそ、ぼくのしたいことだ。脚のあいだでこわばっているものを解放する必要がある。今すぐに。

それなら、なぜ今すぐそうしない？

フェイスの注意を引くための、もっと簡単でうまいやり方があるからだ。罪のない扉をわざわざ蹴破る必要はない。ぼくにはジョイがいる。

リースはピンク色の寝室の扉の前に行った。床に座り込んで人形遊びをしていたジョイが、こちらを見あげてにっこりした。

「イース、一緒にお人形さんと遊びたい？」ジョイが本気で一緒に遊びたがっているのがわかり、リースは誘いを断りきれなかった。

「もちろんだ、スプライト。一緒に遊ぼう」

ふたりの笑い声につられてフェイスが寝室から出てきたのは数時間後だった。驚いたことに、リースとジョイは人形遊びをしていた。

リースは床の上に座り込んでいた。上着を脱ぎ、ブロケード織りのベストのボタンをはずし、口の端にブラック・リコリスの棒付きキャンディをくわえている。ジョイは小さなテーブルを挟んで、リースの向かい側に座っていた。ピンク色の口のまわりにキャンディの黒い跡をべったりとつけ、両手もキャンディでねばねばだ。別の椅子には、二体の人形が座っている。

フェイスは最初、ふたりがティー・パーティごっこをしているのかと思った。だが、やがてまったく違うことを楽しんでいるのに気づいた。小さなテーブルの中央にトランプが重ねて置かれており、それぞれのプレイヤー――リースとジョイと二体の人形――の前にはカードが二枚並んでいる。ジョイの前にはペニー硬貨の山ができていた。

「またカードをちょうだい」ジョイが命じる。リースにカードを一枚投げられると、嬉しそうに声をあげた。「この子たちにもちょうだい！」今度は人形たちを指差しながら言う。

リースはのけぞって大声で笑うと、それぞれの人形の前にカードを投げた。

「わたしたちの勝ち？　またペニーがもらえる？」

「ああ、きみたちの勝ちだ」リースはかぶりを振った。「親の負けだ。カジノ側が支払うことになる。きみはみごとないかさま師だな、スプライト」

「ねえ、ペニーをちょうだい」ジョイが椅子の上で得意げに頭を上下させる。「わたしたちの勝ちだから」

リースはベストのポケットに手を突っ込み、輝くペニー硬貨を三枚取り出した。「次はリコリス・キャンディを賭けよう、スプライト。この調子でペニーを払い続けていたら、ぼくは破産してしまう」

「ジョイにカードゲームを教えているの？」フェイスは入口のところに立って尋ねた。「ギャンブルを？」

リースは棒付きキャンディを口から取っていくつかに割り、フェイスに差し出した。悪びれもせず、激怒している様子のフェイスににやりとしてみせる。

「ああ、実のところ、ジョイにだましの手口を教えていたんだ」

「だましの手口？」フェイスは近づくと、リースの手からキャンディを引ったくった。

「いや、礼には及ばない。ジョイには才能があるからな」リースはゆったりした口調で答えるとジョイにペニー硬貨を手渡し、人形たちの前にも一枚ずつ置きながら言葉を継いだ。

「それに、ジョイは欲張りだ。きみたち一家の特徴に違いない」

フェイスは目を細めたものの、リースの目がちゃめっけたっぷりに輝いているのに気づいて息をのんだ。わたしをからかっているんだわ。

「こんな小さい子がどうやって相手をだますというの？」

「ジョイはまだ手持ちの硬貨を一枚も失っていない」リースは片方の眉をあげた。「もちろん、ぼくがすべてのカードを配っているからだ」

「もちろんそうでしょうね」リースのそばに寄りたい衝動を感じつつ同意する。

「それにぼくが不正な切り方をしているからだ」リースがつけ加える。

「どうやってジョイは勝っているの？」フェイスは扉から離れると、リースのそばに行ってベッドの端に腰をおろし、リコリス・キャンディをなめはじめた。

「女の武器を使ってだ」

フェイスは笑い出した。「そんなばかな」

「実際、ぼくはジョイの魅力にすっかりまいってしまった」茶色の瞳には真剣な色が浮かんでいる。「あの大きな灰色の目で見つめられると、金などどうでもよくなってしまうんだ」リースの声は低くかすれ、欲望があふれていた。「きっとこれも、きみたち一家の特徴に違いない」

リースの言葉を聞き、フェイスは大きな衝撃を受けた。ふいに体が小刻みに震え出す。リースの顔に浮かぶ紛れもない欲望に圧倒されて、返事をすることもできない。フェイスはリースをただ見つめ返し、彼がキスをしてくるのを待った。

「イース！」

キスはいったんお預けだ。

「なんだい、スプライト？」リースはジョイのほうに振り向き、大きく息を吸い込みながら言った。

「お人形さんごっこは？」ジョイがリースの気を引くように言った。

リースはベストのポケットから懐中時計を取り出し、ふたを開けて文字盤をのぞき込むと、フェイスを見ながら言った。「きっと、フェイスは昼食の時間を知らせに来たんだと思うよ」フェイスにウインクをした。

「わたし、謝りに来たの」フェイスが言う。

「それで？」またもやウインクして、リースはフェイスを促した。

「それに昼食の前だから……ジョイに手を洗わせてほしいとあなたに伝えたくて」

「行きたくない！」ジョイは立ちあがると、トランプとペニー硬貨の山をテーブルから払い落とした。「イースと遊びたいの！」小さな顔に不機嫌な表情を浮かべ、フェイスをにらむ。

「ジョイ！」フェイスは妹の行動にショックを受けた。あわてて床に散らばったトランプを拾おうとする。

「放っておけばいい」リースが優しい声で言った。「それを落としたのはジョイだ。だから拾うのもジョイだ。そうだろう、スプライト？」

「いやだ！」ジョイは小さな足をばたつかせている。

「スプライト、トランプとペニー硬貨を拾うのはきみだ。そうだろう？」リースがもう一度話しかけた。先ほどと同じく優しい言い方だが、明らかに前よりはっきりと言い渡す。

「いやだもん！」そう答えながらも、ジョイはリースが怒っていないかどうか探るように見あげ、怒っていないとわかると今度は責任回避しようとした。「フェイスが拾ってくれるもん」

ずうずうしい押しつけに、フェイスは思わず息をのんだ。

「これを落としたのはフェイスじゃない」リースはずばりと指摘した。

「ねえ、リース、ジョイは――」フェイスは会話に割って入ろうとした。

「ジョイはやきもちを焼いているんだ」リースが説明した。「きみにね。ぼくがきみとの話に夢中になっていたからだ。きみが突然入ってきて、楽しい遊びを中断させたから、ジョイはかんしゃくを起こしたんだよ」心配そうな表情を浮かべているフェイスを見つめる。

「お願いだから、お尻はぶたないで」

「ああ、任せてくれ」リースは笑みを浮かべた。「これでも、嫉妬深い女性に対処する方法は心得ている」フェイスを部屋の外へ送り出すと、リースはふたたびジョイのほうを向いた。

閉ざされた扉の外で、フェイスは心配のあまりその場を行ったり来たりした。耳を澄まし、物騒な音が聞こえないかどうか確認せずにはいられない。数分後、リースが扉を開けて出てきた。

「どうなったの?」

「ジョイに条件を説明したんだ。トランプとペニー硬貨を拾って、自分の行動を謝るまで寝室から出てはいけない。それまで昼食も、人形遊びもお預けだとね」リースはジョイのお気に入りの人形を掲げてみせた。「それにぼくらとのおしゃべりもなしにした」

「それで?」

「はっきり言って、膠着状態だ」人形を椅子に放り投げながらリースが認めた。「ジョイはとにかく頑固だ。今、ぼくが出した条件についてじっくり考えている。それにジョイは用心深くもある。明らかにこれは――」

「〝きみたち一家の特徴に違いない〟」フェイスは言った。

リースが笑みを向けてくる。茶色の瞳に完璧な顔立ち。まるで彫刻のようだ。そう考えた瞬間、フェイスは呆然とした。ふいに心臓が早鐘を打ちはじめ、口から飛び出しそうになる。ワシントンからシカゴまでのあいだに、どうやらわたしはリース・ジョーダンを好きになってしまったみたいだ。

「きみたち一家の特徴といえば……」リースはフェイスの腕を取ると、彼女をソファへと導いた。「いくつか確かめたいことがある」

「昼食はどうするの？」フェイスが声をほんの少し詰まらせた。うまく息ができないかのように。リースはそのことにすぐに気づいた。

「昼食は忘れてくれ。もっと大切なことがある」リースがソファの上にフェイスの体を優しく横たえる。

「大切なこと？」

リースはフェイスの顔を見つめた。またしても、せがむような目をしている。今回はこのチャンスを逃したりしない。

リースは前かがみになった。

フェイスも顔を近づける。

リースの唇を感じる直前、フェイスは目を閉じた。ひんやりとした柔らかな唇が、欲望を満たそうとするようにぴったりと押しつけられる。

フェイスはすぐに唇を開き、リースの舌を受け入れた。

リースはキスをむさぼった。フェイスの唇は温かく、心地よい感触で、信じられないほど甘かった。そう、リコリス・キャンディのように。

16

リースが望むほど、太陽は早くは沈んでくれなかった。今や専用車両の空気はぴんと張りつめていた。だが今までとは少し違い、今夜待ち受けていることに対する甘やかな期待が感じられる。熱っぽい視線や思いつめた瞳、つややかに湿った唇、そして速まる鼓動。それらすべてがひとつのこと――めくるめく歓びに溺れる夜――を指し示していた。

リースは椅子の向きを変え、窓の外を見た。ぼくの思いすごしだろうか？　いつもより太陽がゆっくりと地平線に沈んでいる気がしてならない。ため息をつき、懐中時計を取り出して見つめる。日没まで、まだあと一時間近くある。リースは机に向かうと、山のような仕事に集中しようとした。

シカゴの電報局で受け取ったデイヴィッドからの電報を見つけ、リースは思わず頬をゆるめた。案の定、デイヴィッドはチャンプ・コリンズに関する情報を何も得られずにいた。有能なデイヴィッドのことだ。さぞ欲求不満にさいなまれているに違いない。

リースはふと考えた。調査をやめろという返信を送るのは、もう少しあとでもいいかもしれない。フェイスとの契約交渉の際、デイヴィッドは相当おもしろがっている様子だった。

もう少しだけ、あのいとこを調査で苦労させてやるのもいいだろう。そのうちに、デイヴィッドはフェイスのおばたちに話を聞きに行くかもしれない。彼女たちがどんな物語をでっちあげてくるか楽しみだ。

チャンプ・コリンズはまったくの想像の産物だった。フェイスのはぐらかしと、ぼく自身のたくましい想像力が生み出した代物だ。あれこれと妄想をふくらませていた自分がわれながら情けない。それもこれも、すべてフェイスのせいだ。今夜は罰を与えてやらなければ。

リースは書類を脇へ押しやり、窓を見た。洗面所から水音が聞こえている。ジョイの入浴をフェイスが手伝っているのだ。あれから一時間ほど経った頃、意固地になっていたジョイはとうとう泣きながら寝室から出てきて、ごめんなさいと素直に謝った。

フェイスは早めの夕食をジョイにとらせ、入浴するよう促した。ジョイにしてみれば、今日はあまりに長い一日だっただろう。リースは、入浴がすんで体を乾かしたらすぐに、ジョイをベッドへ連れていくつもりだった。もちろん、ジョイの姉に対しても同じようにするつもりだ。

昼食前に交わした口づけを思い出したとたん、リースは脚の付け根がこわばるのを感じた。

「イース」

リースは振り向いた。洗面所の扉のところに、フェイスに連れられたジョイが立っていた。長い金髪をタオルにくるんでいる。ひんやりとした空気にジョイはぶるりと身を震わせ、フェイスにぴったりとくっついた。

リースは立ちあがると、ストーブに石炭をくべた。

「バスタブで滑ってジョイの髪が濡れてしまったから、頭も洗うことにしたの」フェイスは説明すると、落ち着きなく舌で唇を湿らせ、リースを見た。「わたしも一緒に火の前に座ってジョイの髪をとかせば、乾くのにそんなに時間はかからないと思うわ」

「ゆっくりやっていい」リースはフェイスにほほ笑んだ。フェイスもまた、ぼくと同じように不安と期待を抱いているのだ。「まだ太陽も沈んでいない」リースは肘掛け椅子をストーブの近くへ引き寄せると、腰をおろした。「さあ、おいで、スプライト。フェイスがきみの髪をとかしているあいだに、昔話を聞かせてあげよう」

ジョイはフェイスの手を放し、リースに駆け寄った。膝の上に座り、胸に頭を預ける。

「イース、まだわたしのこと、怒ってる？」

リースはたちまち優しい表情になった。

目の前でくり広げられる光景に、フェイスは思わず息をのんだ。わたしたち、まるで家族みたいだわ。

「怒ったりしていないよ、スプライト」リースはジョイの顔を傾けさせ、目と目を合わせた。「さっきは、きみがしたことにがっかりしただけだ。怒っていたんじゃない」

「うん」ジョイはリースのがっしりした体にすり寄った。

フェイスは肘掛け椅子の隣に革張りの足のせ台を引っ張ってくると、ジョイの頭からタオルを取り、骨が折れる作業にかかった。目の粗いくしで、ジョイの濡れた髪をとかしていく。

しんとした部屋の中にリースの低い声が響き渡った。彼が灰色熊がしっぽを失ってしまう昔話を語りはじめると、ジョイは親指をくわえ、もう一方の手でリースのシャツのボタンをもてあそびつつ、熱心に聞き入った。フェイスも同じだ。温かいストーブの前でジョイの髪をとかしながら、古い伝説にすっかり魅せられていた。

語り終えたリースは、ジョイの反応を期待した。だが、すでにジョイのまぶたは閉じられていた。彼の白いリネンのシャツに小さな顔を押しつけて、すやすやと眠っている。

フェイスはくしをおろすと、ジョイの輝く金髪を手早く三つ編みにした。

「シルクみたいに柔らかいな。三つ編みにしてしまうのがもったいない」ジョイの髪に触れているものの、リースはフェイスのひとつに編みあげた髪を見つめたまま言った。

フェイスは落ち着かなくなって、ごくりと唾をのみ込んだ。

「編まないとからまってしまうの」

「そうだとしても、実にもったいない」リースがフェイスを熱っぽく見つめる。

フェイスはジョイに手をのばした。

「ジョイを連れていくわ。もうベッドは整えてあるから」

「いや」寝入っているジョイを起こさないよう、リースは静かに椅子から立ちあがった。「ぼくにさせてくれ」ほほ笑みながらジョイを見おろす。「ジョイを寝かしつけたいんだ」

一瞬ためらったものの、フェイスは口を開いた。「もし本当にそうしたいなら……」

「ああ、そうしたいんだ」リースはうなずくと、ピンク色の寝室へ向かった。扉のところで立ちどまり、言い添える。「それに、きみのことも寝かしつけたい」静まり返った部屋に、かすれた声が響く。

フェイスは真っ赤に頬を染めたものの、リースをたしなめようとはしなかった。

「それにフェイス」

「何？」

「ぼくはきみのドレスを脱がせたい。ネグリジェも三つ編みも必要ない」

「そのほかのご希望は？」息も絶え絶えにフェイスが尋ねる。

リースはにやりとした。

「ランプはつけたままにしておいてくれ。きみをすぐに見つけられるように」


フェイスは寝室を行きつ戻りつした。どうしていいのかよくわからない。夫はわたしのドレスを脱がせたいと言っていた。ジョイを寝かしつけている彼を待っているあいだ、この時間をどう過ごせばいいのだろう？

フェイスはベッドへ近づき、上掛けをめくった。日没まであと一時間弱ある。こんなに早い時間からベッドへ入るのは、ひどくみだらな振る舞いに思える。フェイスはベッドを見おろし、上掛けをもとに戻した。寝室を二回ほど落ち着きなく往復し、ヘアピンを数本引き抜いたものの、またもとに戻した。リースはわたしのドレスを脱がせたいと言っていた。そして、わたしは彼に髪をほどいてほしいと考えている。無視しようとしても、どうしてもベッドに視線が行ってしまう。だって、こんなにどっかりと部屋を占領しているんだもの。もう一度上掛けをめくり、しばらく考えたあと、またしてももとに戻そうとした。

「そのままでいい」リースがほほ笑みながら寝室の入口に立っていた。「すぐにベッドに入れるよう、上掛けはめくっておいたほうがいい」

フェイスは上掛けから手を離すと、振り向いた。「すぐに?」

「大丈夫だ。ジョイはぐっすり眠っている」リースは部屋に入ると、扉を閉めた。フェイスには、鍵が閉まる音がやけに大きく聞こえた。神経質になっている証拠だ。

「どうしていいかわからなくて。明るいうちからこんなふうに過ごすのに慣れていないの」フェイスは手のひらを上にして両手をひらひらとさせ、ベッドを指し示した。

「きみの言いたいことはよくわかる」

「本当に?」

「ぼくもこんな過ごし方には慣れていないからね」にやりとしたリースの口元から、美しい白い歯がこぼれる。「さあ、こっちにおいで。慣れない者同士、協力しよう」

「どうすればいいの?」フェイスはささやいた。

リースが笑った。「きみのしたいようにすればいいんだ」指をフェイスの髪に差し入れ、ヘアピンを探りながら彼女に口づける。

フェイスは手をのばすと、リースのシルクタイをほどきはじめた。

リースはたちまち身をこわばらせ、フェイスに口づけていた唇の動きを止めた。胸がすさまじい勢いで高鳴り出したのを意識しつつ、思わずフェイスを見る。

フェイスは顔をあげ、彼の視線を受けとめた。困惑したリースの表情を見て、はにかみながら口を開いた。「したいようにすればいいと言われたから」

リースは無言のままうなずいた。

「わたし、あなたのシャツを脱がせたい。あなたを裸にしたいの」フェイスは頬を染め、白いリネンのシャツに恥ずかしそうに顔をうずめた。

一瞬、心臓が跳ねたものの、リースはふたたび呼吸しはじめた。「ああ、続けてくれ」彼が促すと、フェイスはズボンのウエスト部分からシャツを出し、ひとつずつボタンをはずしていった。

リースはフェイスの髪をほどく作業に集中できずにいた。フェイスはシャツのボタンをはずしながら、ぼくの胸に唇を押し当てている。どうしても考えずにはいられない。ボタンをはずし終えたら、いったい何をするつもりだろう？

フェイスがひざまずいてシャツのいちばん下のボタンをはずしたときには、リースはすでに息があがっていた。

へそにキスをされ、中へ舌先をそっと差し入れられる。

リースは心臓が止まったかと思った次の瞬間、フェイスの腕をつかむと、いきなり体を引っ張りあげた。抵抗する間も与えず、唇を荒々しくむさぼりはじめる。

フェイスも負けじとキスを返してきた。下唇を軽く嚙み、口の中へ舌を差し入れ、熱い舌先で焼き印を押すかのごとく、存分に味わい尽くそうとする。たちまちリースは全身に血がたぎり、今にもくずおれてしまいそうになった。フェイスの胸が押しつけられたとたん、むき出しの胸に痛みを感じた。彼女のボディスについている黒玉のボタンだ。

小さくて鋭いボタンから逃れるべく体を離して、フェイスのドレスを脱がしにかかる。

リースはののしりの言葉を発すると、逃げようとしたフェイスをつかまえ、堅い木でできた寝室の扉に押しつけた。情熱的なキスをしながら、フェイスの脚のあいだに自分の片脚を割り込ませ、腿を使って彼女の体を持ちあげる。その合間も手をせわしなく動かしながら、なかなかはずれない小さなボタンと格闘した。

もう限界だ。下腹部が痛いほどこわばっている。それにボタンをはずそうとしている手も震えはじめた。このままだといっきに自制心を失ってしまいそうだ。

フェイスの唇が耳の下に押し当てられる。熱い舌で耳たぶを愛撫され、舌先が耳の中へ差し込まれた。

その瞬間、リースの自制心が吹き飛んだ。ボディスを強く引っ張ると、黒玉のボタンがはじけ飛んで、あっという間に室内に散らばった。引き裂かれたボディスを肩から腕へずらすと、シュミーズが現れた。丸みを帯びた女らしい胸がこぼれそうになっている。

フェイスが肩から脱がせようとしたシャツが、手首のところで止まってしまった。リースはカフスボタンを乱暴に手ではずすと、シャツを椅子に放り投げ、今度はドレスのウエストバンドの留め金をはずす作業に取りかかった。

そのあいだも、フェイスの舌の愛撫は続いていた。耳から離れ、今度は顎の線をたどりつつ、ざらざらとした髭に舌を走らせる。フェイスに唇の端をなめられた瞬間、自分の汗の刺激的な味がした。

リースは少し首を傾け、フェイスの舌を唇でとらえた。すばらしい味わいだ。だが、それだけでは満足できない。リースは貪欲になっていた。もっと欲しい。甘やかなフェイスの味わいを堪能しながら、彼女の下腹に腰を押しつける。

彼に呼応するようにフェイスも動きはじめた。リースの情熱の証はすでにそそりたっている。フェイスの下腹部にこすれる感触がなんともたまらない。

フェイスはさらに体をすり寄せ、リースの限界を試そうとした。

リースはあわてて両手でフェイスのヒップを押さえた。「くそっ、だめだ、フェイス。よせ！」荒い息のまま言う。「手が震えてスカートを脱がせられないんだ。これじゃあ、まるで未熟な学生みたいだ」

フェイスはリースの腿へ片手を滑らせ、高ぶりに手のひらを押しつけると低くかすれた声でつぶやいた。「これが未熟？　とてもそうは思えないわ」自分の正しさを証明するかのように、リースの欲望の証に指をそろそろと滑らせる。

リースははっと顔をあげ、片方の眉をつりあげた。彼女を見つめると、灰色の瞳を欲望で煙らせているものの、顔は歓びでほてり、勝ち誇ったように目を輝かせている。まちがいない。ぼくは今、ひとりの女性が変身する姿を目の当たりにしているのだ。なんて光栄なんだろう。フェイスは今、ぼくの目の前で、ぼくの腕の中で、処女から男を誘惑する女に変身を遂げている。ぼくをからかい、刺激し、誘いかけてくる大人の女に。

　フェイスはリースに体をすり寄せようとした。半分あらわになっている乳房を、リースのむき出しの胸に押しつける。

　コットンのコルセットからこぼれた、フェイスの胸の先端はつんと尖っていた。その甘美な感触に、リースは思わず息をのんだ。コットンがこすれる音を聞いて、むき出しの胸を押しつけられたときと同じくらい官能的な気分をかきたてられた。一刻も早くフェイスと体を重ねたい。だが、このゲームを終わりにしたくない。なんてことだ、フェイスはあまりにのみ込みが早すぎる！　愛撫が巧みな女へと変身したフェイスに、リースはすっかり魅せられていた。

「ぼくもかつてはそうだった」歯を食いしばり、やっとの思いで言葉を絞り出す。「自分を抑えることを学ぶ前は」

「リース？」フェイスは唇をリースの口元から離し、今度はむき出しの胸を集中的に愛撫しはじめた。リースの乳首を容赦なく攻めたてる。

「なんだい？」リースはほとんど何も考えられなくなっていた。

「自分を抑えることなんて忘れて。わたしを歓ばせて」

　リースはフェイスを扉から引き離すと、彼女を抱きあげてベッドへ運んだ。フェイスが見あげる中、靴と靴下を脱ぎ捨て、ズボンのボタンをはずしはじめる。しかし、指が震えていかにもぎこちない。

フェイスは起きあがり、両膝をついてリースに手をのばした。「わたしにさせて」

リースはフェイスに近づいた。

フェイスはズボンのボタンをはずした。そそりたつリースのものが自分の手の中にこぼれ落ちた瞬間、驚きに目をみはりながら、心の中でつぶやいた。なんだか不思議だ。柔らかいのに硬い。それに、脈打っていてとても温かい。リースの屹立した部分に指先を這わせ、手でそっと包み込んでみる。

リースは大きく息を吸い込んで吐き出し、うなり声をあげると、三つ編みに手をかけてフェイスを自分のほうへ向かせた。「もうよせ。我慢できなくなってしまう！」

フェイスはリースの欲望の証から手を離した。突然不安になる。もしかして彼に痛い思いをさせてしまったの？「痛かった？」リースの表情から答えは読み取れない。

「いいや、そんなことはない。だが、これ以上は耐えられそうにない。ああ、フェイス、きみをじかに感じたいんだ。助けてくれ」リースは急いでズボンをさげて脱ぎ捨てると、脇へ蹴飛ばした。

背が高く堂々とした立ち姿が、ランプの明かりの下でブロンズ色に輝いている。そんなリースの姿に見とれているうちに、ふいにフェイスの喉がつかえた。はじめてリースの姿を見た瞬間のことは脳裏に刻み込まれている。でもこうして改めて見てみると、わたしの記憶はまちがっていた。顎の下にある三日月形の小さな傷以外、リースは完璧な容姿の持ち主だと考えていた。だけど目の前に立ちはだかるリースは、記憶の中の彼よりもさらにハンサムだ。脚もずっと長いし、筋肉も引きしまっていて、腿も力強い。ただし実際のリースには欠点もある。長くて細い傷や、引きつれた傷が体のあちこちにある。リースの傷に口づけて、痛々しい記憶を癒やしてあげたい。

リースは両手でフェイスを制すると、彼女の体を引きあげて口づけをした。フェイスは顔を近づけ、リースの腿にある傷にキスをした。スカートとシュミーズのリボンをほどき、そっとベッドに横たえてからフェイスに腰を浮かせるよう促すと、いっきにスカートを引っ張って脱がせた。

コルセットとストッキングだけ着せたままで、リースはフェイスのまっすぐな黒髪をほどき終えた。「今のきみはどこから見ても……」長い髪のひと房を押しやり、片方の胸の曲線に鼻を押しつけながらささやく。

「どこから見ても？」

「男を誘惑する女そのものだ」

「わたし、あなたを誘惑したかしら？」

「ああ、きみは多くを学んだ」リースはフェイスの硬くなった胸の頂を唇でなぞった。荒い吐息のせいで、コルセットの白いコットンが湿っている。

フェイスは身を震わせると、体を弓なりにそらした。

「もっと教えて。すべてを知りたいの」

リースはフェイスの体を反転させ、コルセットの紐をほどいて脇へ放り投げた。コットンのストッキングとガーターは残したまま、フェイスを自分の上へのせる。みずからを抑えることなど忘れよう。すべて忘れてしまおう。今、大切なのは、フェイスの望みに応えることだ。それに彼女の柔らかな部分に身をうずめて、とめどない欲望を満たすことだ。

屹立したリースの上におろされたフェイスが、高まる欲望に耐えきれずうめいた。リースは両手でフェイスのヒップを支え、彼女に動くリズムを手ほどきし、やがてまたもや彼女の体を反転させて自分が上になった。

フェイスはリースの両肩に爪を深く食い込ませて、励ますように彼の腰に両脚をしっかりと巻きつけると、彼の名前を叫びながら解放の瞬間を迎えた。

リースも我慢の限界だった。フェイスのヒップを持ちあげて体を密着させ、彼女の体内にいっきにみずからを解き放った。

夜明け前、尋常ならざる静寂の中、リースは目覚めた。列車が停まっている。彼は起きあがり、手彫りのヘッドボードにもたれかかった。

フェイスは眠そうな声を出し、目にほつれかかる髪を払うとなんとか起きあがり、リースの胸に頭を休めながら言った。「どうしたの?」

「列車が停まっている」そう言うと、リースはフェイスの黒髪に唇を押し当てた。

「どうして?」

「耳を澄ましてごらん」

フェイスは言われたとおりにした。はじめはなんの音も聞こえなかったが、しばらくすると、かすかにチリンチリンという音が近づいてくるのがわかった。窓に向かって身を乗り出し、リースを振り返る。「何かしら？」

「これは珍しいぞ」リースはフェイスににやりとした。喜びに顔を輝かせている少年のような表情をしている。「これを見逃す手はない。さあ、おいで」ベッドから立ちあがり、ズボンと靴下をつけて靴をはくと、床に落ちていたシャツを拾いあげてフェイスに手渡した。

「さあ、これを着るんだ」

フェイスがシャツを身につけているあいだに、リースはベッドからキルトと、ダウンのベッドカバーを引っ張って取った。フェイスに靴を渡し、彼女の肩をキルトでしっかりと包み込む。

「これを持っていてくれ。絶対に必要になるから」そう言うと、リースはベッドカバーをフェイスに手渡し、キルトにくるまれた彼女の体を抱きあげた。

「どこへ行くの？」寝室を出て専用車両の扉へ向かうリースに、フェイスは尋ねた。

「扉を開けてごらん。そうすればわかる」

外のポーチに出たとたん、身を切るような寒さに襲われ、フェイスはキルトの奥へもぐり込んだ。リースは椅子まで行くとフェイスをおろし、座席に張っていた薄氷をキルトの端で払ってから、受け取ったベッドカバーを椅子に広げて腰をおろした。それから膝の上にフェイスをのせ、ふたりの体をすっぽりとベッドカバーでくるんだ。

小さかったベルの音が、今や大きくなっていた。どんどん近づいてきている。

「ほら」リースがフェイスの耳元でささやいた。

目の前に広がる光景に、フェイスは息をのんだ。灰色の空の下、地面に人の足跡がついているのが見える。雪だ。雪が降り続いていて、地面がこの世のものとも思えないほど輝いていた。とはいえ、レールは鉄製なのだから列車の運転に支障はないはずだ。だが、列車は停まらざるを得なかった。周囲をバッファローの大群に囲まれていたからだ。数えきれないほどのバッファローがゆっくりとレールの上を横断しており、そこらじゅうに毛むくじゃらの頭と雪が積もった背中がひしめいている。腹部の毛が凍りついてつららのようになり、歩みを進めるごとに揺れていた。

至近距離にいるため、フェイスにはバッファローたちが吐く白い息まで見えた。荒い呼吸をくり返しながら、バッファローは膝まで積もった雪の中を進んでいく。

「ああ、リース」フェイスは振り返り、リースの顎にキスをした。「なんてすばらしいの！」リースの顔が見えるよう、彼の腕の中でわずかに体を動かして言葉を継ぐ。「ベルの音が聞こえたときから、わかっていたのね！」

リースがうなずく。「そうじゃないかと思ったんだ」

「前にも見たことがあるの？」ベッドカバーの中でリースの手を探り当てると、フェイスはそっと手を重ねた。

「ああ、ずっと前に一度だけ」目の前でくり広げられる壮大な光景の美しさに、リースは目を輝かせている。「よく見ておくんだ、フェイス。群れは去っていってしまう。こんなにすばらしい光景を目にすることはたぶん二度とないだろう」

リースの悲しげな声を聞き、フェイスはぶるりと身を震わせた。

「寒いのか？」リースがフェイスの耳に鼻を押し当て、さらにきつく彼女を抱きしめた。

「寒いけれど、こんなすばらしいものを見られたのだから本望よ」

ふたりは最後の一頭が渡り終えるまで、バッファローの大群のゆっくりとした移動を見守った。列車が汽笛を鳴らして動きはじめると、ふたりは椅子から立ちあがり、バッファローを最後にひと目見ようとレールのほうへ身を乗り出した。それからリースはフェイスを抱きあげ、温かなベッドへ戻った。

太陽が地平線から顔を出す頃、リースとフェイスはゆっくりと愛を交わし、甘美なひとときを楽しんだ。

17

列車がシャイアン駅に到着したのは、フェイスがちょうど朝の入浴を終えたときだった。リースは洗面所の扉をノックした。

「まあ、だめよ！　まだドレスを着ていないわ！　待って……」フェイスはバスタブのかたわらに立っていた。頬をピンク色に上気させ、黒髪は頭のてっぺんでゆるくひとつにまとめている。彼女があわててリースの茶色のヴェルヴェットのローブを羽織ると、まだ濡れている肌にローブが張りついた。キスのせいで、唇がぽってりと腫れている。フェイスは灰色の瞳を幸せそうに輝かせた。

「なんていい眺めだ」リースは浴室に入ると、フェイスの鼻の頭に軽く口づけた。「急がなくていい。列車はぼくらの乗っている専用車両を切り離すことになっている。ストーブにかけているやかんもちょうど沸いたところだ。ジョイとぼくは列車からおろされる馬たちを見物がてら、おじのチャーリーやサムや牧場の者たちの到着を待つよ。きっとすぐに迎えに来てくれるはずだ」

フェイスは前に進み出た。リースの体の温かさや、巧みな愛撫が恋しくてたまらない。

「どうしておじ様たちにわたしたちの到着時間がわかるの？」

「シカゴから電報を打っておいた。これぐらいの日時に到着する予定だとね」リースは前かがみになると、フェイスにむさぼるようなキスをした。「だが今は、電報を打つんじゃなかったと悔やんでいる」フェイスの唇を軽く噛みながら言う。「おはよう、ミス・コリンズ」リースは動きを止めると、今の自分の言葉について考えをめぐらせた。「待てよ、ここはもうシャイアンだ。つまり、きみはミセス・ジョーダンということになる」

「そんなにうまく頭を切り替えられるかしら？」フェイスはリースを見つめた。「結婚して数日経つけど、あなたがわたしをミセス・ジョーダンと呼んだのはただの一度きりよ。契約について話し合ったときだけ。あとは一度もないわ」

「親戚やシャイアンの人たちには、ぼくらがリッチモンドで結婚したことにしてあるんだ」

「あら、わたしたち、実際にリッチモンドで結婚したわ」フェイスは言い返した。「少なくともわたしはそうよ。あなたはあの場にいなかったけど」

「それがそんなに重要かい？」リースはもう一度キスをしようとしたが、フェイスに顔をそむけられた。「法律上のことだ」

「リース――」

「なあ、フェイス、そんなに難しいことじゃないだろう？」リースは遮ると、安心させるようにフェイスの肩にそっと手を置いた。「きみは未亡人のふりをしていたんだ。愛されている妻のふりをするくらい簡単だろう。それにゆうべの調子なら、絶対にうまくやれる」

フェイスは体をリースから引き離し、そっけない口調で尋ねた。「あなたのテストに合格したというわけ？　わたしのことをさぞ演技のうまい女優だと考えているんでしょうね」

「そんなことは言っていない」

「そういうふうに聞こえたわ」

リースはかぶりを振ると、扉へ向かった。「くそっ、フェイス、この件についてきみと言い争うつもりはない。さあ、支度をするんだ。ぼくはプラットホームで待っている」リースは大股で出ていくと、扉をぴしゃりと閉めた。

フェイスはバスタブの縁に寄りかかって体を支えた。ふいに涙がこぼれそうになる。言い争いをはじめたのはわたしだ。すてきな朝を台なしにしてしまった。それはなぜ？　親族の前では幸せな花嫁を演じろとリースに言われたから？

いいえ、違う。彼女は指で目頭を軽く押さえた。泣いているのは、リースに幸せな花嫁を演じろと言われたからではなく、自分が本当に幸せな花嫁だからだ。だけどリースにとって、わたしは目的達成のための手段でしかない。所詮、子どもを非嫡出子にしないために契約結婚した女としか見なされていない。

フェイスは涙を拭って顔を洗うと、何も考えず機械的に手を動かして身支度をはじめた。

フェイスが専用車両を出てプラットホームにおりたったのは一八分後だった。そこからはシャイアンの町が見えた。はじめて見るシャイアンの町。だが、フェイスはさほど心を動かされなかった。

シャイアンの町に並んでいたのは、張りぼてとしか言いようのない木造の建築物だった。どの建物も、立派に見えるよう凝ったデザインが施されているのは正面だけだ。その多くは一部をシカゴで建築し、鉄道でワイオミングまで運ばれてきたものだという。通りは埃っぽくて汚れており、木製の歩道に面した店舗もいくつかあるが、道端で露店を出している者もいる。約六〇〇〇人が居住するこの新興の町には、商業地区と三つの教会、それに教室がふたつある校舎以外にめぼしい建築物はない。

町にはどこか荒々しく生々しいエネルギーが渦巻いていた。酒場や娼館、それに賭博場は一日じゅう開いており、昼夜を問わずどこかで銃声が聞こえているらしい。北軍に占拠される前のリッチモンドは、ここよりもはるかに法と秩序が保たれていたと言っていい。だが、シャイアンにはフェイスの心をつかむ何かがあった。たぶんそれはリースのせいだろう。

この町こそ、リースの本拠地なのだ。

「フェイス！」

フェイスは振り向いた。リースのあとからジョイがちょこちょこと駆けてくる。リースの隣には、色褪せたデニムのズボンとギンガムチェックシャツ姿のふたりの男性がいた。

「お馬さんを見てたの」ジョイは駆け寄ってくるなり、フェイスの腰に抱きついた。「イースがポニーに乗っていいって。わたしがポニーを選んでいいんだって。乗り方はイースが教えてくれるって、チャーリーおじさんが言ってた」ジョイは早口でとうとうとまくしたてている。フェイスに聞き取れたのは、この部分だけだった。

「ポニーがどうしたんですって？」フェイスはジョイと同じ目の高さになるようしゃがみ込んだ。

「イースがポニーに乗っていいって。ね、いいでしょ、フェイス？」

フェイスは確認するようにリースを見た。

リースが大きくうなずいた。「ジョイに乗馬を習わせても問題はないだろう？」

「でも、なぜ年老いたおとなしい牝馬じゃなくて、ポニーに乗せるの？」

「たとえ落馬しても、成長馬よりもシェットランド・ポニーのほうが安全だからだ。それに
ポニーを自分で育てることで、ジョイが責任感を身につけられればいいと思ってね」

フェイスはしばし考えた。「わかったわ。でも、あなたはジョイを甘やかしすぎよ」

歓喜の叫び声をあげると、ジョイはフェイスから離れ、リースのもとへ駆け寄った。

リースの隣にいた男性がフェイスに話しかけた。「子どもは甘やかすにかぎるというのが
わが家のモットーなんだ。そうすれば、子どもはわたしたちが幸せを祈っていることを知り、
自信を持てるからね」

フェイスは立ちあがり、リースの連れの男性に挨拶した。

「フェイス、こちらはおじのチャーリー・アレクサンダーだ。チャーリーおじさん、彼女が
フェイスだ」おじに笑いかけながら、リースは紹介を終えた。

そのとき、もうひとりの若者が咳払いをした。

リースが含み笑いをする。「それと、こちらがいとこのサムだ。デイヴィッドの弟だよ」

サムの背中を勢いよく叩き、少し前に出させる。

フェイスはリースのおじといとこを見つめ、それからリースを見ると、ふたたび親戚ふたりに視線を戻した。三人ともよく似ている。だがチャーリーとサムは明らかにジョーダン家ではなく、アレクサンダー家の血を濃く受け継いでいた。きっとリースは、母方の特徴を受け継いでいるに違いない。アレクサンダー家の男性たちもハンサムだけれど、全体の印象がリースとは微妙に違っている。リースのほうがチャーリーとサムよりも背が高く、瞳の色も明るい茶色だ。それに彼らよりも鼻筋が通っており、肩幅も広く、ブロンズ色の肌もやや明るめだ。

リースは唇を引き結んで茶色の目を細め、とがめるような目つきでこちらを見ている。でも、そう気にする必要はないだろう。リースは、わたしがふたりに対して失礼な態度を取るのではないかと警戒しているのだ。

フェイスはリースのおじに愛想よくほほ笑みかけると、灰色の瞳を輝かせた。「お目にかかれて光栄です、ミスター・アレクサンダー。それに……」サムのほうを向いて言葉を継ぐ。「……ミスター・アレクサンダー、あなたのお兄様にワシントンでお会いしたのよ。とてもいい方だったわ」

フェイスが手袋をはめた手を差し出すと、チャーリーは一瞬彼女の手を見おろし、すぐに握手をした。「きみは南部の人だね」

「ええ、そうです。わたしとジョイはリッチモンドから来ました」

「わたしはジョージア北部にある山岳地帯で生まれ育ったんだ」そう言うと、チャーリーはフェイスの手をぽんぽんと叩いてから放した。

「まあ、ジョージアの北部ですか？ それなのに、どうしてこの地に落ち着かれたんです？」フェイスはふいに口をつぐんだ。戦争のことを思い出したのだ。戦争のせいで、多くの南部男性が西部へ移住していった。あまりに思慮のない発言に、われながら顔をしかめずにいられない。丸四年も戦争に耐えてきたというのに、リースとほんの一週間列車の旅をしただけですべてを忘れてしまうなんて。

「九カ月かけてここまでやってきたんだ。長くつらい旅路だったよ。しばらくインディアン特別保護区にとどまって、それから戦争がはじまる前にここにいたリースの父親と合流したんだ」チャーリーが説明した。

フェイスはリースを振り向いた。

「そういえば、お父様の話を聞いていないわ。こちらにいらっしゃるの？」

「父は戦争中に死んだ」淡々とした口調でリースが答える。

「お気の毒に」フェイスはささやいた。

リースは肩をすくめた。「さあ、おいで、スプライト」ジョイを肩車しながら言う。「荷馬車に荷物を積んだら、朝食にしよう。もう腹ぺこだ」彼は専用車両に向かった。すぐ近くに荷馬車と一頭立て馬車が停まっている。牧場の作業員の男性ふたりが、専用車両から荷馬車へと家具を積み替えていた。

「わたしのポニーは？」ジョイが尋ねた。

「朝食をとってからだ。チャーリーおじさんとサムも一緒にどうだい？」リースは言った。

チャーリーはサムを見てにやりとした。腹ぺこだというリースの言葉で、充実した夜を過ごしたのだと察したらしい。

「ぼくらはいいよ。列車が到着する前にすませたから」サムが答えた。

「レディたちを朝食に連れていくといい、リース」チャーリーが言う。「そのあいだに、わたしたちが荷物を積んで、日用品を取りに行っておく。ポニーはそのあとで選べばいいだろう」

「やったあ！」ジョイが声をあげた。

リースはフェイスの肘を取った。

「それなら朝食をとりに行こう。牧場までは一時間かかるんだ」


三時間後、リースはフェイスとジョイが一頭立て馬車に乗る手助けをしたあと、ブルータスという名前の太った毛並みのいいシェットランド・ポニーを馬車につなぎ、フェイスとジョイの隣の運転席へ乗り込んだ。

荷馬車の運転席には牧場の作業員ふたりが座っていた。チャーリーとサムは一頭立て馬車の脇で馬を走らせている。ちょっとした護送集団のようだ。二台の馬車は田舎道を西へ進み、〈トレイル・T牧場〉を目ざした。木製の頑丈な荷馬車にはトランクや旅行鞄、家具、おもちゃ、それに農場用の日用品がうずたかく積みあげられている。すべてが荷馬車一台におさまったことに、フェイスは驚きを隠せなかった。

「ねえ、リース、専用車両にあったベッドが荷馬車にのっているわ」フェイスは指摘した。

「ああ、ぼくが指示したんだ」

「どうして？　列車にもベッドは必要でしょう？」フェイスは困惑して言った。

「牧場ではもっと必要になる」リースは含み笑いをもらした。

「牧場にベッドはないの？」もしそうなら驚きだ。

シャイアンの町を見て以来ずっと、フェイスは牧場で自分たちを待ち受けているのはどれほど原始的な環境なのだろうという不安を覚えている。

「今、この瞬間はない。何しろ荷馬車に積んであるからね」

「あれはあなたのベッドなの？　自宅であなたが使っているベッド？」

「ああ」

「自宅のベッドをわざわざ分解して列車にのせたの？」よけいな費用もかかるだろうに、なぜそんなことをしたのだろう？　フェイスにはさっぱりわからなかった。「列車用にベッドを買えばすむ話でしょう？」

「実際、列車にベッドはついていた。ぼくがそれをどかして、自分のベッドを据えたんだ」

「いったいどうして？」

チャーリーが笑い出した。リースが目を細め、警告するようにおじに向かって首を振る。

だが、おじはリースの警告をあっさり無視した。「あのベッドは、リースの両親のベッドなんだよ。結婚生活で使っていたベッドだ。リースが生まれたのはあのベッドだった。きっとリースは、きみとの新婚初夜を記念すべきベッドで迎えたかったんだろう」

フェイスは真っ赤になった。

サムが含み笑いをしながら言った。「ひとたびリースに目をつけられたら、きみに勝ち目はない。リースはいつも欲しいと思ったものを手に入れる。一度リースが手に入れたいと考えたら、何物も彼を止められないんだ。そうだろう、リース？」

「黙っていろ、サム」リースが命じる。

「すべてが計算のうちだったの？　わたしのバッグを奪う計画を立てたのもあなたなの？ひったくりを雇って、わたしが条件をのむしかないよう仕向けたわけ？」

「ばかな、そんなことがあるわけない！」リースはフェイスのいわれのない非難に傷ついた。

「ひったくりを雇ってきみのバッグを盗ませるほど、ぼくは切羽詰まっていたわけじゃない」

「でも、あなたはあの状況をうまく利用したわ」フェイスは灰色の目でじっとリースを見つめた。

「たしかにそうだ」リースは認めた。「使える手段はなんだって利用した。きみを……」熱心に聞き耳を立てているサムとチャーリーをすばやく一瞥しながら言葉を継ぐ。「結婚に同意させるために」

「そのための賄賂だったのね。あの夕食も、クリスマスプレゼントも、お金も」

「そうだ」

「そして、まんまと成功したんだわ。わたしはあなたの計画にもっとも都合がよかったから。さぞ自分が誇らしいでしょうね」

「だが、きみだって自分の欲しいものを手に入れただろう?」リースは指摘した。「忘れてもらっては困る」

ジョイがフェイスの外套の袖を引っ張った。

「ねえ、フェイス、わたしにポニーを買ったから、そんなにイースに怒ってるの?」

フェイスはジョイを膝の上にのせた。「いいえ、そうじゃないわ」そう言ってジョイを安心させる。「自分に対して怒っているの。彼にお金で買われてしまったから」フェイスの声はあまりに低く、チャーリーとサムには聞こえなかった。

「ぼくはきみを金で買ったわけじゃない、愛しい人」〝愛しい人〟という言葉は皮肉にしか聞こえなかった。「子どもを産んでくれる女性を、ただ一時的に借りているだけだ。それにきみだって出産経験があると偽って、ぼくを出し抜いたじゃないか。まんまと成功して、さぞ自分が誇らしいだろうな」リースは先ほどのフェイスの言葉をそのまま返した。

「イースも自分に怒ってるの?」ジョイが尋ねる。

「いいや、スプライト。ぼくはただ、自分にがっかりしているだけだ」リースは注意を馬たちに戻した。

「リース」怒りに震えながらフェイスは口を開いた。だがそのとき、親族の前でリースに恥をかかせてしまったことに気づいた。「ごめんなさい」

「いいんだ、忘れてくれ」フェイスのほうを見ないまま、リースが言った。

「でも……」

リースは手綱を引いて馬車を突然停め、道の脇に寄せると、うしろにいた荷馬車に先に行くよう身ぶりで促した。まずは荷馬車が、続いて手を振りながら馬を小走りにさせたチャーリーとサムが馬車を追い越していった。

リースがフェイスのほうを見た。「今朝以来、けんかがしたくてたまらないみたいだな」

フェイスは反論しようとしたが、リースはかぶりを振って機先を制した。

「本気で言い争いたいなら、喜んで受けてたとう。だが、今はだめだ。みんなの前ではやめてくれ。きみが文句を言いたいのはぼくであって、おじたちではないはずだ。もう二度と、おじたちの前でぼくにばつの悪い思いをさせないでくれ。わかったか？」

フェイスは黙ったままでいた。

「家に着くまで、不平不満は胸にしまっておくんだな。言い争いならふたりの寝室で好きなだけできる」

「こんなふうになっても、わたしがあなたと一緒の部屋で寝ると本気で思っているの？」フェイスは馬車の座席で背筋をのばした。身をこわばらせてリースの答えを待つ。

「ああ、もちろんだ」リースが言う。「ぼくらのお楽しみの時間じゃないか」

「わたしは――」

「しいっ、フェイス」リースは片手をフェイスの首にかけ、彼女を引き寄せた。きっと怒りに任せて荒々しいキスをしてくるのだろう。だが、フェイスの予想はみごとに裏切られた。リースは優しく、刺激的で、欲望をかきたてるような口づけをしてきた。たちまち全身がかっとなる。今朝からずっと、このキスに負けまいとあらがってきた。それなのに今、気づいた。このキスこそ、わたしが心から求めていたものだ。

18

〈トレイル・T牧場〉の母屋は、シャイアンから北西へ八キロほど離れたところにあった。ララミーへ向かう道のはずれとはいえ、牧場自体の規模は目をみはるほど大きい。北はロッジポール川、また南と西はララミー山脈のふもとに隣接している。リースの父ベンジャミン・ジョーダンが、母屋と離れ家が立ち並ぶこの広大な土地を手に入れたのは一八六二年のことだ。一定の条件を満たせば、入植者に一六〇エーカーの未開拓地を無償で払いさげるホームステッド法を利用し、まずはロッジポール川に隣接する土地の所有権を手に入れ、その一年後さらに九〇〇エーカーに及ぶ土地を、一エーカー当たり一・二五ドルで政府から購入した。リースは一八六七年、それらの広大な不動産の所有権保存登記の申請をした。ちょうどユニオン・パシフィック鉄道がシャイアン付近の土地を買収しはじめる直前のことだ。青々とした草原と家畜飼育用の土地を合わせると、現在リースは一〇〇〇エーカーほどの土地を所有していることになる。だが、彼はもっと牧場の規模を拡大したいと考えていた。ゆえに一年の大半は、地元の牧場主にさらに土地を貸与する法案を通過させるべく、議員への陳情活動に奔走していた。

わだちや深い穴ででこぼこした道を進む馬車の中から、フェイスは近づきつつある平屋を眺めた。殺風景なシャイアンの町にがっかりしたあとだけに、〈トレイル・T牧場〉の母屋は嬉しい驚きだった。二階建ての建物の中央部分は、ワイオミングの厳しい冬の寒さに耐えられるよう、頑丈な木と石で造られていた。建物の両脇には一階建ての翼棟が長々とのびており、正面には広い玄関ポーチが配されていた。

屋敷へ通じる私道がポーチの階段までのびているため、正面玄関の前まで馬車で行くことができる。もしこの母屋が白い下見張りか、あるいは赤い煉瓦造りなら、ヴァージニアの農園に見えただろう。母屋といい、周囲に配されたほかの建物といい、フェイスはなんとも言えない懐かしさを覚えた。どこか、祖父が所有していたハミルトン家の大農園をほうふつとさせる雰囲気だ。馬車から二軒の家畜小屋や鍛冶場、丸太小屋、家畜を入れる囲い、放牧場、燻製場があるのが見え、郷愁の念をかきたてられる。

フェイスは太陽の光に目を細めながら、牛がいないかと放牧地を見回した。リースを見て尋ねる。「牛たちはどこにいるの？」

「乳牛は牛舎にいる。肉牛は放牧地の外だ」

「外？」

「よその牧場の牛たちと遊んでいるはずだ」

「自分の牧場の牛とよその牛はどうやって区別するの？」

「牛たちには〝トレイル・T〟という焼き印を押してある。冬のあいだ、牛たちは自由にこのあたりをうろつくんだ。春になると、牛たちをいっせいに集めて、新しく生まれた子牛には焼き印をつける」リースはゆるくカーブした私道を道なりに進み、先に到着した荷馬車のうしろに一頭立て馬車を停めた。すでにチャーリーとサムが、積んであった日用品をせっせとおろしている。リースは馬車からおりると、フェイスに手を差しのべた。「さあ、寒いから中へ入ろう。家の中を案内するよ」続いてジョイに手をのばし、地面におろした。

「わたしのポニーは？　ブルータスはわたしのお部屋で一緒に寝るの？」ジョイが尋ねる。

「もちろんそれはだめだ、スプライト。ポニーは小さな女の子の寝室では飼えない。ほかの馬たちと一緒に厩舎で眠る。特にブルータスみたいなシェットランド・ポニーはなおさらだ」

「ブルータスを連れて、一緒にそこへ行ってもいい？」

「外は恐ろしく寒いんだ、スプライト。フェイスと一緒に温かい家の中にいたほうがいい。そのあいだに、ぼくがブルータスを厩舎へ連れていくから」リースは疲労困憊していた。寒いし、空腹だし、睡眠不足だ。ただし、昨夜の睡眠不足を不満に思っているわけではない。とはいえ、今は一刻も早くゆっくりと体を休めたかった。小さな女の子や頑固なポニーを相手に張り合う気分ではない。もう我慢の限界だ。これ以上耐えられそうにない。

「イースと一緒に行く！」ジョイは足を踏ん張った。「ブルータスをねんねさせるお手伝いをするの」

リースは助けを求めてフェイスを見た。

「ジョイに言って聞かせてくれ。ぼくと一緒に厩舎へは行けないと」

「そんなことはできないわ。だって、どう考えてもおかしいもの。あなたはわたしの反対を押しきってジョイにポニーを買い与えたのよ。ジョイを厩舎へ連れていってあげてもいいんじゃないかしら」

くそっ。今日は誰も彼もがぼくには歯向かってくる日らしい。

「それにあなたはポニーを自分で育てることで、ジョイが責任感を身につけられればいいと言っていたじゃない」フェイスは灰色の瞳をちゃめっけたっぷりに輝かせた。

「ブルータスのお世話の仕方を教えてくれるんでしょ?」ジョイが甲高い声で言う。「イースと一緒に行く!」

「ああ、わかったよ!」リースはジョイの手を取ると馬車の背後に回り、毛むくじゃらの黒いポニーの縄を解いた。

「乗っていってもいい? ねえ、お願い!」ジョイが小躍りする。

「絶対にだめだ!」

フェイスはふたりに手を振り、屋敷に通じる石造りの階段をのぼりはじめた。

階段のいちばん上まで来ると、子どもの頃のようなわくわくした気持ちがふいに込みあげてきて、思わず振り返った。

シェットランド・ポニーを連れて移動していくリースの姿が見えた。片方の手に手綱を持ち、もう片方の手はジョイの背中に当てている。ジョイはといえば、脚の短いポニーにまたがって黒いたてがみにしがみついており、ポニーが進むたびに足をぶらぶらさせていた。そのとき、ブルータスがリースの外套のポケットにいきなり鼻を突っ込んだ。

「砂糖は持っていないぞ」リースがブルータスに言う。

だが、欲張りのポニーはあきらめようとはせず、鼻をさらに深くリースのポケットに突っ込んだ。ふいに生地が破けるびりっという音がした。

「くそっ！」リースは肘でブルータスの口をどかそうとした。

「わたしのポニーに乱暴しちゃだめ、イース！」ジョイがそう命じている隙に、ブルータスはリースの外套から完全にポケットを破り去ってしまった。

リースが立ちどまり、ポニーと顔を突き合わせる。

ブルータスは耳を立てて素知らぬ顔をすると、頭をひと振りして破れたポケットを口から放した。端切れが風に巻きあげられて舞うのを見て、ジョイが嬉しそうに声をあげた。

リースはやれやれと言いたげに頭を振ると、ポニーに背中を向け、手綱を引いた。その瞬間ブルータスはここぞとばかりに耳を折り、鋭い歯でリースの腕にかじりついた。

「ブルータス、おまえもか？」フェイスには、リースがそうつぶやいたように聞こえた。とはいえ、本当にそう言ったのかどうかはわからない。

リースは腕をさすりながら、もう一度手綱を引いた。今度はブルータスも素直に彼の脇へとやってきた。

彼らを見送ったフェイスは母屋の正面玄関を開け、中へ足を踏み入れた。

外装と同じく、母屋の内装も意外なほど洗練されていた。てっきり室内の壁も外装と同じ天然木だろうと思っていたが、明るい色をしたオーク材の羽目板張りだった。床もごつごつとした厚板を想像していたけれども、よく磨き込まれたぴかぴかの堅木張りだ。床にはトルコ絨毯が敷かれていた。専用車両にあったのと同じ種類のものだ。

実際、室内はリースの専用車両をさらに大規模にしたような印象だった。違う点といえば、石造りの暖炉と絵画だけだ。フェイスは体の力がいっきに抜けるのを感じた。なんて居心地のいい部屋だろう。彼女は外套を脱いで手袋を取ると、革張りのソファの肘掛けにそっと重ねた。髪からハットピンを引き抜き、帽子を手袋と外套の上に置き、暖炉の前で暖を取りはじめる。

フェイスは大きく息を吸い込んだ。屋敷じゅうに焼きたてのパンの香ばしいにおいが漂っている。思わず鼻をふくらませずにはいられない。台所で誰かが料理をしているのだろう。暖炉の前から離れると、フェイスはにおいをたどって台所へ行きついた。

「こんにちは、誰かいませんか？」フェイスは台所の入口からのぞき込んだ。

巨大な黒いストーブの前で、若い女性が大きな鍋の中身をかきまぜていた。年配の女性は鍋からパンのかたまりを取り出し、作業台へ移動していた。ふたりはフェイスにはわからない言葉でにぎやかにおしゃべりしていたが、彼女の声を聞いた瞬間、飛びあがって入口を見た。

フェイスはその場で凍りつき、女性たちを見つめた。まさか台所にリースの親族がいるとは思わなかった。先住民特有の顔立ちから察するに、彼女たちはこの屋敷に住むリースの親族なのだろう。「びっくりさせてごめんなさい。さっき着いたばかりで、正面の居間にいたら、おいしそうな料理のにおいがして、ついここまで来てしまったんです。わたしはフェイス・コリ……ジョーダン。リースのつ……」左手を掲げ、ハンナの結婚指輪を見せながら言い直す。「リースのつ……」〝妻〟と言おうとしたが、どうしても口にできず、フェイスはとうとうあきらめた。「リースは……まだ外にいます」

若い女性が口を開いた。「わたしはメアリー・アレクサンダー。リースのいと――」

「いとこなのね」フェイスは遮ると、メアリーにほほ笑みかけた。アレクサンダー家の男性たちを小柄にして女性にしたら、まちがいなくメアリーになるだろう。「ワシントンでデヴィッドに会ったの。それに今日はミスター・アレクサンダーとサムにも会ったのよ」くだらないおしゃべりをしているのは百も承知だが、フェイスは自分を止められなかった。「みんな、本当によく似ているのね」ストーブへ近づきながら言う。

メアリーはうなずいた。「これはわたしの母のサラよ」申し訳なさそうに肩をすくめながら言う。「英語は話せないの」

メアリーはフェイスが浮かべている心からのほほ笑みと愛らしい灰色の瞳に、思わず見とれてしまっていた。「まあ、そうなのね。あなたたちがさっき話していたのは――」

「チェロキー語だ」

フェイスは振り向いた。「まあ、リース、びっくりさせないでちょうだい！」リースが台所の入口に立っていた。「てっきりまだジョイやブルータスと一緒に厩舎にいるのかと思っていたわ」

「サムが、今夜はブルータスを自分の馬房へ入れるよう申し出てくれたんだ。だから任せることにした」リースが腕の傷を撫でながら言う。「ブルータスはぼくよりもサムのことをいたく気に入ったらしい。ジョイもサムと一緒にいる。ぼくはきみの様子を見るために来たんだ」

「わたしの様子を？　どうして？」

「チャーリーおじさんにもうすぐ夕食だと言われるまで、ここにメアリーとサラおばさんがいることをすっかり忘れていたんだ。もしきみが台所に入って、夕食を作っているレッド・インディアンを見たら、金切り声をあげて助けを求めるかもしれないと思ってね」リースの言葉には皮肉が込められていた。

リースの心ない言葉にフェイスはたじろいだ。彼を冷たく一瞥しながら言う。「台所だろうがどこだろうが、わたしはレッド・インディアンと一緒にいても全然気にならないわ。あなたは気にしているみたいだけど」思いきり背筋をのばし、リースの目をひたと見据える。「寝室がどこか教えてくれたら、あなたの前からすぐに消えるわ。偏見にとらわれたわたしの姿なんか見たくもないでしょうから」

フェイスの辛辣な答えに驚くあまり、リースは何も言えずにいた。助け舟を出してくれたのはメアリーだった。「居間に戻って二階へあがって。いちばん奥の右側の部屋よ」

「ありがとう」とにかく礼儀作法は守らなければ、とフェイスは自分に言い聞かせた。たとえリースが礼を失する態度を取ったとしても。「会えて嬉しかったわ……おふたりに」かすれた声で言うと、リースを見つめた。「ジョイが戻ってきたらすぐに二階へ連れてきて。手と顔を洗わせるから」肩を怒らせ、台所から早足で出ていくと、居間に戻って階段をあがった。

階上にある寝室の扉が閉まる音が聞こえた瞬間、メアリーが言った。「彼女に冷たすぎるわ、リース」

「冷たすぎる?」リースは驚いて答えた。「ぼくは当然のことをしたまでだ。きっとフェイスが――」

「わたしたちを見て驚くと思ったから?」

「彼女の顔を見ただろう? フェイスはここに先住民の女たちがいるのを見てショックを受けたんだ」リースは台所をうろうろと歩きはじめた。

「台所に誰がいてもフェイスは驚いたと思うわ。しかも自分のための料理を作っている最中だったんだもの。わたしだって、もし新居に戻って誰かが自分のために料理を作っていたらびっくりするわよ。フェイスは不意を突かれたの。別に失礼な態度を取ったわけじゃないわ」

リースは足を止め、いとこを見つめた。ふだんは優しくて気分にむらのないメアリーが、会ったばかりの女性のことを怒った顔で擁護している。チェロキー族でもない女性のことを。

メアリーは木製のスプーンをリースに突きつけた。肉切り包丁でなくてよかったとリースに思わせるほどの激しい剣幕だ。

「わたしたちのことをフェイスにちゃんと話したの？　わたしたちがここにいることを？」

「ああ、家事を切り盛りしてくれる人がいると話した」

「やっぱりね」

「どういう意味だ？」

「あなたは何も話していないも同然だわ。自分の親族のことも、ここでの暮らしについても。つまり、あなたは花嫁を完全に無視したことになるの。理解してもらおうという努力すらしていないなんて、だめな男の典型ね」

リースはしかめっ面をした。

だが、メアリーは批判をやめようとはしなかった。「ここはもうフェイスの家なのよ、リース。チェロキー族の掟に従えば、家は女のもの。フェイスには、この家であなたの世話を焼く権利があるのよ。それなのに、あなたは彼女に恥をかかせた。それも彼女の居場所である台所で、おまけに親族の目の前でね。あなたはまちがっている。謝るべきだわ。さあ、二階へ行って花嫁と仲直りしてきて」

リースは反論しようと口を開いた。フェイスはぼくの本当の花嫁ではなく、一時的な花嫁なのだから気を遣う必要はないのだと。だが、メアリーの決然とした目を見て口をつぐんだ。

サラがテーブルを回り込み、メアリーの隣にやってきた。早口のチェロキー語で娘と会話するうちに、サラまでリースをにらみつけてきた。

「満場一致というわけか」ゆっくりと苦渋に満ちたため息をつくと、彼は階段のほうへ歩き出した。

リースは自分のまちがいを認めたくなかった。フェイスに謝りたくない。だが、メアリーの意見は的を射ている。たぶん、ぼくの判断が早計だったのだろう。フェイスが泣いていないといいのだが。もし彼女が涙に暮れていたら、どうすればいいのかわからない。リースはふたたびため息をつき、髪に指を差し入れた。まったくなんて日だ！　夜明け前、フェイスと愛を交わしたときは、これ以上ないほど期待に満ちた一日がはじまると思えたのに、どんどん状況が悪化していく。そのことに心を痛めずにはいられない。けれど、フェイスはどう感じているのだろう？　ぼくよりもさらに心を痛めているのではないだろうか？

リースはよけいな考えを追い払うようにかぶりを振った。もう長いあいだ、自分以外の人の気持ちを慮《おもんぱか》ったことなどない。リースは自分の寝室の前で立ちどまり、取っ手を回した。鍵がかかっているかと思ったら、すぐに扉は開いた。

フェイスはふたたび組みたてられたベッドの上に、服を着たままうつぶせになっていた。リースが入っていっても動く気配はない。彼の存在など気にも留めていない様子だ。

「フェイス？」リースは数歩進み出て、寝室へ入った。

「来ないで」リースのほうを見ようともせず、フェイスが言う。

「謝るように言われたんだ。だからここに来た」

「わかったわ。あっちへ行って」

「謝りに来たんだよ」リースがベッド脇へ歩み寄る。「聞こえたのかい？」

「ええ」フェイスの声はあまりにそっけない。

「悪かったと言っているんだ！」リースはかっとなった。

「いいえ」弱々しい声でフェイスが反論する。「あなたは謝るように言われたからここに来たと言ったわ」

リースは決まり悪さを感じた。

「少なくとも、そう指図されてその気になったということだ」

「それなら、今度はわたしの指図に従って。ここから出て、わたしをひとりにして」

「だめだ」

フェイスは体の向きを変えてリースを見た。灰色の目に涙がたまっている。顔が赤く腫れぼったくなっていることから察するに、ずっと泣いていたに違いない。「なぜだめなの？」

「きみがぼくを許すと言ってくれないからだ」

「あなたを許すわ」そう言ったものの、フェイスの言葉には少しも心がこもっていなかった。

「さあ、わたしをひとりにして。あなたと言い争いもできないほどくたびれはてているの」

いいかげん許してくれてもいいじゃないかとリースは思った。こんな騒動になって心を痛めていると認めてもいいはずだ。たしかにフェイスはぼくを許すと言ったが、絶対に本気で言っているわけじゃない。どういうわけか、それが心のどこかで引っかかっている。

「きみがぼくを本当に許してくれるまでは出ていかない」

「忘れてちょうだい。許すべきことなんて何もないわ」

「フェイス、ぼくは――」

「放っておいて！　ねえ、わからないの？　あなたの言うとおりよ。わたしは実際にショックを受けたの！　今まで自分のことを偏見のない人間だと誇りに思ってきたわ。それなのに、あなたの家にメアリーとサラおば様がいるのを見た瞬間、あまりに驚いてしまった。彼女たちが親戚なんだということにひどいショックを受けたの！　そのとき自分がどんな人間に思えたか、あなたにわかる？」

「人間くさい人間だ」

「なんですって？」驚きに目を大きく見開きながら、フェイスはリースの視線を受けとめた。

「人間くさい人間だと言ったんだよ」リースはベッドの隅に腰かけた。「人は誰もがみな、ある種の偏見を持っているものだ」フェイスに触れようと手をのばしたが、彼女は体を遠ざけた。

「でも、彼女たちをそんな目で見てしまうなんて。失礼なことだとわかっているのに、どうしても驚かずにはいられなかったの」

「これまでに先住民を見たことは？」リースは優しく尋ねた。

「いいえ、今日がはじめてよ。でも、そんなのはなんの言い訳にも――」

「きみは興味を引かれたんだ」リースは腕の中にフェイスを引き寄せた。今度はフェイスも逃げようとはしなかった。「ぼくがはじめて黒人を見たのは、ジョイと同じ年の頃だった。ひどく怖くなって、泣きながら母のもとへ逃げていったんだ」

「どうして？　恐れることなんて何もないのに。人間は人間よ」

「母もきみと同じことを言った。肌の色のように、生まれついての特徴を恐れるのは愚の骨頂だと。自分の髪が黒いからと言って、黒髪の人は恐れないのに赤毛の人を恐れるようなものだとね。肌の色はあくまで表面的なもので、体の中には同じ血が流れているんだと教わった」

「わたし、恥ずかしかったの」フェイスははらはらと泣きはじめた。「それに自分がばかみたいに思えたわ。メアリーを見た瞬間、チャーリーおじ様になぜワイオミングにやってきたのか尋ねたときのことを思い出したの。今ならよくわかるわ。彼がどんな思いではるばるジョージアからインディアン特別保護区への道のりをたどってきたのか。ああ、リース」彼女はリースのシャツにしがみついた。「ここまでたどりつくのに、さぞ苦しい思いをしたに違いないわ。それが切なくて……でも、あなたはそういうことについては何も教えてくれなかった」鼻をすするフェイスに、リースはハンカチを手渡した。「それに、あなたはメアリーたちにもわたしのことを話していなかった。それは……あなたがわたしのことを恥じているからだと思ったの……きっとあなたはほかの誰かを選ぶべきだったんだわ。だってわたしはお金もないし、こんなぼろぼろのドレスを着ているし……それに親族の前であなたに恥をかかせてしまったんだもの」

「しいっ」リースはフェイスの額に口づけた。「愛しい人、きみはぼくに恥をかかせてなんかいない」フェイスの真っ赤になっている鼻先にキスをする。「それに、メアリーはきみをとても気に入ったみたいだ」

「本当に？」

「本当だ。実際、きみと仲直りしてこいとぼくに命じたのはメアリーなんだ」

「いいえ、メアリーがわたしを気に入ってくれたはずがないわ」フェイスはリースのシャツに顔をうずめた。

リースは指先をフェイスの顎にかけると、顔を上向かせて目をのぞき込んだ。「本当だ。木製のスプーンを持って、台所じゅうぼくを追いかけ回したくらいなんだから」その光景を頭に思い浮かべたのか、フェイスが笑った。「二階へ行って、花嫁と仲直りしてこいと言われたんだ」

ふいにフェイスの顔から笑みが消えた。リースの腕の中で身をこわばらせ、体を離そうとする。ふたりのあいだに、嘘が重くのしかかっていた。

「あら、気にすることはないわ。わたしはあなたの本当の花嫁ではないもの。ただ一時的に契約した仮の花嫁だから」

「フェイス、すまない」リースはキスをしようとしたが、フェイスは彼の唇を避けた。フェイスの目に苦悩の色が宿っているのを見て、リースははじめてこの契約と自分の用意周到な計画を呪った。「フェイス、頼む……」

フェイスはリースの目を見つめ、はじめてこの契約と彼の正気とは思えない計画をありがたいと思った。リースを愛するのはあまりに簡単だけれど、それは同時に耐えがたいほどつらいことでもある。フェイスは彼の顔を引き寄せ、自分から口づけた。

19

〈トレイル・T牧場〉には四家族が暮らしていた。すべてリースの親族だ。彼らとのはじめての夕食のとき、フェイスは牧場の建物の配置も、住んでいる人たちの役割も、農園のそれによく似ていることを知った。

チャーリーとサラ、サムが住んでいるのは、母屋の裏手にある丸太小屋だ。リースの祖父母であるダンカンとエリザベスは、チャーリーとサラの丸太小屋にいちばん近い小屋に住んでいた。メアリーはほんの少し離れた小屋でひとり暮らしをしている。鍛冶場の隣にある小屋に住んでいるのは、鍛冶職人のジョーだ。妻に先立たれ、ふたりの子どもと三人で暮らしている。牧場の作業員たちは寮のような造りをした宿泊小屋で暮らしていた。

チェロキー族は部族共同体であり、母系社会だ。誰もが牧場の利益のために働く代わりに、牧場はそこで暮らす者たちに食料や衣服、寝泊まりする場所を提供する仕組みだ。リースは子どもたちのために校舎まで用意していた。先生はメアリーで、生徒は三人いた。ジョーの子どもである双子のジミーとケイト、そして一五歳になるサムだ。授業は英語とチェロキー語で行われていると聞き、フェイスはジョイをそこで学ばせることに決めた。

夕食の席で学校やほかの子どもたちの様子を聞かせてくれたメアリーは、ジョイがリッチモンドで学校へ通っていなかったことを知ると驚いた顔をした。

「戦争のあと、学校制度もめちゃくちゃになってしまったの」フェイスは説明した。「荒れはてた学校が恐ろしくて、とてもジョイを通わせられなかったわ。一一月になれば少しは学校も落ち着いて通学できるようになるかもしれないと考えていたけど、わたしの考えが甘かったみたい」

長いダイニングテーブルの向こう側にいたリースが、フェイスをじっと見つめた。

「もしそうしたいなら、家庭教師を雇ってもいいんだよ」

「そんな無駄遣いをする必要はないわ。ジョイはここの教室に通えるんだもの。それにメアリーは家庭教師と同じくらいいい先生に違いないわ」

「いや、家庭教師より上だ」リースが言う。「スペイン語とフランス語と英語、それにチェロキー語を話せる家庭教師がどこにいる?」

「あら、ラテン語を忘れないで」メアリーはリースに注意すると、驚愕の表情を浮かべているフェイスを見て笑い出した。

リースは詳しく説明しはじめた。「一族のあいだで、さんざんくり返されている笑い話なんだ。デイヴィッドとぼくが学校に入る前、父がぼくらのために英国人の家庭教師を雇ったんだが、メアリーは自分だけのけ者にされるはいやだと言い張った。それで父がぼくらの授業への参加を許したところ、メアリーはめきめき頭角を現してね。ロマンス語(インド・ヨーロッパ語族イタリック語派のラテン語から分化した、フランス語、イタリア語、スペイン語、ルーマニア語など）が本当に得意だったし、ラテン語なんてぼくらふたりよりも成績がよかったんだ」

「今、授業では全部の言葉を教えているの？」フェイスが尋ねる。

「いいえ、英語とチェロキー語だけなの」メアリーが答えた。「ただし、あなたが勉強したいというなら話は別だけど」

「でも弟だってだけで、ぼくは強制的に勉強させられてるんだ」サムがこぼした。

「わたしもジョイと一緒に勉強したいわ」フェイスは言った。

「きみも？」リースが驚いたように言う。「本気かい？」

「ええ、そんなに驚くことかしら？　わたしの教育は戦争で中断されてしまったの。できるものなら、ちゃんと最後まで教わりたいわ。それにこの牧場の中で、ひとりだけチェロキー語が話せないのはよくないし。サラおば様とちゃんと話したいの」

「本気でそう思っているのか？」リースが熱心に尋ねる。

「ええ」

「わかったわ」メアリーは答えた。「ジョイは明日の午前中から授業に出て。フェイスは午後の語学の授業に出席してね」

　学校の件が決まると、フェイスは自分とジョイの生活のペースを、牧場の毎日の日課に合わせようと心を砕いた。授業のない午前中は、母屋での仕事について積極的に学んだ。また何時間もかけて、リースがシャイアンから連れてきた女性裁縫師の仮縫いに立ち合い、自分のドレスの模様や生地、小物を念入りに選んだ。そのあとはジョイのために同じ作業をくり返した。ジョイの場合はドレスだけでなく、灰色のコーデュロイを用いた乗馬服もだ。

　自分用におしゃれな乗馬服が欲しいのは山々だったが、フェイスはその願いを口にしなかった。だいいち乗るべき馬がいないし、自分用の馬をねだることもはばかられる。だが天気が許すかぎり、チャーリーがジョイの乗馬のレッスンに必ず参加するようにした。

　当初、チャーリーがジョイに馬にまたがって乗るよう教えているのを見たとき、フェイスはぎょっとせずにいられなかった。囲いの端に立って見物しているフェイスの前で、チャーリーは手綱を巧みにさばきながら、ジョイがまたがっているポニーの足取りをちょうどいい速さに調整した。

「ジョイには鞍が必要だわ」フェイスはチャーリーに言った。「小さい女の子用の鞍が」

チャーリーはかぶりを振った。「いや、婦人用の横乗り《サイドサドル》の鞍は危険すぎる」

「わたしもサイドサドルで乗馬を習ったのよ。以来、横乗りしかしたことがないわ」

「リッチモンドでかい？」

「ええ」

「リッチモンドならサイドサドルでも大丈夫だろう。だが、ここでは無理だ。そんな乗り方をしていたら落馬して死んでしまう」

「でも……」

「なあ、フェイス、まずあの子には西部式の乗馬法を教えさせてくれ。そのあとでどうしてもというなら、横乗りを教えればいい」

フェイスは、丸々と太ったポニーの背中にまたがり、スカートの裾をひるがえしているジョイの様子を見つめた。ポニーの速歩《はやあし》に合わせるかのように、金髪の三つ編みが左右に揺れている。「フェイス、見て！　ブルータスに乗ってるの！」ジョイが手を振る。ブルータスの歩みが少し速くなると、馬の背中からずり落ちそうになり、くすくす笑いはじめた。

「両手でしっかり手綱を握るんだ」チャーリーが注意する。「そうしないとスカートを汚してしまうよ」

ジョイはまたしてもくすくす笑ったが、言われたとおり両手でしっかりと手綱を握りしめた。

フェイスは自分がはじめて乗馬を習ったときのことを思い出した。常に完璧な姿勢を保とうと必死だった。背筋をきちんとのばし、ヒップの位置がずれないようにする。そのふたつを守りながら、長時間サイドサドルでバランスを取るのはまさに拷問だった。それに比べると、ジョイは気楽そうだし、乗馬のレッスンを心から楽しんでいる。たしかに作法よりも、乗馬を楽しむことがいちばん大事だ。一瞬フェイスはジョイがうらやましくなった。馬にまたがって乗るのは、なんだかおもしろそうだ。

フェイスはチャーリーに笑みを向けた。

「そうね、はじめに西部式の乗馬法をジョイに教えましょう」

チャーリーは太ったポニーの手綱を取った。

「さあ、今日のレッスンはこれでおしまいだ。朝食の前に手と顔を洗っておいで」

ジョイは抵抗した。「ブルータスの体をきれいにしてあげなくちゃ」

「大丈夫よ。朝食の前に手と顔を洗ってきて。ブルータスの世話はわたしがしておくわ」

フェイスの発言に、チャーリーが驚いたように眉をつりあげた。

「かまわないわ」フェイスは言った。「またこうして厩舎で過ごせるのが嬉しいの」

チャーリーはジョイをポニーからおろすと、腕の中で優しく揺さぶった。「さあ、行くんだ、お嬢ちゃん。きみが学校に遅刻したら、わたしがメアリーに叱られてしまう」

フェイスは毛むくじゃらのポニーを厩舎へ連れて帰った。

その少しあと、厩舎へやってきたリースはフェイスの驚くべき姿を目撃した。彼女はつま先を地面にこすらせながらポニーにまたがっていた。こちらに背中を向けたままスカートをひるがえし、軽快な足取りであたりを走り回っている。邪魔者をなんとかおろそうと、ブルータスが馬房に体をこすりつけはじめると、フェイスは声をあげて笑い出した。

「わたしを振り落とそうとしても、そうはいかないわ」ブルータスに警告する。「何しろ乗馬歴は長いんだから」

「なんと刺激的な光景だ」リースは言った。

リースの声に驚き、いきなりポニーの向きを変えたため、フェイスはバランスを失いそうになった。決まり悪さに頬を染める。「いったいここで何をしているの?」

リースはフェイスの泥まみれのブーツのつま先から長い脚、さらに腰から胸へと視線をさまよわせたあと、彼女の顔を見つめた。「何を手間取っているのかと思って、様子を見に来たんだよ。まさかこんな光景を目の当たりにするとは思わなかった」

フェイスは、リースの声がかすれ、まなざしが熱を帯びているのに気づいた。あわててスカートを直してむき出しになっていた脚を隠すと、舌で唇を湿らせた。

「ジョイに、ブルータスの世話をしてあげると約束したの」

「ブルータスの世話？」リースはポニーに近づくと、用心深い目で見つめた。ブルータスにまた嚙まれないよう、十分な距離を置く。

「ええ、ブルータスの世話よ」フェイスがくり返す。「ブラシをかけるつもりだったんだけど、またがってブルータスに乗るのはどんなに楽しいだろうと思って……」

「なるほど」リースの瞳が欲望に煙る。「たしかにまたがって乗るのは楽しい」

「これまで一度もしたことがなかったの」フェイスはばつの悪そうな顔をし、ブルータスの背中からおりようとした。

リースは彼女の腰へ両手を滑らせ、ポニーからおりるのを助けた。

「そうかな、きみは何度もまたがったことがあるはずだ」フェイスを引き寄せ、唇の隅に軽くキスをする。「だが、厩舎では一度もない。とはいえ、それも今この瞬間までの話だ」

「リース、だめよ」

「だめなことがあるものか」リースは清潔な馬房の中へフェイスを引き入れた。

「リース！　フェイス！　そこにいるのかい？」厩舎の入口からサムの声が聞こえた。「朝食だよ！」

「明日、さっそく試してみよう」リースがつぶやく。

フェイスはかぶりを振った。「だめよ、そんな」

「リース！」またしてもサムの声がした。こちらに近づいてきている。

「すぐに行く、サム。ブルータスを連れてきただけなんだ」リースは最後にもう一度フェイスに口づけると、ブルータスの手綱を引いた。「これからは朝食後、ここに来よう。きみにまたがり方を教えてあげるよ。毎朝練習するんだ」

「馬のまたがり方をね」フェイスが念を押す。

「もしお望みとあらば、外じゃなくてこの中でもいい」リースはポニーを馬房の中へと導き、ブルータスをフェイスのほうに向けた。「ただし、きみがいい子にしていて練習熱心な場合にかぎるが」

「リース……」フェイスが警告するようにつぶやく。

「場合によっては、馬も必要ないかもしれない……」リースがぐっと前かがみになってフェイスに近づくと、ブルータスも同じく前のめりになり、リースの腕にまたしても嚙みついた。

「痛いっ！」リースははじかれたように振り向き、ブルータスをにらんだが、ブルータスはどこ吹く風といった様子だ。

フェイスはポケットから角砂糖を取り出し、リースに手渡した。

「褒美なんて与えるな！」

「ご褒美じゃないわ」フェイスはリースに笑みを向けた。「ただ、あなたたちが仲よくなればと思っただけよ」

「お断りだね」

「わたしたち、これから厩舎でたくさんの時間を一緒に過ごすことになるかもしれないのよ」

「そういうことなら……」リースは角砂糖を受け取り、しぶしぶブルータスのほうへ手をのばした。


リースはさっそく朝食のときに切り出した。「今後は、ぼくがジョイに乗馬を教える」チャーリーが皿から顔をあげた。リースは説明した。「フェイスも乗馬を習いたがっているんだ……西部式の乗り方をね。ぼくが教えると彼女に約束した」

「だが、おまえにそんな時間があるのか？　わたしがジョイと一緒にフェイスにも乗馬を教えようか」

「フェイスにはぼくが手ほどきする。いや、フェイスとジョイにだ」リースはあわてて訂正した。「時間はなんとかやりくりするよ」

「わかった」チャーリーが答える。「だが、もし気が変わったら……」

「いや、気が変わることはない」リースはテーブル越しにフェイスを見ながら笑みを浮かべた。「ただみんなに知っておいてほしかったんだ。これからは朝食後、ぼくとフェイスが毎朝一緒に過ごすことをね」彼は食事を終えると、テーブルから立ちあがった。

フェイスもリースにならった。ただし、彼のほうを見ないようにしながらだ。とはいえ、ピンク色に染まった頬は隠しようもない。

ふたりがテーブルから離れるのを待って、チャーリーはほかの者たちに話しかけた。「サム、ジョイ、それにおまえたち、明日から朝食後はしばらく厩舎に近づくな。それ以外の仕事をどうにか見つけ出すんだ」鍛治職人のジョーと牧場で働くふたりの男性が、訳知り顔でうなずいた。

「でも、父さん」サムが抗議する。「ぼくは毎朝、厩舎を掃除してるんだ。朝食のあとに」

「少し早起きをして、朝食前に掃除を終えるようにしろ」チャーリーが命じる。

サムは不満げにうなった。

リースの祖父のダンカンが手をのばし、いちばん年下の孫息子の肩をぽんぽんと叩いた。

「いつかおまえもわかる日が来る。周囲のこういう思いやりのありがたさがな」


日が経つにつれて、フェイスはリースが、そして〈トレイル・T牧場〉で暮らす人々がどんどん好きになっていった。誰もが例外なく牧場に貢献している。台所を一手に仕切っているのはサラだ。食事はこの共同体を結びつける重要な要素と言えた。子どもたちは朝早くに台所で食事をすませる一方、ふたりの牧場作業員を含めた大人たちは、夕食時になると大きなダイニングテーブルを囲む。それがジョーダン家のならわしになっていた。最初にはじめたのは、リースの父親のベンジャミン・ジョーダンだという。ベンジャミンは子どもの頃、食堂でひとりぼっちで食事をしていた。乳母に育てられたのだが、乳母も食事は台所で使用人たちと一緒にとっていたためだ。しかもしきたりに従い、一六歳の誕生日を迎えるまで、ベンジャミンは両親の食事の席に招かれることもなかった。だが、彼は〈トレイル・T牧場〉にはそういう形式張った風習はいらないと考えたのだ。

メアリーは先生として学校で教えていた。まさに彼女の天職と言っていいだろう。チャーリーは牧場全体を管理し、働く男性たちの監督を務めている。馬たちの世話を担当しているのはサムだ。サムは動物に特別好かれる不思議な力の持ち主だった。調教をしているとき以外、サムは厩舎か牛舎で仕事をした。鍛冶職人のジョーはさまざまな種類の所帯道具を作り出すと同時に、馬の蹄鉄の修理に常に気を配っていた。リースの祖母のエリザベスも負けず劣らず働き者だ。春から夏にかけて庭園で野菜やハーブを育て、冬にはニワトリとガチョウを飼育している。またリースの祖父のダンカンは七〇歳を超えているものの壮健で、一族の伝統を守り続けていた。それが彼の仕事であり、生きる情熱でもあるのだ。

彼らの仲間になりたい。そんな憧れに似た気持ちを感じていたものの、フェイスは自分がするべき仕事を慎重に見定めるよう心がけた。ほかの人たちの仕事を邪魔したり、役割を奪ったりしたくない。最初の一週間をかけて、フェイスは牧場において自分がどんな立場に立てばいいのか、自分にしかできない役割とは何かを探し続けた。そしてついに見つけた。リースのために尽くす役割こそ自分の務めなのだ。

ある日、午前中の見回りから戻ってきたリースは玄関前に立ち、上着の右ポケットを手探りした。

フェイスは思わずほほ笑んだ。「忘れたの、リース？　ポケットはもうないわ。ブルータスが引きちぎってしまったんだもの」

リースは右ポケットを見おろした。もはや存在しないポケットから、無意識に葉巻を取り出そうとしていたのだ。顔をあげてフェイスを見ながら話しかける。「うっかり忘れていたよ。お気に入りの上着だったんだけどね。新しい上着を注文するのを忘れていた」

「新しい上着？」ポケットが破れている点を除けば、リースの上着は新品同然だ。

「ああ、この上着の代わりが必要だ」

「上着のポケットをつけ替えればいいだけなのに？」

「それなら、こうするほうがもっと簡単だ」リースは肩をすくめると、ぎこちない手つきで左のポケットに両切り葉巻を押し込み、上着を脱いだ。「さあ、おいで。きみに見せたいものがある」意味ありげな流し目をくれながら言う。「厩舎でね」

そのあと牝馬の出産をリースに見せてもらっているうちに、フェイスは彼の上着のポケットのことをすっかり忘れてしまっていた。ふたたび思い出したのはその夜、寝室の化粧台の脇にくしゃくしゃになったメモが落ちているのを見つけた瞬間だ。何か走り書きしてある。リースの字だ。これからすべき仕事が書かれていた。

いちばん上に書いてあったのは〝銀行に電報、ワシントン、ダーシー上院議員〟という文字だ。重要な順に上から書き連ねてあり、いちばん下には鉛筆書きで〝シャツ、葉巻、ブランデー、上着〟とつけ加えられていた。

フェイスは思わずほほ笑んだ。もう夜遅い時間だ。夕食後、牝馬の出産に立ち合っているチャーリーとサムを手伝いに出かけるとき、リースは破れていない上着に着替えようとして、うっかりこのメモを落としてしまったのだろう。きっと、これがなければ不自由するに違いない。そう知りつつ、フェイスはつま先立って階下にある書斎へおりていった。葉巻とブランデーの在庫がどれくらいあるのか確認しても、さして問題はないだろう。

「階上《うえ》で寝ているのかと思ったよ」リースは台所の入口で足を踏み鳴らし、泥を落としながらすまなそうに言った。窓から明かりがもれているのが見えたし、ストーブの上にあるコーヒーポットからいい香りが立ちのぼっているのも気づいていた。だがフェイスが台所のテーブルからはっと顔をあげるまで、そこに彼女がいたことに気づかなかったのだ。

フェイスは背筋をのばして眠そうに目をこすった。「あなたのためにコーヒーをいれたの」立ちあがって、カップにコーヒーを注ぐ。

「ありがとう」リースは疲れた様子で上着を脱いだ。

「お肉のローストとポテトも温めておいたわ。おなかはすいている?」

空腹だと答える代わりに、リースは低いうめき声をあげた。フェイスが彼の上着を取ろうと近づいてきたが、リースは両手をあげて近寄らないよう制した。白いフランネルのネグリジェに分厚いローブ姿のフェイスは、いかにも優しくて清らかに見える。一方の自分ときたら……。「近寄っちゃいけない。ひどいにおいがするんだ」

フェイスが鼻にしわを寄せるのを見て、リースは泥や血にまみれた上着を椅子に放り投げると、流しに向かった。

洗面器に水をくんで顔を洗おうとした瞬間、フェイスに止められた。「待って！」

フェイスが洗面器の上でやかんを傾けると、沸騰した湯が冷たい水と混じり合い、湯気が立ちのぼりはじめた。彼女はまるで子どもが相手であるかのように手で洗面器の中をかきまぜ、温度を確かめた。

「これでいいわ」テーブルにやかんを戻し、タオルと石鹸を手渡す。

リースは渡されたタオルと石鹸を見つめ続けた。なんという贅沢だろう。ここ何年も冷水で顔を洗っていた。最後にこんなふうに誰かに温かい湯とコーヒーで迎えられたのはいつだったのか、思い出せない。

フェイスがこちらに向かってほほ笑んでいる。今夜の彼女は三つ編みを片方の肩にかけていた。「さあ、早く顔を洗って。そのあいだに食事を用意するわ」優しく促すと、フェイスはテーブルのほうへ戻りながら尋ねた。「馬はどうだったの？」

「なんだって？」顔に湯をかけながらリースは答えた。

「馬の出産はどうだったの？　さあ、着替えはここよ」フェイスがテーブルの上のかごからシャツを手に取り、席についたリースに手渡した。

シャツはリースのものだった。

「ああ、出産はなんとか終わったよ。双子だったが、一頭は死んでしまった」リースはささやくように言った。

「まあ、かわいそうに」リースの前に料理の皿とコーヒーカップを置くと、フェイスは向かいの席へ腰をおろした。

「きみは食べないのか？」リースは顔をあげてフェイスを見た。彼女はかごからもう一枚シャツを取り出し、小さな箱を開けた。ボタンがぎっしり詰まっている箱だ。フェイスの指に輝いているのは、金色の指ぬきだった。

フェイスはうなずくと、糸の端を歯で切った。「ええ、おなかはすいていないから。でも、あなたと一緒にいたかったの」にっこりしてリースの反応を確かめようとする。「もし迷惑でなければ」

迷惑？　迷惑なわけがないじゃないか。心優しい女性がほほ笑みながら寄り添い、ぼくの話に熱心に耳を傾けてくれているというのに？　リースは食事の手を止め、熱心に縫い物をしているフェイスを見つめた。ボタンをつけ終わった彼女は、シャツを横に置き、立ちあがった。

リースはあわててフォークを取り落とすと、テーブルを回り込み、フェイスの手首をつかんだ。「ここにいてくれ。頼む」

「コーヒーのお代わりを持ってこようと思って」フェイスが言った。「そのあとで馬の出産の様子を聞かせてね」

フェイスの頼みに応じるのはあまりに魅力的だった。リースは彼女に牝馬が出産するまでの過程をすべて話して聞かせた。だが話し終えたとたん、フェイスがひどく退屈しているのではないかと不安になった。ところがフェイスから牧場について質問されたのをきっかけに、いつしか彼女と牧場経営について真剣な話し合いをはじめていた。リースは喉がひりひりしてくるまで語り続けた。フェイスは衣類の山から一枚ずつ手に取り、ボタンつけをしたり、かぎ裂きをかがったりしながら熱心に耳を傾けている。衣類の多くはリースのものだ。最後のシャツをかごに入れると、フェイスは立ちあがり、体の凝りをほぐしはじめた。

「疲れただろう？」リースは言った。

「あなたもでしょう」

「こんな遅い時間までつき合わせてしまったね」リースの茶色の瞳には名状しがたい表情が浮かんでいた。

「楽しかったわ」フェイスは椅子から立ちあがると、ふいに濃密になった雰囲気を振り払うように台所の中をせわしげに歩き回った。「ジョイの様子を見てこないと。あなたがお風呂に入りたいかと思って、お湯を容器にためておいたの。バスタブも用意したし、バスタブの脇にあなたのバスローブをかけておいたわ。さあ、コーヒーのお代わりは？　それともブランデーにする？」

リースはかぶりを振った。

「それならひとりでゆっくりお風呂を楽しんで」台所の入口で、フェイスはためらいながら言った。「もしわたしが必要なら声をかけてね。ジョイの様子を見てくるわ」

「フェイス？」

「何？」

「風呂はそんなに長くかからない。もし待っていてもらえるなら、一緒にジョイの様子を見に行こう。ベッドに入る前に」リースは低くかすれた声に愛情をにじませた。

フェイスは驚きと喜びを隠さずに言った。「ええ、待っているわ。本当にいいの？」

「ああ、いいとも」

一時間後、ふたりはつま先立ちで階段をのぼり、ジョイの部屋へ行った。フェイスはすやすやと寝入っているジョイの顔からほつれた髪を払って、額に優しくキスをした。リースも毎晩しているようにジョイの金髪の三つ編みを指でもてあそぶと、人形を近くに寄せ、上掛けをかけ直して立ちあがり、フェイスに続いて部屋を出た。

それから自室のベッドで、リースはフェイスを腕に抱いて眠りに就いた。

フェイスの胸には幸せが込みあげていた。ついに自分の役割を見つけたのだ。リースと〈トレイル・T牧場〉の人々のために心を砕くこと。思えば、リッチモンドでもいつもそうしてきた。そう、広大な牧場を安らぎの場所にするのが自分の役割なのだ。フェイスは徐々にリースの役割を引き継いでいき、彼の生活がより快適になるよう、こまごまとした点に気を配りはじめた。毎晩、ストーブの上の容器には湯をたっぷりためておくようにした。また葉巻の箱の補充を怠らず、灰皿は常に空になっているようにし、地下貯蔵室の大樽に入っているブランデーでデカンタを満たした。彼の机の整理整頓もすれば、書斎の石炭入れには常に石炭を補充するよう気を配った。リースが夜遅くまで働いているときは寝ずに帰りを待ち、話に耳を傾けたり、未明まで情熱的な彼の愛撫に身を任せたりした。こうしてリースと同じく、フェイスも自分の責任を果たそうと努力を重ねるようになった。心を込めて愛する人たちの世話を焼くようになったのだ。ただしリースには気づかれまいと、なるべく目立たないように振る舞った。

だが細心の注意を払っていたつもりが、牧場にやってきてちょうど五週間経った日の朝は勝手が違った。その朝、フェイスは朝食の席につくことができなかったのだ。

「フェイスは？」リースは食堂に入ってテーブルにつくなり尋ねた。

「具合がよくないんですって」メアリーが答える。「さっき、寝室に熱い紅茶を持っていったところよ」

「なぜぼくに知らせなかった？」厳しい調子でリースは問いただした。

「あなたは仕事中だから邪魔をしたくないとフェイスに言われたの。大丈夫だからって」メアリーは動じることなく淡々と答えた。

「ゆうべは具合が悪くなんかなかった。いったいどうしたんだろう？　もしかして……」リースは勢いよく椅子から立ちあがり、食堂から大股で出ると、階段を二段抜かしで駆けあがり、寝室を一度ノックしてすぐさま入った。「フェイス？　具合が悪いんだって？　医者を呼ぼうか？」

フェイスはベッドの真ん中で身を丸くして小さくなっていた。

彼女は寝返りを打って、リースに顔を向けた。下唇に強く噛んだ跡が残っている。

「いいえ、リース、なんでもないのよ」

リースはベッド脇に腰をおろし、フェイスに笑みを向けた。「なんでもないことはないだろう。きみが朝食をとらなかったことは今まで一度もなかったじゃないか。気分が悪いのかい？　吐いてしまったとか？」惨めな様子のフェイスを気遣い、リースは声に期待が混じらないよう必死になった。

フェイスは目に涙をためて、首を振った。

一縷の望みとともに、リースの笑みも消えた。

「それならどうしたんだ？　ちゃんと説明してくれないか」

「月のもの」フェイスは顔を真っ赤にしてささやいた。

「なんだって？」

「月のものよ」フェイスはやや大きな声で言った。「生理が来たの。ちょうど今朝はじまったばかりなのよ」

「そうか」リースにはそれしか答えられなかった。フェイスは妊娠していなかった。

「リース」フェイスは優しい声で言った。「よけいな心配をかけてごめんなさい」

「よけいなことなものか。朝食の席にきみがいなくて寂しかった。てっきりぼくは……その……」リースは口ごもった。

「何かしら？」

「きみが妊娠したかと思ったんだ。朝の吐き気は、妊娠の兆候のひとつだからね。きみは朝食におりてこないし、メアリーからきみの具合が悪いと聞かされて、ぼくは……」

フェイスは顔をぱっと輝かせ、嬉しそうに言った。「それなら、妊娠しているかもしれないわ」

リースははじめ、フェイスが冗談を言っているのかと思った。だが、彼女が妊娠について本当に何も知らないことに気づいた。「いいや、妊娠はあり得ないんだ」

リースは理由を説明した。

フェイスは先ほどよりもさらに真っ赤に頰を染めた。つくづく無知な自分がいやになった。妊娠の仕組みについて耳にしたことはあるが、何しろ未婚だったため、そういう生々しい現実からはほど遠い生活を送ってきた。母がジョイを産んで亡くなったとき以来ずっとだ。ジョイがこの世に生まれ落ちた日から、フェイスは責任を持って妹の面倒を見てきた。とはいえ、ジョイを取りあげたのは医師だったし、乳をあげたのは乳母だった。

「本当にごめんなさい、リース」

フェイスは気づいていた。リースはさぞがっかりしているだろう。わたしもがっかりしたいところだけれど、心のどこかでほんの少し嬉しさを感じている自分がいる。リースの子どもを授かる日が先のばしになればなるほど、それだけ長く彼と一緒に暮らせるのだ。ひとたび身ごもってリースの子どもを出産したら、契約に従わざるを得なくなる。どんなにここへ残りたいと思っても、リースと赤ちゃんを置いて立ち去らなければならない。

「がっかりしたでしょう？」

「大丈夫だ。きみの具合がよくなったら、また試せばいい。きっとこういうことは時間がかかるものなんだろう」リースはフェイスの顔にほつれかかった髪を優しく払った。「何かぼくにできることはあるかい？　欲しいものは？」

「いいえ、大丈夫」フェイスは起きあがると、ベッド脇に片足をおろした。「着替えるわ。朝食をとらなくては。あなたの分が冷めてしまう」

リースはフェイスを制した。「今すぐベッドに戻るんだ。気分がよくなるまで横になっているといい。よく眠るんだよ。昨日の夜もほとんど寝ていないんだから」リースはにやりとした。

「あなただって」

「ぼくはそれほど寝なくても大丈夫だ。それに少なくともあと二、三日は、ゆっくり寝られるだろう」フェイスに軽く口づけながら言う。「ゆっくりおやすみ」

リースは上掛けをフェイスの顎まで引っ張りあげた。

「フェイスはどうだった？」リースが食堂へ戻るなり、何人かが同時に尋ねた。

「ああ、大丈夫だった」リースは彼らを安心させた。

「どんな具合だ？」チャーリーが答えを知りたがった。「もしかして、ケヴィン先生を呼びに誰かを行かせたほうがいいんじゃないのか？」

リースはかぶりを振ると、サムやジョーや使用人たちを見回して咳払いをした。「いや、違うんだ。ぼくの……早とちりだった。フェイスの具合が悪いのは……女性特有のあれのせいだったんだ……」最後はささやき声になった。

テーブルについていた男たちは、椅子の上で居心地悪そうに身じろぎし、一様に決まり悪そうな表情を浮かべた。

「さて」チャーリーが言う。「そういうことなら、さっそく対処しようじゃないか」彼はチェロキー語でサラに話しかけた。サラはわかったというようにうなずくと、台所へ向かった。

「特効薬でもあるのかい？」好奇心を抑えきれず、リースは尋ねた。

「まあ、見ていればわかる。わたしはこういうことにかけてはベテランだからな。何しろ、うちには女性がふたりいるんだ」そう言うと、チャーリーは台所から戻ってきた妻のサラと、娘のメアリーを愛おしそうに見つめた。サラが手にしていたのは、リースのフランス産高級ブランデーが入ったデカンタだ。

サラはポットに半分まで紅茶を注ぐと、たっぷりと蜂蜜を加え、最後にブランデーを注ぎ足した。トレイにポットと揚げパンをのせ、メアリーに手渡す。

「これでフェイスは赤ん坊のようによく眠れるようになる」チャーリーは請け合った。「次に目覚めたときは、気分がずっとよくなっているはずだ」

ほかの男たちは、じっと〝特効薬〟を見つめた。

幸い、フェイスがそれを必要としたのは、そのときが最後だった。以後、一度も朝食を逃すことはなかった。

20

冬になると、牧場での生活はゆっくりしたペースになった。天候が不安定になり、昼は短く、夜は長かった。それでも、すべきことはたくさんある。リースは長時間机に向かい、牧場及びその他の関心事にまつわる仕事に打ち込んだ。春になれば、冬のあいだ放牧場を自由に歩き回っていたテキサスロングホーンを集める作業に忙殺されることになる。それゆえ、冬のあいだにしておかなければならない課題は山積みだった。

フェイスは、リースが多忙すぎて取り組めずにいるさまざまな細かい仕事に気を配るようにした。それ以外の時間はジョイの世話をし、特に彼女の学校の勉強が進むよう心を砕いた。そして、夜はリースと情熱的に愛し合った。

ふたりの契約結婚は、すこぶるうまくいっていた。リースもフェイスも、契約期間の終了が徐々に近づいていることは考えないようにした。ふたりで過ごす時間が永遠に続くふりをするほうが、はるかに簡単だったからだ。

一八七〇年三月

ワイオミング準州シャイアン
〈トレイル・T牧場〉

親愛なるテンピーおばさん、ヴァートおばさん、ハンナ、アグネスへ

ジョイとわたしは元気にやっています。ワイオミングは美しい土地です。ただお天気は気まぐれで、太陽が輝いて暖かいと思った次の瞬間、突然雪が降り出して猛吹雪になったりします。近くにあるシャイアンは小さいながら新興都市で、まさに急成長を遂げている西部ならではの町といった印象です。リッチモンドとはまるで雰囲気が違います。ジョイはブルータスという名前のシェットランド・ポニーを飼っています。乗馬を習ってとても楽しそうですが、わたしはひそかにレディらしい横乗りができなくなるのではないかと心配しています。天気のいい日は一緒に乗馬をしているけれど、牧場の敷地内だけです。牧場の外に広がる田園風景はすばらしいものの、ありとあらゆる危険が隠れていそうだからです。ジョイはここにある学校に通っています。ミスター・アレクサンダーの妹のメアリー・アレクサンダーが先生です。彼女は言語を教えるのがとても上手なため、今ジョイとわたしはフランス語とスペイン語を教わっています。

牧場で暮らす人たちは、ジョイとわたしを除いて全員が親戚です。みんな、本当にいい人たちで、特にサラはとても料理上手です。きっとハンナなら、彼女のことが好きに

なるのではないかしら？　メアリーとわたしは裁縫を担当しています。

仕事はきつくはなく、毎日楽しんで働いています。子どもたちの世話にも使用人の監督にもやりがいを感じます。ジョイ、そしてわたしが担当している子どものほかに、牧場には子どもがあとふたりいます。ジョイ。さほど手がかからないのがありがたいです。

このままだと、あっという間に一年が過ぎてしまいそうです。すぐそちらへ戻ることになるでしょう。ジョイが描いた牧場とここに住む人たちのスケッチを同封します。

といっても、スケッチのほとんどはブルータスです。ジョイとわたしから変わらぬ愛を込めて。すべてが順調にいっていることを願っています。新調した屋根はどうですか？　どうか体を大切にしてください。

みなさんの幸運を祈って

フェイス

フェイスは手紙を急いで蜜蠟で封印した。あいまいな表現を使い、一部だけ真実を織りまぜて書いた手紙だ。本当のことを書きたいのは山々だが、そうするわけにもいかない。リースのことや、リースに対する自分の気持ちを手紙にしたためるのははばかられた。〈リッチモンド婦人裁縫会〉の面々にそれを読まれると考えただけで耐えられない。それにリディア・アボットに負けず劣らず噂好きなヴァートおばさんに、あることないこと言われるのもごめんだ。テンピーおばさんが真相を知っていればそれで十分だ。テンピーのことを考え、フェイスはもう一枚紙を取り出した。テンピーだけにわかるよう短い手紙をしたためる。〝なんとかがんばっています。また状況を報告します。愛を込めて、フェイス〟

フェイスは手紙を折りたたんで封筒に入れると、そこにテンペランスの名前を書き、先の手紙の上に重ねた。


いつの間にか三月から四月になり、同じように一日一日が過ぎていった。変化が起きたのは第二週のある朝だ。リースの腕の中で目覚めたフェイスはベッドに起きあがると、あわてて洗面所へ駆け込んだ。

リースがフェイスの背後にやってきた。嘔吐し終わった彼女の頭を支え、顔を拭いてくれる。「気分はよくなったかい？」

フェイスはうなずくと、歯ブラシと歯磨き粉に手をのばした。

「この段階が来るのを待ちに待っていたんだ」リースはつぶやくと、フェイスのもつれた髪を撫でつけ、耳元に口づけた。水差しからグラスに水を注いで彼女に手渡す。

フェイスは口をゆすいだ。「この段階？」

「つわりのことだよ、愛しい人」最近、リースは頻繁にフェイスをそう呼びかけるようになっていた。「きみとぼくに赤ん坊ができた証拠だ」

「いつから気づいていたの？」

「きみと同じで今、知ったんだよ」リースはフェイスの体を抱きあげると、ベッドへ運んだ。「きみの体に変化が起きているのに気づいたんだ。胸が柔らかくなっているし、腰回りも少しだけ太くなっている」

フェイスはしかめっ面をしてリースを見ると、腰に両手を当てた。

「ごくわずかな変化だよ」リースは笑い、安心させるように言った。「そんなささいな変化に気づくのは、きみと情熱的に愛し合っているぼくだけだろう。妊娠したことはまだ秘密にしておきたいかい？」彼はしばし考え込んだフェイスを見ながら思った。あまり嬉しそうでない彼女の態度を責めることはできない。何しろこれまで契約のことを考えないようにして、平穏な時間を過ごしてきたのだ。だが、あまりに短い中休みだった。フェイスがついに妊娠した。

「いいえ」フェイスはそっと答えた。「ずっと秘密にしようとは思わないわ。ただ、自分が妊娠した事実を理解するのに、少し時間が必要かもしれない」フェイスはリースを見あげ、心の中でつぶやいた。ここでリースを困らせるような態度を取りたくない。それに正直言って、どこかほっとしている部分もある。リースの望みを叶えられるかどうか、もうくよくよと思い悩まなくてもいい。

リースはただうなずいただけだった。フェイスの言いたいことはよくわかる。ぼくもまた、現状に適応するにはある程度の時間がかかるに違いない。

「ほかに誰か気づいているかしら？」

「サラおばさんは疑っているかもしれない。でも、ほかの人たちは知らないと思う」リースはベッドの端に腰をおろすと前かがみになり、フェイスの額に唇を寄せた。「もう少しふたりだけの秘密にしておこうか？」

フェイスはうなずいた。

「それならそうしよう」リースはベッドから立ちあがって着替えはじめたものの、ふいに気づいた。「いや、デイヴィッドは例外だ。デイヴィッドには話さないといけない」そう言いながらも、身の縮む思いだった。思い出したくない契約のことを持ち出され、フェイスはどんな反応を示すだろう？

「そうね、そうしないと。それが契約の一部だもの」フェイスの声は少し震えていた。

声の震えに気づき、リースは狼狽した。あわてて慰めようと口を開く。

「だが、ほかには誰にも言わないでおこう。今はまだ。いいね？」

「ええ」フェイスはなんとか笑みを浮かべた。

「朝食は口にできそうかい？　ゆうべ奮闘したせいで腹ぺこだよ」リースはからかうように言った。

「ええ、なんとか食べられそう」フェイスは顔色が戻り、先ほどよりもはるかに具合がよくなった様子だ。実際ベッドから起きあがると、ドレスに手をのばした。

リースは彼女にローブを手渡した。

「ドレスを着る必要はない。今朝はローブを羽織って階下《した》へ行って、朝食をとればいい」

フェイスが抵抗するのもかまわず、リースは彼女を腕に抱えた。

「まあ、まさかわたしを抱きあげたまま行くつもりじゃないでしょうね！」

フェイスの言葉は現実になった。

だが階段を半分もおりないうちに、焼いた肉と目玉焼きのにおいに鼻腔を刺激され、フェイスは顔から血の気が引いていくのを感じた。大きく息をのみ、絞り出すような声で言う。

「リース！」すぐに口を閉じ、顎に力を込めた。

リースははじかれたように階段を引き返した。

「その様子だと、朝食はとれないな」フェイスをベッドに戻しながら、リースはつぶやいた。

「あなたは食べてきて」上掛けにもぐり込みながら、フェイスが言った。

「本当にいいのか？」

「もちろん」フェイスがなんとかひと言だけ答える。

リースは前かがみになると、フェイスの頬に触れた。

「それならゆっくりやすむんだ。あとで紅茶とトーストを持ってきてあげよう」

フェイスは力なく笑った。

リースが食堂へ入っていくと、みんなが勢揃いしていた。

「さっきの大騒ぎはなんだったんだ？」チャーリーが尋ねる。「階段を駆けあがっていく音が聞こえたぞ。フェイスはどうした？」

「今朝は気分がよくないんだ」リースは答えた。

テーブルについていた男たちは顔を見合わせると、いっせいにサラを見た。サラが意味ありげに大きくうなずく。チャーリーはにっこりするとリースに近寄り、彼の背中を叩いた。

「やったな、おめでとう！」

リースは抗議しようとしたが、祖父の態度を見て思い直した。ダンカンは椅子を引いて立ちあがると、コーヒーカップを掲げてみせた。「今朝のコーヒーにはちょっとばかりスコッチウイスキーを入れようじゃないか」了解を得るように妻のエリザベスを見る。エリザベスがうなずいた。「今日はめでたい日だ。もうじき、われわれの新しい家族が生まれてくる」訛りのある発音で言葉を続ける。「正式な祝いの計画を立てないとな！」

フェイスは階下の大騒ぎには気づかないまま、体を丸めてすやすやと眠り込んでいた。あと少しのあいだは、妊娠したという秘密が守られることを信じて。

21

〈トレイル・T牧場〉に住む誰もが、きたるべき祝賀パーティの準備に忙殺されているように思えた。フェイス自身はパーティの企画に関わっていたわけではないが、いつもの二倍の忙しさだった。リースが快適に過ごせるよう気配りをしたり、こまごまとした家事を担当したりして目が回りそうだ。パーティには、リースの友人知人が大勢出席する予定になっている。多くは遠路はるばるやってくる人たちだ。そこでフェイスは花嫁として披露される。すべて滞りなく、完璧に行われなければならない。

今回の〈トレイル・T牧場〉の祝賀パーティは、ワイオミングの社交シーズンの目玉と言えた。フェイスは、自分がパーティを楽しみにしているのかどうか、よくわからずにいた。ただデイヴィッドが出席できないことを、リースが残念に思っているのはよくわかった。デイヴィッドからは出産を祝福する言葉とパーティを欠席する旨の返事が届いた。ワシントンでの仕事が多忙で、どうしても都合がつかないのだという。

パーティ当日は夜空も澄みきっていて、ちょうどいい気温の、いかにも早春らしい美しい宵だった。母屋のあらゆる窓から金色のランプの明かりがこぼれており、冷気を追い払うために石造りの暖炉では音をたてて火が燃えている。食堂の絨毯は取り払われ、応接室に通じる扉はすべて開かれて、広々とした舞踏場ができあがっていた。部屋の隅では、今夜のためにシカゴから呼んだ小楽団が座って待機している。反対側の壁沿いには、さまざまな飲み物や食べ物が並んだビュッフェテーブルが配された。

リースは階段の踊り場へフェイスをエスコートした。立ちどまって眼下に広がる華やかな光景を一望する。フェイスはいちだんと緊張を募らせている様子だ。子ヤギ革の手袋をはめていても、彼女の手が冷たいままであることにリースは気づいた。

「大丈夫だ」リースはフェイスを見つめて言った。「今夜のきみはいちだんときれいだよ」

「本当に？」

リースはにやりとすると、フェイスのほうへ顔を向け、茶色の目に欲望をたたえながら大きくうなずいた。「やっぱりぼくはそのドレスが好きだ」

「そうじゃないかと思ったの」フェイスが灰色の瞳を輝かせながら言う。「これを着てほしいとあなたに言われたときに」

フェイスが着ているのは、ワインレッドのシルクのドレスだった。ダーシー上院議員のニュー・イヤーズ・イヴのパーティで着たものだ。マダム・ルクレールの手による以前の縫い目は慎重にほどかれ、大きくなった胸とおなかに合わせてゆったりとしたデザインに変えられている。コルセットの装着も、リースみずからが手伝った。ほかの誰かが必要以上にフェイスの体をきつく締めあげないようにという配慮からだ。

フェイスは長いまつげ越しにちらりとリースを見た。

「もっと大胆なデザインの新しいドレスで、堂々と登場しようと決めていたのに」

「いいかい、愛しい人」リースもからかうような調子で応じる。「今、身につけているドレス以上に、きみの登場を堂々と見せるものはない。それにかわいい人、今のほうがよりドレスが似合うようになったよ」リースは背の高さを活かし、フェイスの白い胸のふくらみを見おろした。胸の谷間に今にも吸い込まれてしまいそうだ。今すぐフェイスの胸の頂を舌で味わいたくてたまらない。たちまち欲望に全身がこわばりはじめる。

招待客とパーティに意識を集中しろ。リースはあわてて自分に言い聞かせると、フェイスの手袋をはめた片方の手を掲げて口づけた。

「さあ、では堂々と登場しようか」

フェイスは大きく深呼吸をして気分を落ち着かせ、リースのエスコートに従って階段をおりはじめた。「どうしてこんなに盛大なパーティが必要なのかわからないわ。親族だけの内輪のお祝いで十分なのに」

「残念ながら、それでは不十分なんだよ、フェイス。今夜、この場にいる人たちをないがしろにするわけにはいかない。ぼくはワイオミング準州で大金を投じてさまざまな事業を展開している。今は、ここにいる人たちの本拠地であるワシントンとの駆け引きが何より重要なんだ。敵を作るわけにはいかない」ワイオミングでは人口が急増し、事業も活況を呈している。そんな中で、リースはワイオミングを代表するやり手の実業家であり、準州随一の有力者なのだ。

リースは招待客たちにフェイスを紹介した。

「紳士淑女のみなさん、ご紹介しましょう。ぼくの……」一瞬ためらい、言葉を継ぐ。「大切な伴侶であり、もうすぐぼくの子どもの母親となるフェイス・コリンズ……ジョーダンです」

フェイスは思わずリースを見あげた。あちこちから拍手や祝福の叫び声があがる。だがリースに連れられてダンスフロアへ移動するあいだも、フェイスには周囲の物音がほとんど聞こえなかった。

リースはわたしを〝大切な伴侶〟と呼んでくれた。ああ、それが本当ならどんなにいいだろう。リースから、教会で自分の隣に立ってほしい、本当の妻になってほしいと言われることこそ、今のフェイスの夢だった。リッチモンドのおばたちに一部だけしか真実でない手紙を書いたことも、リースの親族に嘘をついて暮らしていることも本当は苦痛でたまらない。それに、リースもまたそういう今の生活を嫌っていることも知っている。

左手にはめている金色の指輪も気に入らない。周囲の人たちは、この指輪をリースがわたしに贈ったと信じているけれど、本当は別の人の指輪だ。何より気に入らないのは、あのいまいましい契約だ。契約書に署名をした自分も、あの契約が意味するあらゆることも耐えがたい。どうか妊娠しませんようにと願ったことさえある。妊娠してもなお、偽りの生活を続けるのはあまりにつらすぎるからだ。

パーティは至ってふつうのペースで進んでいるのに、何日間、何週間も続いているかのように長く感じられて仕方がない。招待客に紹介されるたびに、そしてダンスを終えるたびに、先のリースの言葉に感じた喜びがどんどん薄れていく。誰かと握手をしたり、誰かに笑みを向けたりするごとに考えてしまう。わたしが夫と子どもを捨てたと聞かされたら、みんなはいったいどう思うだろう？　そのとき、わたしについてどんな話をするのかしら？　どんな悪意ある噂話が広まってしまうの？

そもそも、リースはみんなにわたしのことをどう説明するのかしら？　こんなパーティなんか開かないでくれればよかった。彼らと知り合いになりたくなかった。彼らの優しい言葉や親切な態度も思い出したくない。フェイスはリースから離れると、ぎこちない足取りで舞踏場をあとにした。

「フェイス、いったいどうした？」追ってきたリースの声がした。

「どうもしないわ」フェイスはかぶりを振り、大きく息を吸い込もうとした。目の前をきらきらした点のようなものが飛びはじめているのに気づき、ふいにパニックになる。「い……息ができない……」

床に倒れそうになったフェイスの体を、リースはすんでのところで抱きあげ、階段をあがりながら大声で叫んだ。「誰かケヴィンを捜してくれ！　どこかにいるはずだ！」

フェイスはゆっくりと目を開け、自分がベッドに横たわっているのに気づいた。積み重ねた枕の上で起きあがり、あたりを見回す。無意識のうちにリースの姿を探した。

「ここにいるよ」ベッドの頭のほうから声がした。リースが腰かけている椅子の背もたれには、ワインレッドのドレスがかけられている。リースが寄りかかっているせいで、シルクのドレスはしわくちゃになっていた。

「何があったの？」

「きみは気を失ったんだ」リースはフェイスのフリルのついた白いコルセットを掲げてみせた。レースのコルセットがみごとにふたつに切り裂かれている。「きっとこのせいだと思ってね。きみに着せるものにもっと気を配るべきだった」

フェイスはほほ笑んだ。「どうしてもコルセットをつける必要があったのよ。そうしなければ、あなたの好きなドレスを着られなかったんだもの」

リースは暗い表情を浮かべた。あのいまいましいドレスを着てほしいと頼んだのは、このぼくだ。コルセットを脇へ放り投げながら言う。「だがこれがもう着られないとなると、近いうちに、きみのために大きめのサイズのワインレッドのドレスを注文しなければならないな」

「たぶん、二枚か三枚必要になる」医師のケヴィン・マクマーフィーが戸枠にもたれ、ふたりを笑って見ていた。彼は歩み寄ってベッドの端に腰をおろすと、フェイスの手首を取って懐中時計を見おろし、脈拍をはかった。「さぞかし退屈なパーティだったに違いない。こんなところには最後までいたくないという気持ちが強すぎて失神してしまったんだろう。リースにも中座する口実を作ってあげるとは優しいね。わたしもその場に居合わせたかったよ。あいにく、銃で撃たれた患者の往診に出かけていたものでね」医師はフェイスの手を掲げて口づけた。「はじめまして、わたしはケヴィン・マクマーフィーだ。患者や友人にはケヴィン先生と呼ばれている」

「くそっ、ケヴィン。いちゃつくのはやめろ」リースが命じる。「そんな自己紹介をしても、フェイスの気は引けないぞ」

医師がいたく傷ついた顔をしたため、フェイスは思わずくすくす笑い出した。

「よし、それでいい。ちょっと笑っただけで、女性の頬には赤みが差すからね」ケヴィンは耳に快いアイルランド訛りで満足そうに言った。「さあ、何があったのか教えてくれるかい？」

「フェイスは気を失ったんだ」リースがすかさず答える。

ケヴィンは迷惑そうにリースを一瞥すると、フェイスに向き直って質問を再開した。

「めまいは感じたかい？　何か点のようなものは見えなかったかな？　息苦しさは？」

「全部の症状が当てはまる」リースは心配そうに医師を見た。「フェイスはどこが悪いんだ？」

ケヴィンがにやりとした。信じられないほどハンサムな男性だ。漆黒の黒髪にはわずかに白いものが交じっており、顔はよく日に焼けている。深い青の瞳はたいそう魅力的で、目元にはしわが寄っていた。たしか黒髪のアイルランド人のことを〝ブラック・アイリッシュ〟

と言うんだわ。フェイスは記憶の奥底から、その呼び方を思い出した。

医師は青い瞳を輝かせてリースを見た。

「ちょっと小耳に挟んだんだが、彼女は妊娠しているんだろう？」

リースは身をこわばらせた。「気を失ったのはそのせいなのか？」

「その可能性もある。もしきみが少し静かにして、わたしに彼女を詳しく診察させてくれたら、もっとはっきりした理由がわかるはずだ。きみはいつもこらえ性がない。さあ、よければ廊下に出ていてくれないか」

「廊下に出るつもりはない」リースはそっけなく答えた。

「それなら診察しているあいだ、静かにしておいてほしい」そう言うと、ケヴィンはフェイスに問診をはじめた。ふだんとっている食事や睡眠時間やつわりの状態、さらに日々どんな仕事をしているか、今夜のパーティのためにどんな準備をしたかについて詳細に質問していく。フェイスはできるかぎり正直に答えるようにした。「きみの年齢は？」ケヴィンが尋ねた。

フェイスは答えなかった。

「二三歳だ」リースは彼女の代わりに答えた。

「きみは三一歳だろう」ケヴィンがリースに向かって言う。「きみの年なら知っている。わたしは奥さんに尋ねているんだ。おとなしくしていてくれ」医師はうつむいたままのフェイスを見つめた。「つまらない見栄を張っている場合じゃない。きみは本当に二三歳なのかい？」

フェイスはリースのほうを見ずに答えた。彼と視線を合わせられなかった。

「あと五日で二五歳になります」

「なんだって？」リースが大声で言う。

「言っただろう、おとなしくしていてくれ」ケヴィンはリースをたしなめた。それから数分かけてフェイスの体を診察すると、上掛けをもとに戻した。

「どうなんだ？」ケヴィンが診察を終えるなり、リースはきいた。

「彼女は妊娠している」ケヴィンは確固たる口調で告げた。「およそ三カ月といったところだ」

リースは満足げに椅子にもたれた。「よし」

ケヴィンがリースを鋭く一瞥し、ずばりと言った。「いや、ちっともよくない。彼女はひどく疲れている。睡眠も食事も全然足りていないし、ひどいつわりに苦しんでいるうえ、手足にむくみも出ている。初産にしては、少々年齢が高いんだ」医師は優しいまなざしをフェイスに向けた。「それに彼女は出血している。馬に乗ったり、あんないまいましいコルセットをつけて踊ったりしている場合じゃない」

「出血？」リースは瞳を曇らせた。

「ほんの少しだ。過剰に心配する必要はないが、用心するに越したことはない。しばらくきみにはベッドで休んでもらうよ。時間をかけて、もう少し太ってもらわないと」

「どれくらい休まないといけないんですか？」フェイスが灰色の目で医師を見つめた。

「胎児の状態が安定するまでだ。このままだと、予定日よりかなり早く生まれてしまいそうだからね」フェイスの顔色が変わったのを見て、ケヴィンは眉をひそめた。

「赤ちゃんは危険な状態にあるんでしょうか？」フェイスが目をこれ以上ないほど大きく見開いて尋ねる。

「いいや、危険な状態になる可能性があると言っているだけだよ。それを防ぐためにも、一、二週間ベッドでゆっくり過ごすことだ。わたしの指示に従えば、元気な赤ん坊が生まれてくる。わかったかい？」

ケヴィンは最初にリースを、続いてフェイスを見た。

「ええ、わかりました」リースの分も代表して、フェイスが答える。

「よかった。さあ、よく体を休めるんだ。わたしはこれから階下のパーティに出てくるよ。明日、また様子を見に来る」ケヴィンは身ぶりで外に出るようリースに伝えた。

リースはうなずくと、身をかがめてフェイスの唇にキスをした。「すぐに戻る」そう約束し、ケヴィンに続いて寝室を出た。「実際のところ、フェイスはどうなんだ？」廊下に出るなり尋ねた。「出血は深刻なのか？」

「たぶん心配ないだろう」ケヴィンが答えた。「だが、母体を危険にさらしたくないんだ。つまり、彼女にはベッドで休んでいてもらわなければならない。当分は絶対安静だ。それにリース」医師は青い目で鋭くリースを見た。「夜、どうしても欲望を抑えられないなら、彼女のベッドには近づくな。それが彼女のため、ひいては赤ん坊のためでもある」

リースは厳しい表情でうなずいた。

「妊娠期間中、ずっと我慢する必要はない。赤ん坊の状態が安定するまでだ」

「フェイスと赤ん坊の命を救うためなら我慢するよ、先生。だが、ぼくにとって愉快なことは言えない」

「もちろんそうだろう。愉快なわけがない」医師はリースの背中を叩いた。「さて、パーティに出るとしよう。ミセス・ジョーダンは大丈夫だということを、招待客たちに報告しなければならない」ケヴィンは廊下を歩きはじめたが、リースは一瞬ためらい、肩越しに振り返った。

「少し休ませてやるんだ、リース。あとで様子を見に来ればいい」

リースは向きを変えると、しぶしぶケヴィンに続いて階段をおりはじめた。


リースがようやく主寝室に戻れたのは、最後まで残っていた地元の招待客が帰り、遠方からの招待客が割り当てられた部屋へ引きあげてからだった。彼はつま先立ちで階段をあがり、ジョイの様子を確認したあと、廊下を進んでフェイスが眠る寝室へと戻った。

扉を開けた瞬間、フェイスと目が合った。

「寝ているかと思ったよ」ベッドに近づきながらリースは言った。彼女の目は真っ赤だった。どうやら泣いていたらしい。

「あなたを待っていたの。パーティはどうだった？」

「きみがいなくなったあとは、すぐに政治的な集まりに変わってしまったよ」リースはベッドに腰をおろした。

「ごめんなさい」フェイスが不安そうに灰色の目を大きく見開く。

「謝る必要はない」リースはフェイスの額に軽くキスをした。「きみがいなくて寂しかったよ」無意識に、言葉が口をついて出た。そんなことを言うつもりはなかったのに。

「わたしも寂しかったわ、とても」

リースは前かがみになると、彼女の唇に触れるか触れないかのキスをした。もっと慰めてほしいとばかりにフェイスが体を寄せ、キスを深めようとする。

「だめだ、フェイス」リースは彼女の体を引き離すと、ベッドからおりた。

「どこへ行くの？」フェイスは驚いた顔で尋ねた。

「階下へ戻る」リースは嘘をついた。「やり残した書類仕事があるんだ。さあ、ゆっくりおやすみ」

「リース、お願い、一緒にいて。わたし、怖いの」

リースは扉のところで一瞬立ちどまった。「明日の朝また会おう」

フェイスは答えないまま、寝返りを打った。

リースはそのまま書斎へおりていくと、電報の下書きをしたためはじめた。

明日の朝いちばんで、シャイアンまで馬を飛ばすつもりだった。

22

　リースがシャイアンに向けて馬で出発したのは夜明け前だった。書斎の革張りのソファで惨めな夜を過ごしたあと、一家揃っての朝食の席には顔を出さず、すぐに出発しようと決めたのだ。みんなからの矢継ぎ早の質問に答えるのはあとでいい。その時間はのちほどたっぷり取れるだろう。まずは助けを求めなければならない。フェイスにはそばにいてくれる誰かが必要だ。リースは愛馬に拍車をかけて駆け足にした。よし、今までいちばん早くシャイアンへ到達してみせる。

　シャイアンに着いたリースは、電報局が開く八時三〇分になるのをひたすら待った。そして電報を書き、代金とともに事務員へ手渡した。もちろん、チップもだ。

「返事が届いたら、すぐに教えてほしい。通りの向かいの店で朝食をとっているから」リースは帽子のつばに手をやると、電報局をあとにした。

　鞍に黒い医療鞄をくくりつけると、ケヴィン・マクマーフィーはアラビア馬にひらりと飛び乗り、シャイアン郊外へと向かった。午前中の往診のためだ。今朝は数人の患者を訪ねる予定になっている。まずはシャイアンから二キロほど離れた場所に住む足首をくじいた子ども、次にジャクソンに住む銃でけがをした患者、そして〈トレイル・T牧場〉に住む妊婦フエイス・ジョーダンだ。ケヴィンは牝馬に蹴りを入れ、さらに速度をあげた。このまま調子よくいけば、〈トレイル・T牧場〉での遅めの朝食に間に合うだろう。

「おはよう」フェイスの寝室の扉を開けながら、ケヴィンはアイルランド訛りで挨拶した。「きみが起きているとサラから聞いてね。入ってもいいかい?」

フェイスは起きあがると、枕の山に寄りかかった。「ええ、どうぞ」

医師はベッドまでやってくると、フェイスの顔を見つめた。目の下に濃いくまができており、鼻は真っ赤だ。灰色の目も赤く腫れている。「ゆうべは泣き明かしたんだね?」

フェイスはうなずいた。

ケヴィンは上掛けをめくると診察をはじめた。「脚のむくみは引いている。いいことだ。ずっと安静にしていたんだね」手早いもののていねいな診察を終えると、彼はフェイスに優しい笑顔を向けた。

フェイスもほほ笑み返してきた。

次の瞬間、ケヴィンは言葉を失い、凍りついた。この笑顔を過去に目にしたことがある。もう何年も夢に見続けている女性の顔だ。彼女の笑い方もこんなふうだった。ほんの少しだけ頬をあげてはかなげにほほ笑むのだ。いったいどういうことだ? ケヴィンは息が詰まった。だが、やがて大きくかぶりを振った。たしかにフェイスは夢の女性に似ている。明るい灰色の目に鼻筋の通った鼻、それにふっくらした唇。だが、ぼくの夢の女性は輝くような赤褐色の髪をしているし、顔にはそばかすがある。彼女のことは今でもよく覚えている。当時、彼女は一六歳で、まさに神々しいまでの美しさをたたえていた。とはいえ、自分でも驚かずにはいられない。これほど歳月が経った今もなお、彼女をこれほど愛していることに。

「先生?」フェイスは困惑した顔で言った。「何か悪いところでもあるんでしょうか?」

ケヴィンは黒髪に交じる銀髪をちらちらと光らせながら、大きくかぶりを振った。

「きみがある女性にそっくりなものだから、ついぼんやりしてしまった。もう昔の話だよ」

「アイルランドで出会った方ですか?」

「いいや、アメリカだ。この国に到着した直後に出会った。その女性にきみがよく似ているんだ」

「まあ、光栄です」フェイスが優しい声で言う。

ケヴィンは雑念を振り払い、咳払いをした。「アイルランド人の切ない告白はもうこのへんでおしまいにしよう」

「先生はどうやってリースと知り合ったんですか?」

ケヴィンはベッドの端に腰かけた。「リースに出会ったのは戦争中だ。何度か彼の応急処置をしたんだよ。それに一度、デイヴィッドの処置をしたこともある。最後にリースの手当をしたのはゲティスバーグで、彼は腰にひどい切り傷を負っていた。サーベルで切りつけられていて、完治するのに数カ月もかかったほどだ。わたしたちは友人になり、よく話すようになった。戦争中はよくリースに本や画材なんかを届けたものだ。戦争が終わったあとも連絡が途絶えることはなかった。わたしはしばらくワシントンとピーターズバーグを行き来する生活を送っていて、ある日ワシントンでリースにばったり会ったんだ。そのとき彼から、シャイアンには医師がいないからどうか来てくれないかと頼まれたんだよ」

「わたしの家はリッチモンドにあるんです」フェイスは言った。「リースとはワシントンで出会いました。ワシントンに……ちょうど旅行していたときです。それで、今はここにいるんです」

「そして、リースの子どもを身ごもったわけだ」ケヴィンはふたたび医師の顔に戻った。「指示にちゃんと従ってくれれば、赤ん坊を守ることができると思う。それじゃあ、また様子を見に来るよ」ケヴィンは立ちあがり、黒い医療鞄を手に取ると、後ろ手に扉を閉めた。

フェイスはずっとひとりきりだった。まどろんだり、メアリーが持ってきてくれた本を読んだり、チェロキー語を勉強したりしたが、退屈だった。忙しく立ち働くのに慣れているフェイスにしてみれば、のんびりと過ごす時間は拷問のようだった。自分でもいらだち、怒りっぽくなっているのがわかった。

「フェイス?」

フェイスは目を開けた。寝室の入口に立っていたのは、石盤と教科書を手にしたジョイだ。

「サラおばさんに会いに行っていいと言われたの」

フェイスはほほ笑むと、ベッドの隣をぽんぽんと手で叩いた。

ジョイがベッドによじのぼる。「すごく寂しかった、フェイス」

「わたしもよ、スプライト」リースがジョイを呼ぶときの愛称が、自然と口をついて出た。

「フェイスは病気なの？」ジョイの大きな灰色の目はいかにも心配そうだ。額にしわを寄せている。

フェイスはジョイの体を引き寄せて抱きしめた。「いいえ、そうじゃないわ。ちょっとくたびれただけよ」大きく深呼吸をしながら、適切な言葉を探す。「あなたも知っているでしょう、ジョイ？　わたしのおなかの中には赤ちゃんがいるの。だから、しばらくベッドでじっと休んでいなければならないのよ」

「赤ちゃんが生まれるから？」

「ええ、そうよ」フェイスはうなずいた。

「かわいい女の子の赤ちゃん？」

「まだわからない。わたしはそうだといいなと思っているの。でも、リースが欲しがっているのはかわいい男の子の赤ちゃんなのよ」

「イースにも赤ちゃんができるの？」混乱したようにジョイが言う。自分がかまってもらえなくなるのではと、あわてている様子だ。

「リースとわたしの赤ちゃんなのよ」

「でも、わたしはフェイスのかわいい女の子よね？」

フェイスの目に涙がきらめいた。

「あなたはいつだってわたしのかわいい女の子よ」

「イースもそう?」

「もちろん」フェイスはうなずいた。「リースはこれからもあなたを愛し続けるわ」

「赤ちゃんと同じくらい、わたしも愛してくれる?」

フェイスはジョイの額にかかる金色のほつれた髪を撫でつけ、眉間に寄ったしわを指先で優しくなぞった。「ええ、そうよ。リースはあなたと同じように赤ちゃんのことも愛するわ。でも、それはリースがあなたを愛さなくなることとは違うの。わかるかしら、ジョイ? リースはあなたも赤ちゃんも愛するはずよ」

「赤ちゃんにもブルータスみたいなポニーを買ってあげるの?」

「いいえ」傍目にもわかるほど安心した様子のジョイを見て、フェイスは笑いを嚙み殺すのに必死だった。「リースは当分、赤ちゃんにポニーを買ったりしないわ。それにブルータスみたいなポニーはどこにもいないはずよ」

「神様に誓える?」

フェイスは胸の前で十字を切った。

「ああ、よかった」ジョイが輝く笑みを浮かべた。リースの愛情が変わることはないという自信を取り戻した様子だ。石盤を膝の上にのせながら言う。「お絵描きしてほしい?」

「あら、いいわね」

「うん」ジョイが石盤に集中しようとする。

「何の絵を描いてくれるの？」

「ブルータス」

フェイスはにっこりした。もちろん、モデルはブルータス以外に考えられないだろう。

ジョイは午後じゅうずっと寝室にいた。午後にはケヴィン医師がふたたびやってきた。決まり悪そうに寝室の入口に立ち、ふた言三言言葉を交わすだけだったが、チャーリーとダンカンまで見舞いに来てくれた。だが、肝心のリースはいっこうに姿を現さない。

フェイスは気づいた。恐れていた最悪の事態が現実になってしまったのだ。これまでは、一緒に暮らしていれば、いつかリースがわたしを必要としてくれる日が来るだろうと淡い期待を抱いていた。でも、そうはならなかった。リースはわたしを必要としていないし、わたしを愛してもいない。フェイスはあふれる涙をどうにか止めようとした。自己憐憫の涙など流したくない。でも、どうしても止められなかった。体を丸め、涙を流しながらなんとか眠ろうとする。ふたたび目を開いたとき、外はすでに暗くなっており、ベッド脇の椅子にはリースが座っていた。夢を見ているのではないかと、フェイスはまばたきをくり返した。

「リース！」

彼は唐突に切り出した。「きみがベッドで絶対に安静にしていられるよう、あるものを買ってきたんだ」茶色の包み紙を取り出す。

いちばん望んでいたのはリースの口づけだったものの、フェイスはプレゼントを見て嬉しく思わずにいられなかった。リースはわたしのことを考えてくれていたのだ。

「赤ん坊のためのものだ。きみも気に入ってくれるといいんだが」

リースの言葉を聞き、フェイスはたちまち気分が沈んだ。だが、お礼を言わないわけにはいかない。「ええ、きっと気に入るわ。ありがとう」

リースが包み紙を開いて、中身をフェイスの膝の上にのせた。さまざまな形や色をした布地だ。ほとんどがネル生地だった。

「ドレスメーカーに裁断させたんだ。きみも赤ん坊のために縫い物をしたいだろうと思ってね。きみの裁縫箱を持っていって、ドレスメーカーに必要なものをすべて揃えさせた」ぎこちなく笑いながら、リースは言葉を切った。

リースは、ほかの誰も思いつかないことをフェイスにしてやりたかった。ほかの人たちはフェイスに本や新聞、教材などを持ってくるだろう。だが、ぼくはフェイスが裁縫好きなのを知っている。彼女はいつもぼくのシャツを繕い、ボタンをつけてくれる。それが今、ぼくとジョイのほかに縫い物をする相手がもうひとり増えたのだ。赤ん坊のために裁縫をしていれば、フェイスの気も紛れるだろう。

「ありがとう。忙しくなりそうだわ」どんよりとした目で、フェイスがささやいた。

「フェイス、大丈夫か?」リースは茶色の瞳を心配そうに曇らせた。「きみは裁縫が好きだろう? それに忙しくしているのも好きだし」

「ええ」フェイスがぼんやりと答える。「それにこうすれば、子どもの服を仕立てるお金も節約できるものね。とても経済的だわ」

リースはフェイスの言葉にたじろいだ。別に衣料費を節約するために、フェイスにプレゼントを買ってきたわけではない。「本当に気分は大丈夫かい？」

「ええ、大丈夫よ。お医者様が今日は二度も来てくださったの」

「ああ、知っている。ケヴィンと話した」

「それならもう聞いたでしょう？　わたしの具合はずっとよくなっているって」

リースはうなずいた。「ああ、ケヴィンはそう言っていた」だが、ケヴィンの見立てが正しいとは思えなかった。目の前にいるフェイスは、とても具合がよくなっているふうには見えない。

「今夜はここで眠るの？」さりげなく尋ねられたものの、それがなんでもない質問ではないことが、リースにはよくわかっていた。わざとそっけない言い方をしているからこそよけいに、フェイスにとってこれが重要な質問であるのがよくわかる。

「たぶん、無理だろう」リースは詳しい理由を言おうとはしなかった。

「また書類仕事？」

「ああ、そんなようなものだ」

「わかったわ」フェイスは答えると、リースの視線を避けるように上掛けを引っ張りあげた。

「もう話すことは何もないわ」

リースはなすすべもなくフェイスを見つめた。彼女の突き放すような言葉に驚きを感じずにはいられない。フェイスは激怒し、傷ついているふうに見える。だが、彼女もわかっているはずだ。こうして離れていることで、ぼくがどれほどつらい思いをしているか。それにフェイスもケヴィンから、赤ん坊が危険な状態になる可能性があると説明を受けているのだ。

「フェイス、ぼくは……」

フェイスはリースを冷たく一瞥した。「おやすみなさい、リース」ぽつりと言う。「楽しい夢を」

リースは椅子から立ちあがると、大股で扉から出ていった。


四日後、フェイスは二五歳の誕生日を迎えた。その日の夜明けの空模様は、今日一日天気がよくて気温もあがることを示していた。〈トレイル・T牧場〉の男たちにとっては、まさに理想的な日和だ。彼らは疲れた足取りで、母屋に朝食をとりにやってきた。ここ三日間、雪が降って厳しい寒さが続いたため、放牧場にいる牛たちをかき集める作業に追われていたのだ。

吹雪により、農場には真っ白な雪が降り積もっている。だがこの寒さの中でも、雌牛は子を産み落としており、新しく生まれた子牛は凍死の危険にさらされていた。それゆえ、牧場にいる健康で屈強な男たちは総出で、牛たちを囲い込んで移動させ、子牛たちの命を救う作業に忙殺されていた。

ここ三日間、リースは一度もフェイスに会えずにいた。牧場にある宿泊小屋で使用人たちと雑魚寝しており、今朝、ようやく母屋に戻ることができたのだ。リースは椅子に沈み込むと、サラがいれてくれた熱々の濃いコーヒーをありがたく受け取った。無事連れ戻された牛たちは今、牛舎で眠っている。

「フェイスの具合はどうだい？」顔に巻いていたウールの防寒用襟巻きをはずしながら、リースはメアリーに尋ねた。

「寂しがっているし、退屈しているわ。それにあなたのことを恋しがっている」メアリーがそっけなく答える。

リースは無言のままでいた。

「それで？」メアリーが尋ねる。

「なんだい？」リースはいとこを見つめた。

「ほかに何か言うことはないの？」

「ケヴィンはフェイスの診察に来たかい？」

メアリーは大きなため息をついた。

「いいえ、まだ。でも、今日の午後に来る予定よ」

「彼にはほかに患者がいないのか？」ハンサムなアイルランド人医師が頻繁に〈トレイル・T牧場〉を訪れていることを、リースは気にしていた。ケヴィンにはフェイスの体調を確認してほしいとは頼んだが、足繁く通ってほしいとは頼んでいない。

「フェイスが今夜、彼を夕食に招待したの」メアリーが言う。

「なんだって？」リースはコーヒーカップをソーサーに叩きつけた。手の中に熱いコーヒーがかかる。

「フェイスがケヴィン先生を夕食に招待したのよ。だって、今日は彼女の誕生日だもの。知っているでしょう？」リースの前に皿を置きながら、サラがチェロキー語で言う。

「ああ、誕生日だということは知っている」リースは低い声でののしりの言葉をつぶやいた。「数日前、デイヴィッドに電報を打ったんだ。返事は来ているかな？」

「机の上に置いておいたわ」メアリーが答える。「昨日、届いたの」

リースははじかれたように椅子から立ちあがると、書斎へ急いだ。電報の封を切って、文面に目を走らせる。デイヴィッドの返信は簡潔だった。ミス・ハミルトンと一緒に四時一五分の列車でシャイアン駅に到着すると書かれている。リースは台所へ戻り、朝食をたいらげるとサラに話しかけた。「ひと眠りしてくる。数時間したら起こしてくれるかい？」

サラはうなずくと、自分の仕事に戻った。

リースは立ちあがり、書斎へ戻ろうとした。

そのとき、台所にいる誰もが聞きたかった質問をメアリーが口にした。

「フェイスには会わないの？」

「夕食のときに会う」そう答えると、リースは大股で書斎へ行き、音をたてて扉を閉めた。

四時間後、入浴と髭剃りをすませ、こざっぱりとしたスーツと外套に着替えたリースは四人乗りの四輪馬車に乗り込んだ。隣には、分厚い外套を着込んで手袋をはめたジョイが座っている。気温は零点より高いものの、雪で汚れた通りはまだ冷え固まったままだ。雪が溶けて地面がぬかるむ前に、テンペランスとデイヴィッドを乗せた列車が到着してくれればいいのだが。

もともとジョイを連れていく予定はなかったけれども、フェイスに告げ口すると脅され、やむなく連れていくことにした。何か自分のしたいことを目の前にすると、ジョイが暴君のように手がつけられなくなってしまうのをリースはすっかり忘れていた。間の悪いことに、牧場の者たちに馬車を出すよう命じたとき、ちょうどジョイは厩舎でブルータスに角砂糖をやっているところだった。外出するのを察したジョイは、一緒に行くと言い張ったのだ。

致命的だったのは、ジョイにシャイアンへ行く理由を話してしまったことだろう。ジョイはチャンスを見逃さなかった。自分を連れていかないなら、フェイスにテンピーが来ることを話すと脅してきたのだ。リースはリコリスの棒付きキャンディを買ってあげるからと言ってみたが、ジョイは頑として態度を変えようとはせず、ついに一緒に連れていくはめになってしまった。六歳の交渉の達人に、まんまと裏をかかれた格好だ。

リースが不機嫌でも、ジョイはどこ吹く風だ。リースの膝の上にのり、赤い手袋をはめた手を同じく手袋をはめた彼の手に重ね、ジョイはすっかり御者気分でシャイアンへと馬車を走らせた。

列車は定刻どおりシャイアン駅へ到着した。テンピーは客車からおりるのを今か今かと待っていた。傍目にもわかるほどうきうきした様子でリースの姿を探している。デイヴィッド・アレクサンダーはそんな彼女の姿を見て、思わず含み笑いをした。

「大人の女性にあるまじき振る舞いかしら？」デイヴィッドがいかにも愉快そうな表情を浮かべているのに気づき、テンピーは尋ねた。

「いいや、そんなことはないですよ」デイヴィッドはかぶりを振り、まじめな顔をしようとした。だが、どうしても笑みがこぼれてしまった。「最愛の姪がいるおばなら、しごく当然の振る舞いです」ここ数カ月リッチモンドを訪れるうちに、デイヴィッドは〈リッチモンド婦人裁縫会〉の面々をよく知るようになっていた。中でもいちばん好きなのは、テンペランス・ハミルトンだ。特にこうして四日間ふたりだけで旅をして、なおさら彼女のよさがわかるようになった。

デイヴィッドは思い出し笑いをした。ふたりで列車の旅をすると聞いたヴァーチュアスがかんかんに怒り出したときのことだ。

「テンペランス、まさか本気で、ワイオミングまではるばる彼とふたりだけで旅をするつもりじゃないでしょうね？」激怒しながらヴァートが尋ねた。

「だって、フェイスは病気なのよ」テンピーは冷静に答えた。

「でも、みんながどう思うかしら？　だって彼は肌の色が浅黒いし、おまけに北部人《ヤンキー》なのよ」

「誰になんと思われようが気にしないわ。わたしの……フェイスがわたしを必要としているんですもの。フェイスに会うためなら、北軍のシャーマン将軍と北部人《ヤンキー》全員とだって旅するわ」テンピーは手で口を覆った。デイヴィッドがこの激しい舌戦を聞いていたことに、突然気づいたのだ。「悪く取らないでね、ミスター・アレクサンダー」

「ええ、何も悪くなんか取っていません」デイヴィッドが頭を傾けてみせる。

「ふん、あなたは礼節なんてこれっぽっちも気にしたことがないものね」ヴァートが冷笑する。「最初はアイルランド人で、お次は北部人《ヤンキー》ってわけ？」

「ヴァート！」ハンナとアグネスは恐怖に息をのんだ。

姉の予期せぬ攻撃に青ざめたものの、テンピーも負けてはいかなかった。「ええ、わたしは礼節なんてこれっぽっちも気にしていないわ。だからミスター・アレクサンダーがいても遠慮せずに、あなたを徹底的にやっつけるつもりよ。さあ、ヴァーチュアス、そこをどいて。あなたと言い合うのはうんざりなの。時間の無駄としか思えないわ」彼女は旅行鞄を手に取った。「ゆめゆめ忘れないで。もしフェイスの身に何かあったら、あなたがあれほど喜んでいたお金は全額没収されてしまうってことを。姪の心配はわたしがするから、わたしがワイオミングに行っているあいだ、あなたはお金についてじっくり考えてみてちょうだい！」テンピーは姉を押しのけると、デイヴィッドに続いて屋敷をあとにした。

姪のフェイスと同じく、テンペランス・ハミルトンも小柄で華奢な女性だ。だが、今のデイヴィッドにはよくわかった。フェイスの気性はおばのテンペランスから受け継いだものなのだ。そう考え、思わず頬をゆるめた。われながら不思議だ。その激しい気性を目の当たりにして、フェイスのおばのことがさらに好きになるとは。

「あっ、彼だわ！」テンピーの叫び声で、デイヴィッドははっとわれに返った。「まあ、ジョイも一緒よ……なんてことでしょう。ジョイったら黒い外套を着ているわ！ ああ、まさかフェイスは……」テンピーは列車からプラットホームへ飛びおりると、すさまじい剣幕で周囲をかき分け、驚いた人々にじろじろ見られるのもかまわず、ひたすらリースめがけて突き進んだ。

デイヴィッドはテンピーのすぐあとを追った。列車での旅のあいだじゅう、デイヴィッドはフェイスは大丈夫だとずっと言い聞かせたのだが、どういうわけかテンピーは、フェイスは重病だ、ワシントンを発つ前もあんなに具合が悪そうだったではないかと言い張った。いくら心配ないと言っても、テンピーを説得できなかったのだ。

「フェイスは？ あの子は……？」テンピーは勢い余って、馬車からおりてきたリースの硬い胸にぶつかった。

リースは両手をのばし、テンピーの体を支えた。彼女は目を大きく見開いた。心配のあまり半狂乱になって、必死の形相でこちらを見つめている。リースには、テンピーの心臓が早鐘を打ち、呼吸が荒くなっているのがわかった。

「彼女は休んでいます。牧場で」リースは優しい声で答えた。

「ああ、よかった！」テンピーが安心したとばかりに、リースの胸に頭をうずめた。

「ぼくの電報を受け取らなかったのか?」テンピーを抱き寄せながら、リースは彼女の背後に立っているデイヴィッドに尋ねた。

「ああ、受け取った」デイヴィッドが答える。「ミス・ハミルトンにも見せたんだ。だが、彼女は姪の具合をたいそう心配してね」

「そうみたいだな」リースは淡々と言った。

「ジョイが黒い外套を着ているのを見て、ミス・ハミルトンはてっきりフェイスが……」デイヴィッドが詳しく説明した。

「これはいちばん温かい外套なんだ。まさかそんなふうに取られるとは……」リースはテンピーを見おろした。テンピーはようやくひと息つき、いつもの自分を取り戻しつつある様子だ。「申し訳ない、ミス・ハミルトン。恐ろしい思いをさせてすみません。フェイスは大丈夫です。実際、前よりもずっと体調がよくなっているんです」

眉をひそめ、本気で心配してくれているリースを前に、テンピーはなんとか弱々しい笑みを浮かべた。

リースはテンピーを励ますように最高の笑みを浮かべると、ジョイに向き直った。「さあ、おばさんに挨拶しよう、スプライト」そう言うと、テンピーがジョイの隣の席へよじのぼるのを手伝った。

ジョイはテンピーに抱きつくと、牧場でのさまざまな出来事を機関銃のようにまくしたてはじめた。

「馬車に乗ってくれ」リースがデイヴィッドに言う。「荷物はぼくがのせておく」

「いや、荷物を積み込むのに時間はかからない」デイヴィッドは答えた。「ぼくもミス・ハミルトンも鞄はひとつしか持ってきていないんだ。ミス・ハミルトンには、必要なものはこっちで買えばいいと言ってある」

「わかった。それならきみたちの鞄を積み込み次第、出発しよう。ただシャイアンを離れる前に、立ち寄りたい場所がある」

テンピーはジョイの嬉々としたおしゃべりを遮った。「どうしても立ち寄らなければならないの、ミスター・ジョーダン？　いえ、個人的なことをとやかく言うつもりはないのよ。ただ、どうしても早く会いたくて。わたしの……姪に」そう言うと、身を乗り出した。

リースはにやりとすると、とびきり魅力的な笑みをテンピーに向けた。「ええ、どうしても立ち寄らなければならないんです。今日はフェイスの誕生日ですから、いろいろとプレゼントを用意していて、それを取りに行くんですよ」

テンピーは椅子の背にもたれた。「まあ、なんてこと。どうして忘れていたのかしら？　わたし、プレゼントなんて持ってきていないわ！」

デイヴィッドは声をあげて笑った。

「親愛なるミス・ハミルトン、あなた自身がプレゼントじゃないですか！」

リースはうなずくと、茶色の瞳を輝かせた。

「そう、あなたこそ、ぼくがフェイスに贈りたいと思った最高のプレゼントなんです」

23

「すべて順調かい？」母屋の台所に入るなり、リースは尋ねた。

「ええ。フェイスは、わたしたちが彼女の誕生日を忘れていると思い込んでいるわ」大きなケーキを作業台から持ちあげながら、サラが答えた。

「よし。デイヴィッドとフェイスのおばのテンペランスには、ぼくの書斎に隠れるよう言ってある。彼らもサプライズのひとつだからね」

息子の名前が出たとたん、サラが顔を輝かせた。

おばの様子を見て、リースは頬をゆるめた。

「サラおばさんにとってもサプライズだっただろう？」

サラはリースを抱きしめたい衝動に駆られた。だが、リースはもう立派な大人の男性だ。そんな子どもじみた愛情表現をするべきではないだろう。代わりに手にしていた木製のスプーンでリースの腕を軽くつつき、からかうような口調で言った。「デイヴィッドが帰ってくると前もって教えてくれてもよかったのに」

「サラおばさんを驚かすせっかくのチャンスをふいにするのかい？　そんなのはもったいな

いじゃないか。さあ、食堂にケーキを運んだら、少しデイヴィッドと一緒に過ごすといい。ぼくは階上に行って、フェイスを連れてくるよ」サラの顔にほつれかかった髪を払うと、リースは階段へ向かった。

リースが寝室に入ってきたとき、フェイスは本を読んでいた。フランネルのフリルつきのネグリジェに、キルト地の上着を羽織り、黒髪をゆったりとおろしている。顔をあげ、灰色の目でリースを見つめる。彼に会うのは数日ぶりだ。恋しくてたまらなかった。「リース」

「やあ」リースも茶色の目でフェイスを見つめ、ベッドの足元まで近づいた。

「久しぶりね。もうわたしのことなんか忘れてしまったのかと思っていたわ」フェイスは無関心を装い、ふたたび本に視線を落とした。

「ここ三日間、ずっと牧場に詰めていたんだ。吹雪がひどくて、牛たちが危なかった。特に生まれたての子牛は凍死する危険性があったんだ。だから、牛たちを一頭残らず牛舎へ入れなければならなかった」フェイスの前に立ちながら、リースはなぜか決まり悪さを覚えた。

「本当に？　全然気づかなかったわ」

フェイスの白々しい嘘を聞き、リースは笑い出したほうがいいのか、しっかりしろと彼女の体を揺さぶったほうがいいのかわからずにいた。窓に激しく吹きつけていたあの猛吹雪と急激な気温の低下に気づかないわけがない。「そうか。きっと忙しくしていたからだな」とりあえずだまされたふりを続け、反応を確かめるべくフェイスを盗み見ながら言う。「赤ん坊の縫い物やら何やらで……」

フェイスはリースをにらみつけた。赤ちゃんの衣類のことを持ち出されて、かちんときた。ここ三日間で縫い終えたものといえば、簡単に縫える小物類ばかりだ。そもそも読書をしているわたしに、なぜ縫い物をしていないのかと言わんばかりの態度を取ってくるのが気に入らない。それに、ここの牧場の人たちはみんな忘れてしまっているみたいだけれど、今日はわたしの誕生日だ。でも、そんなことはどうでもいい。わたしは忙しいのだから。今だって……。

「忙しすぎて、陛下の夕食に参加できないほどかい？」リースが穏やかに尋ねる。

「なんですって？」突然の誘いにフェイスは驚いた。

「きみは今夜、ケヴィンを夕食に招いたんだろう？　それとも、ここで彼と一緒に食事をするつもりかい？」

「ええ。でも、違うわ」フェイスは口ごもった。

「いったいどっちなんだ？」リースは声を尖らせた。

「ええ、たしかに先生を招待したわ。だけど、先生とここで一緒に食事をする気はない。これでわかってもらえた？」

「ああ、わかった。ケヴィンは、誰かがきみを一階に連れてくれば、体に差し障りはないと言っている。だからぼくが迎えに来たんだ。さあ、どうする？　陛下へ行くか行かないか、ふたつにひとつだ」リースはフェイスをにらんで答えを迫った。

「行くわ」フェイスは起きあがり、ベッドからおりた。

「これが必要だろう」リースはフェイスに灰色のヴェルヴェットのローブを突き出した。

フェイスは上着を脱ぎ、ローブをまとった。フェイスの体が柔らかいヴェルヴェットにくるまれたのを確認すると、リースは彼女を抱きあげ、階段をおりて食堂へ向かった。


「サプライズ！」フェイスを抱きかかえたリースが食堂に足を踏み入れた瞬間、喜びの叫び声がいっせいにあがった。「誕生日おめでとう！」

「まあ！」フェイスは人々の顔を見回した。食堂にはリースの親族全員が勢揃いしていた。リースは身をかがめ、フェイスを椅子におろした。「なんて言っていいかわからないわ。みんな、忘れているのかと思っていたの」フェイスはまずメアリーを、続いてサラを見た。

「ええ、実は忘れているふりをしていたのよ」長い苦行から解放されたかのように、メアリーがうなった。

「ありがとう」フェイスはそれしか言えなかった。「本当にみんな、ありがとう」

「フェイス、ねえ、見て！」ジョイがフェイスの椅子の脇でぴょんぴょん跳ねた。「サラおばさんがフェイスのためにお誕生日ケーキを作ってくれたのよ！」大きなケーキを指差しながら言葉を継ぐ。「それにわたしたちみんなからのプレゼントもあるの。今、開ける？　それからケーキを食べる？」ジョイはケーキが食べたくて仕方がない様子だ。

フェイスはちらりとサラと視線を合わせると、ジョイを見おろした。「たぶん先に夕食をとるほうがいいでしょうね。先にケーキを食べたら、夕食が入らなくなってしまうから」フエイスは喜びを抑えきれなかった。一六歳のお祝い以来、誕生日ケーキになどありついたことはない。ふと、ケヴィン医師がいないことに気づき、リースを見あげて尋ねる。「ケヴィン先生は？　ここにいると思ったのに」

「さっきはきみをここに連れてくるために、ケヴィンがもう来ているような言い方をしたんだ」リースは不機嫌そうに顔をしかめた。「きみをがっかりさせたくはないが、ケヴィンからは遅れるという連絡をもらっている。夕食は待たなくていいそうだ。到着が遅くなるらしい」

「それなら、すぐに夕食をはじめるべきね」

「やれやれ、よかった！」食堂の扉からデイヴィッドが現れた。「腹ぺこなんだ。熊一頭でも食べられるよ！」

「デイヴィッド！」フェイスはふたたび興奮して声をあげた。「ああ、驚いた！　どうやってここに来たの？」

「列車だよ。リースに呼び寄せられたんだ」

「リッチモンドの様子はどう？　すべて順調かしら？　おばたちは元気？　テンピーおばさんはどうしているの？」

「直接尋ねてみるといい」デイヴィッドが脇へどく。彼の背後から現れたのはテンペランス・ハミルトンだった。

「テンピーおばさん！」フェイスは叫ぶと、嬉し涙をはらはらと流した。「ああ、本当にテンピーおばさんだわ……」

テンピーが姪に駆け寄り、きつく抱きしめた。

「どうやってここまで来たの？」フェイスは興味津々で尋ねた。

「デイヴィッドと一緒に来たのよ」テンピーはほほ笑むと、フェイスの顔にかかったほつれた髪を撫でつけた。「お誕生日おめでとう、フェイス」

「デイヴィッドと一緒に？　リースに呼ばれて？」

「もちろんよ」テンピーが答える。「リースのほかに誰がいるというの？」

フェイスは顔をあげ、リースを見た。

「サプライズだ」リースがぽつりと言う。

フェイスは喉に熱いかたまりが込みあげた。頬を涙が伝う。感謝の気持ちを伝えようとしたが、うまく言葉にならない。リースへの愛で瞳を輝かせながら、ただひたすら彼を見つめる。

リースは前に進み出ると、フェイスの手を取り、指の関節にそっと唇を滑らせた。

「誕生日おめでとう、フェイス」

みなが最後の皿の食べ物をたいらげ、フェイスがプレゼントをほぼ全部開け終えたとき、遅れて到着したケヴィン・マクマーフィーが食堂に入ってきた。

フェイスは顔をあげ、ケヴィンを迎えた。「ケヴィン先生、来てくださって本当に嬉しいわ！　先生のためにケーキカットは取っておいたんですよ。さあ、こちらに来てください。会わせたい人がいるんです。リースがわたしを驚かそうと、彼女をここへ呼んでくれたんです」ケヴィンの手を取って言う。

リースはテーブルの真ん中の、みなの様子がよく見える場所からふたりをにらみつけていた。今や食堂のあちこちに小さなグループができ、立ったまま談笑を楽しんでいる。リースはテーブルにひとりで座っていた。ケヴィンが入ってきたことで、せっかくのいい気分が台なしだ。実は、フェイスにもうひとつプレゼントを用意してあるのだが、それはふたりきりになったときに渡そうと考えている。リースは硬い椅子の上で身じろぎすると、いらだち紛れにブランデーの残りをあおった。

「テンピーおばさん」フェイスの声がざわついた室内に響いた。「お医者様が到着されたわ。ぜひ紹介させて」

メアリーと笑い合っていたテンピーが振り向いた。フェイスの隣に立っている男性を見た瞬間、テンピーの唇から笑みが消え、彼女は顔面蒼白になった。膝が震えてうまく立っていられない様子だ。手からカップとソーサーが滑り落ち、硬い床に当たって粉々になる。

「ケヴィン」彼の名前を呼んだ瞬間、テンピーは強風にあおられた可憐な一輪の花のように揺れ、床にくずおれた。

「テンピーおばさん！」フェイスは叫び、椅子から立ちあがった。

「信じられない、なんてことだ《マザー・オブ・ゴッド》！　テンペランス！」ケヴィンはフェイスの背中にそっと手を当て、椅子に座らせた。「誰かぼくの医療鞄を持ってきてくれ。気付け薬がいる」彼はテンピーのかたわらへ駆け寄ると、心配そうにのぞき込んでいるデイヴィッドとメアリーとリースに言った。「さがっていてくれ。彼女には新鮮な空気が必要だ」

数秒後、サムが医療鞄を持ってくると、ケヴィンは気付け薬が入った小瓶のふたを開け、テンピーの鼻先に近づけた。

テンピーを取り囲む人々が気づかないうちに、フェイスは椅子から立ちあがり、いつの間にかリースの脇に立っていた。

テンピーは目を開けると、ケヴィンの濃い青の瞳を見つめ、ほほ笑んだ。

「これは夢？　ケヴィン、本当にあなたなの？」

「ああ、本当だ」ケヴィンが手を貸してテンピーの体を起こし、彼女が立ちあがるのを支えた。テンピーがケヴィンにもたれかかると、彼は守るかのように片手を彼女の体に回した。

「テンピーおばさん？」おばの前に進み出ながらフェイスは言った。「大丈夫？」

「長旅で疲れたんだろう。きっと疲労のせいだ」リースは言った。

「それはあるだろうな」ケヴィンが同意する。「だが、もっと大きな理由がある。ぼくと再会したからだ」

「再会？」リースは尋ねた。

「ふたりは知り合いなのか？」デイヴィッドがきく。

「ああ」ケヴィンはテンピーの体を引き寄せた。「はるか遠い昔、ぼくはこの女性と結婚していたんだ」体をすり寄せているテンピーにほほ笑みながら言葉を継ぐ。「それにできるだけ早いうちに、もう一度結婚するつもりだ」

テンピーは頬を染めた。とても四一歳には見えない若々しさだ。

ケヴィンはかがみ込むと、テンピーを抱きあげた。

「とりあえずベッドに連れていくよ。どの部屋かな？」

「こっちよ」メアリーが案内役を買ってでた。

「でも、おばさんの夫の名前はケヴィン・オマリーでは……」フェイスは反論した。

「いや、実は」ケヴィンは一瞬口をつぐんでから説明をした。「それはわたしなんだ。かつてのね」

「どういうことだい？」食堂から出てケヴィンのあとを追いながら、リースは尋ねた。

「あとで詳しく説明するよ。さしあたり、わたしたちにはいろいろ積もる話があるからね」

ケヴィンはほれぼれするような優しい笑みを浮かべて、テンピーを見おろした。「そうだろう、愛しい人？」リースにうなずき、テンピーを抱えたまま階段をのぼっていった。

「こいつは驚いた！」思わぬ展開を目の当たりにし、チャーリーはそう言うなり椅子に座り込んだ。

「きみはどこまで知っていたんだ？」リースは食堂に戻ると、フェイスを見た。

「テンピーおばさんが一六歳のとき、ケヴィン・オマリーという人物と駆け落ちしたということだけよ」フェイスはその場にいるみんなに事情を説明した。「わたしの祖父のハミルトンがふたりをボルティモアでつかまえて、ケヴィンだけを船に乗せてしまったの。テンピーおばさんはスキャンダルがおさまるまで、親戚の家に預けられたと言っていたわ」

「最近、ケヴィンはよくきみの診察に訪れていた」リースがフェイスに言う。「きみは自分の親族についてケヴィンに何か話したんだろう？　彼がおばさんの生き別れになった恋人だと知っていたんじゃないのか？」

フェイスはリースをにらみつけた。「知らないわ！」

「だが、そう疑ったことはないのか？」リースが威嚇するようにフェイスのそばに立って見おろした。肘掛け部分に両手をかけ、フェイスが椅子から立ちあがれないようにする。

「疑うわけがないでしょう？」フェイスは言い返した。なぜリースにこれほど厳しい口調で詰問されなければならないのか、よくわからない。「テンピーおばさんからその話を聞いたのは一度だけよ。それにおばさんが言っていた夫の名前はケヴィン・オマリーで、ケヴィン・マクマーフィーじゃなかったわ。どうしてわたしを問いつめるの？　今さらそんな質問をしても意味がないでしょう？」

「たしかにそうだ。だが、きみにとっては大きな違いが生じるかもしれない。きみは心変わりをするかもしれないんだ……例の件について」興味津々の友人知人が周囲にいることも忘れて、リースは最後の言葉を強調した。頭にあるのはただひとつ、周到だったはずの自分の計画に思いがけない穴があったことを知った衝撃だけだ。

「例の件？」フェイスが強い口調で尋ねる。「どうしてわたしにとって大きな違いが生じるの？　テンピーおばさんが幸せでいてくれるかぎり、わたしも幸せだわ」

「その件についてはあとで話し合おうじゃないか」会話の流れが危険な方向へ向かいそうになっているのを察知して、デイヴィッドがさりげなく遮った。

だがリースはデイヴィッドを無視し、前に乗り出してフェイスに顔を近づけた。「ケヴィンは結婚について話していた。つまり、この地に落ち着くということだ。そうなるときみの大好きなおばさんは、ぼくの隣人になるかもしれない。きみはいつかおばさんを訪ねたいと考えるだろう」

「もちろんそうよ。テンピーおばさんの家を……」あることを思い出し、フェイスはふいに口をつぐんだ。「訪ねたいわ」消え入りそうな声で言う。もしテンピーおばさんがケヴィン先生と結婚してワイオミングで暮らすことになれば、わたしがその家を訪問するのは許されない。契約では、出産したらリースや赤ちゃんを訪れることはおろか、〈トレイル・T牧場〉の周辺を訪れることも禁じられている。契約書にそう明記してあるのだ。フェイスは愕然とした。赤ちゃんだけでなく、テンピーおばさんまで失うことになるかもしれない。「そんな」うなだれてささやく。

「ねえ、すてきじゃない？」食堂に戻ってくるなり、メアリーは言った。「ひとつの牧場でふたつの恋の花が開いたのよ。まずはリースとフェイス、それに今度はテンペランスとケヴィン先生だなんて！」

「ずいぶんとめでたいことだな」リースは皮肉っぽく答えた。

「実際、おめでたい話よ」メアリーが答える。「結婚式が二回続いて、そのあと赤ちゃんまで生まれるんだもの。しかも同じ年にいちどきによ！　さあ、何はともあれお祝いだわ。今日はフェイスの誕生日なんだから。そろそろ――」

「ケーキを切って！」ジョイが大声で言った。「お誕生日ケーキが食べたいの。ねえ、イース、約束したじゃない！」

リースは鋭い目つきでフェイスを見た。「フェイスに頼んでごらん、スプライト。今日はフェイスの誕生日だし、これは彼女のケーキなんだ」

ジョイは期待に満ちた表情を浮かべ、フェイスを見た。

「ねえ、ケーキを切って。わたし、お誕生日ケーキが食べたいの」

フェイスはためらった。だが、今まで辛抱強くケーキを我慢していたジョイやほかの子どもたちをがっかりさせたくない。「もちろんよ。サラおば様、ナイフを取ってもらえる？　わたしがケーキを切り分けるわ」サラからナイフを受け取ると、リースに尋ねた。「ケヴィン先生とテンピーおばさんの分も取っておくべきよね？　それとも、ふたりがおりてくるのを待つべきかしら？」

「いいからケーキを切るんだ」

「でも、もしかしたらふたりも……」南部で客をもてなすときの礼儀作法を教え込まれたフェイスにしてみれば、今ケーキを切るのは失礼に思える。

「フェイス――」リースが何か言いかけた。

「テンピーおばさん！」突然ジョイが大声で叫び、リースを遮った。「ケヴィン先生！　フェイスがお誕生日ケーキを切るとこなの！　おりてくる？　それともケーキを取っておいてほしい？」

「ケーキは取っておこう」デイヴィッドがそう言ってジョイのほうへ歩いていき、かたわらに立った。

だが、一件落着というわけにはいかなかった。ジョイはデイヴィッドの意見を無視して答えを求め続けた。「テンピーおばさん！　ケヴィン先生！」

「ここにいるよ、お嬢ちゃん」二階からケヴィンの声がした。「きみの声はちゃんと聞こえている」

「牧場じゅうに響き渡ってるよ」一五歳のサムが口を挟んだ。「この声を聞いたら、牛もびっくりして突進してくるかもしれない」

「そんなことないもん！」ジョイが言い返す。

「あるよ！」サムはむきになって怒鳴り返した。

「子どもたち、静かにしなさい！」メアリーがふたりをたしなめる。

サムは他人がいる前で子ども扱いされたのが悔しかったらしく、姉に文句を言いはじめた。

フェイスは座ったまま、ケーキを切ろうとナイフを持ちあげた。そのとき、いつのまにかおりてきたテンピーがフェイスのそばに来た。「フェイス、ごめんなさいね。せっかくのあなたの誕生日パーティを邪魔してしまって。さあ、ケーキを切って。そうしないと――」

「そうしないと、ジョイがかんしゃくを起こすからね」サムがぽつりとつぶやく。
「あるいは、この幸せな一族の集まりがけんかで終わってしまいそうだからな」ジョイがサムに向かって舌を突き出すのを横目で見ながら、デイヴィッドがつけ加えた。
サムは負けじとジョイのお尻をぴしゃりと叩いた。
「そうだな」リースは不機嫌そうにつぶやくと、ケヴィンをにらみつけた。パーティとぼく
の計画が台なしになったのはこの男のせいだ。「さあ、ケーキを切るんだ」
フェイスは言われたとおりにした。最初に子どもたちのためにケーキを切り分けていく。
サラが気をきかせて大人たちのためにコーヒーを、子どもたちのためにミルクを取りに行っ
てくれたので、フェイスはリースの脇腹を軽くつつき、サラを手伝うよう促した。
だが、リースはかぶりを振った。「メアリーに手伝わせればいい。ケーキカットなんて見
せ物は、めったにお目にかかれないからな」
室内に漂う緊張感に気づいていないのは子どもたちだけだった。あたりは異様な緊迫感に
包まれている。ケーキを切るフェイスの手つきはぎこちなく、見るからに危なっかしい。リ
ースは怒った顔でブランデーを注ぎ足しながら、フェイスを凝視している。そんな中、フェ
イスはなんとか作り笑いをしながら、大人たちのためにケーキを切り、皿にのせていった。
フェイスがブランデーグラスを脇へどけ、代わりにコーヒーのカップとソーサーを置いた
瞬間、リースは彼女をにらみつけた。
ケーキと飲み物が行き渡るにつれて、室内は耐えがたい沈黙に包まれていった。フェイス

は思わずあたりを見回した。この場を和ませるような、洗練された会話をはじめてくれる人を探すように。

フェイスの無言の懇願に、デイヴィッドが同情の笑みを浮かべて応えた。彼はケヴィンとテンピーをリースの隣の席へいざなった。

「さあ、ふたりのなれそめを聞かせてください」

「ああ」ケヴィンはまず自分の過去を語りはじめた。アイルランドからアメリカに移住してきたものの、アイルランド人への厳しい偏見から医師として開業できなかったこと。それゆえ、ハミルトン農園で馬の調教師として働きはじめたこと……。「そこでテンペランスと出会ったんだ」彼女の名前を口にしただけで、ケヴィンの温かな愛情が部屋の中にあふれ出すようだった。「そして、結婚を申し込んだ」当時の怒りを思い出し、ケヴィンはハンサムな顔をゆがめた。「だがテンペランスの父親は、娘が薄汚いアイルランド人の調教師と結婚するのを頑として許そうとしなかった。だから……」

「わたしたち、駆け落ちしたの」テンピーが優しい声で言う。「ボルティモアへ。父はあとを追ってきたわ。そして……ケヴィンを……」父の冷酷な仕打ちを思い出したのか、声がかすれる。

テンピーがコーヒーをすすると、ケヴィンが続きを話しはじめた。「テンペランスの父親は、わたしを徹底的に叩きのめして、イングランドから中国へ行く船の乗組員として勝手に雇用契約を結んだんだ。それからの五年間、ぼくは海の上で暮らさざるを得なかった。ようやくイングランドへ戻ってから、船でアメリカへ渡った。そしてその足でハミルトン農園を訪ねたんだ」彼は肩をすくめた。「髭がぼうぼうにのびたアイルランド人の男を見て、周囲がどんなふうな噂を立てたか、想像がつくだろう？　ぼくは捨て身の覚悟で農園に押しかけ、結果的にピーターズバーグの刑務所に放り込まれることになったんだ。まったくハミルトンときたら……」かたわらでテンピーが身をすくめているのに気づき、ケヴィンは言い直した。「テンペランスの父親にはこう言われたんだ。娘は今遠くにいる親戚のところで暮らしているし、おまえたちの結婚は取り消したと」

「実際、そうだったの」テンピーが言う。「駆け落ちしたとき、わたしはまだ一六歳だった。激怒した父は即刻わたしたちの結婚を無効にして、わたしをフィラデルフィアへ追いやったのよ。結局、それからずっとフィラデルフィアで暮らすことになったわ。リッチモンドに戻ったのは、姉のプルーデンスに赤ちゃんができたからなの」

「それがわたしね」フェイスが口を挟んだ。

テンピーはフェイスに笑みを向けると、話を続けた。「出産後、プルーデンスの体の具合がよくなるまで、ずっとリッチモンドで姉の面倒を見ていたわ。その頃……」

「わたしは刑期を終えて刑務所から出てきたんだ。だが、ヴァージニアに住むことは禁じられていた。ハミルトンは顔が広くて、影響力を持つ友人が多かったからね」ケヴィンは話に聞き入っている周囲の人々を見回した。「たぶん、そのとき何か手を打てたのかもしれない。だが、また刑務所暮らしに戻るのはごめんだったんだ」

「あなたは自分にできることをすべてしてくれたわ」テンピーは慰めるように、ケヴィンの手を軽く叩いた。

「それからわたしはペンシルヴァニアとメリーランドの州境にある小さな町で開業して、テンペランスの行方を捜しはじめた。ハミルトンが彼女をペンシルヴァニア州へ送ったのは知っていたんだが、詳しい住所までは知らなかったんだ。当時はアイルランド人の医師に診てもらおうという患者はほとんどいなくて、人よりも動物の診察をするほうが多かった。だが戦争がはじまり、状況が一変した。わたしは外科医として、ケヴィン・マクマーフィー・オマリーという正式な名前で志願をしたんだ。だが陸軍の書類にフルネームを書ききれなくて、事務員にケヴィン・マクマーフィーと短く記載された。そんなわけで、わたしはアメリカ陸軍軍医のケヴィン・マクマーフィーとなった。今でもわたしの登録名はケヴィン・マクマーフィーのままなんだ」

テンピーが手をのばし、フェイスの手を握りしめた。

「戦争後も、ケヴィンはわたしを捜し続けてくれていたの」

「まさかリッチモンドにいるとは思わなかった。テンペランスの姉たちやその夫たちのことは全然知らなかったんだ。わたしが真っ先に向かったのはハミルトン農園だった」ケヴィンが説明する。

「もちろん、残っていたのは家と果樹園の残骸だけだった」テンピーがぽつりと言う。フェイスも農場のひどいありさまを思い出さずにはいられなかった。

「テンペランスは死んでしまったに違いない。そう思ったよ」込みあげる感情で、ケヴィンの声がかすれる。

「わたしもケヴィンの身に何かあったに違いないと思っていたの。きっと死んでしまったんだろうって。そうでなければ、絶対にわたしを捜し出してくれるはずですもの。頑固一徹のアイルランド人だから」ハンサムな医師を愛おしげに見あげたあと、テンピーはフェイスの手を軽く叩いた。「もしあなたがいなかったら、わたしたちは一生再会できなかったわ。それにあなたもよ、リース」リースに笑みを向けながら言う。「フェイスを驚かせるために、わたしをここへ連れてきてくれてありがとう。そして、会わせてくれてありがとう。大好きなわたしの……姪っ子に。それに愛しい男性にも」

「これからどうするつもり？」フェイスは尋ねた。

「もう一度彼と結婚するわ」テンピーが顔を輝かせる。「今度は永遠にね」

「あらまあ」フェイスは言った。

「本当に、〝あらまあ〟だな」ケヴィンがちゃめっけたっぷりに言う。「それに、ぜひきみにも結婚式に出席してほしい。既婚婦人として花嫁の付き添いをお願いしたいんだ」

「その幸せな日はいつだい？」リースが尋ねる。すでに頭の中であれこれと計画を練っている様子だ。

「神父様と話がついたら、すぐその日に」テンピーは言った。「わたしたち、もうすでに長いあいだ待ったから」

「二五年だよ」ケヴィンが言う。「長くて寂しい二五年だった」

ダンカン・アレクサンダーが立ちあがり、空のコーヒーカップをフォークで軽く叩いた。

「さあ、良質なスコッチウイスキーで乾杯といこうじゃないか」

「スコッチウイスキー?」ケヴィンが大声を出す。「アイルランド人の婚約発表なのに?」

「それもそうだな」ダンカンは笑うと、リースを見ながら言葉を継いだ。「あそこにいる孫息子はブランデーが大好物だ。もしかすると高級なフランスの酒瓶のあいだに、安物のアイリッシュウイスキーをしまい込んでいるかもしれないぞ」

24

「ねえ、あなたも最初は恥ずかしいと思った？」テンピーはフェイスに尋ねた。ふたりは〈トレイル・T牧場〉の正面にあるポーチで、赤ん坊の衣類を縫っている最中だった。「もしこんなことを手紙で知らせたら、きっとヴァートは怒り狂うはずだわ」

「もちろん、わたしはおばさんがケヴィン先生と結婚したことを恥ずかしいだなんて思っていないわ。もう結婚から三カ月も経つのよ。それに、どうしてヴァートおばさんがどう思うかを気にしているの？　ヴァートおばさんはここから三〇〇〇キロも離れた場所にいるのに、テンピーおばさんが結婚したことを知っているはずがないでしょう」

「ねえ、フェイス、さっきのわたしの言葉をちゃんと聞いていた？」テンピーはフェイスの視線の先を追った。牛舎だ。夏のあいだに生まれた子牛たちに焼き印を押そうと、数人の男たちが立ち働いている。そこにはリースの姿もあった。

「もちろんよ。おばさんはこう尋ねたわ。〝ねえ、あなた……〟」フェイスは顔をしかめ、テンピーの言葉を正確に思い出そうとした。

「さあ、続けて。わたしはさっき、なんて言った？」テンピーが訳知り顔でほほ笑んだ。

「思い出せるはずがないわ。話を聞いていなかったんですもの。わたしが話しかけているあいだ、あなたはずっと物欲しそうな目でリースを追っていたんだから」

フェイスは真っ赤になった。「テンピーおばさん！」

「あら、叫んだって無駄よ。本当のことでしょう」テンピーは縫い物をかごに戻し、手をのばしてフェイスの手を優しく叩いた。「それに、そんなに恥ずかしがる必要はないわ。とても自然なことですもの。わたしだっていつもケヴィンに抱かれることばかり考えているわ。実際結婚して以来、そういう思いが募る一方なの」声を落としてささやいた。「実はわたし、妊娠したかもしれないのよ」

「なんですって？」フェイスは椅子の上で背筋をのばすと、テンピーを見つめた。「まちがいないの？」

「まちがいないとは言いきれないの」テンピーが笑った。「でも、このニュースを打ち明けたら、わが家のお医者様はわたしを徹底的に診察すると思うわ」

フェイスはくすくす笑い出した。「まだケヴィン先生には言っていないの？」

「なんて伝えたらいいのかわからなくて」

フェイスはテンピーを見つめた。おばはきらきらと輝いている。健康そうだし、実に幸せそうだ。とても四一歳には見えない。一方のわたしはどうだろう？ あと少しで妊娠八カ月目を迎えようとしている自分の突き出た腹部を見て、そう思わずにはいられない。いつも疲れているし、こんなに太ってしまったし、めっきり年を取ってしまった気がする。

フェイスはテンピーのほうを向いた。

「大丈夫。おばさんならきっと、なんとか伝える方法を見つけ出せるわ」

「あなたもよ。リースにちゃんと伝える方法を見つけ出せるはずだわ」

「リースに何を伝えるの？」フェイスはわけがわからずに尋ねた。いったいテンピーおばさんは何を言おうとしているのだろう？ 「わたしが妊娠していることは、リースだってとっくの昔に知っているわ。それが契約の一部だったんだもの」

「でも、あなたがリースを愛していることを彼は知らない。わたしが覚えているかぎり、それは契約の一部ではなかったはずよ」

「どうしてそんなことがわかるの？」フェイスはあえて、おばの指摘を否定しなかった。

「あなたをよく知っている人たちにしかわからないと思うわ」テンピーはフェイスを安心させた。「わたしはあなたが生まれた日からずっとあなたのことを知っているんですもの」

「わたしの赤ちゃんのことも、同じようにおばさんに見守ってほしいわ」フェイスは最愛のおばを見つめた。「テンピーおばさん、わたし、とんでもないまちがいを犯してしまったわ。わたしにはできない。リースや赤ちゃんやおばさんをあきらめて、リッチモンドへひとりで戻るなんてできっこない」

「そうしなくてもいいと思うわ」テンピーは自分の考えをはっきりと口にした。

フェイスは働いているリースのほうへ視線を戻した。リースが子牛の左の腰に焼き印を押しつけると、子牛は大声で鳴いたあと、すぐに元気を回復していった。ふと思った。あんなふうに目には見えないけれど、わたしだってリースに焼き印を押されたも同然だ。でも、子牛のようにすぐさま立ち直れるとはとうてい思えない。

「悲しいことに、リースはわたしを愛していないのよ」フェイスははじめて口に出して、その事実を認めた。

「いいえ、彼はあなたを愛している。わたしはそう思うわ。ケヴィンも同じ意見よ」

「でも、パーティでわたしが気を失って以来、リースはわたしに指一本触れてこないの」フェイスは刺繍を終えた産着を折りたたむと、脇へ置いた。

「あなたはリースに触れてほしいと考えているの？」テンピーは灰色の目でフェイスを見つめた。眉間にしわを寄せ、いかにも心配そうな様子だ。

「ええ、心から望んでいるわ」

「それなら、あなたから最初の一歩を踏み出さなきゃ」

「どういう意味？」

「たぶん、リースはあなたに触れるのを恐れているのよ」

「リースが恐れている？　そんなこと、あり得ないわ」

「そうとは言いきれないでしょう。特に、ケヴィンからあなたに触れるなと警告されたのだからなおさらよ」

「ケヴィン先生がそんなことを？　いつ？」

「あなたが流産する危険があると感じたときですって」

「ケヴィン先生がおばさんにそう言ったの？」

「遠回しな言い方でね。わたしたちの結婚式の日、リースが不機嫌でよそよそしいことに気づいたの。それでケヴィンに尋ねてみたら、男性にはよくあることだと……その……妻がすぐそばにいるのに、指一本触れられないときに……つまり、リースは……」次の瞬間、テンピーはひと言〝欲求不満〟とささやいた。おばの口からはじめて聞く言葉だ。「だから、リースのそういう状態をどうするかはあなた次第なのよ」

「ケヴィン先生は妊娠中でも大丈夫だと言っているの？」フェイスは期待に目を輝かせた。

「ええ」テンピーがほほ笑む。「ケヴィンはわたしたちの結婚式のあとに、リースにそう言ったそうよ。でも、リースは全然信じようとしなかったらしいわ」

「あるいは、彼はもうわたしになんの魅力も感じていないのかもしれない」フェイスはおばに向き直った。

「あら、あそこにいる男性は、さっきからずっとあなたをちらちら盗み見ているわよ」テンピーが顎で示した。「きっと自分があなたを愛していることに、まだ気づいていないのね」

フェイスはテンピーの視線をたどった。リースが立ちあがり、赤いバンダナで吹き出る汗を拭って、シャツを勢いよく脱いだ。陽光の中、汗にまみれた裸の上半身がきらめいている。実にすばらしい眺めだ。

そのとき、ちらりとポーチのほうを見たリースと目が合った。リースの深みを帯びた茶色の目を見つめたとたん、フェイスは欲望に喉がからからになった。思わずはっと息をのむ。

呼吸が浅くなり、胸が大きく上下しはじめた。心臓が早鐘を打つ。テンピーおばさんは正しい。わたしはこうしてずっとリースを物欲しげな目で見つめていたんだわ。今こそ、わたしから何か働きかけるべきなのかもしれない。

フェイスはリースにほほ笑みかけると、わざと舌先で唇を湿してからテンピーに視線を戻した。

離れた場所にいるフェイスの何気ない仕草に、リースは衝撃を覚えた。今にも口から心臓が飛び出しそうだ。突然下腹部がこわばり、あわてて脚を組み替える。フェイスはわざとあんな仕草をしたのだろうか？　実際、そんなふうに見えた。いいや、フェイスにかぎってそんなことはない。彼女はあまりに純粋無垢すぎる。自分がぼくの体にどれほどの影響を及ぼせるかにまったく気づいていないのだから。

これほどフェイスを求めているのに。

リースはフェイスに触れたくてうずうずした。彼女の大きくなった胸と腹部に手を当て、感触を楽しみたくてたまらない。フェイスの体内で子どもが動くさまを感じてみたい。今この瞬間、子どもが育っているという奇跡を、フェイスと一緒に共有したい。だが、そうするわけにはいかない。フェイスや赤ん坊を危険にさらすことは許されない。ぼくはさかりのついた野獣とは違う。自分の欲望は自分で制御できる。それをここで証明してみせなければ。

「リース！」チャーリーが叫んだ。「一日じゅうレディたちを物欲しそうな目つきで見つめているつもりか？　それとも牛たちに焼き印を押す手伝いをしてもらえるのか？」

チャーリーに話しかけられ、リースは飛びあがった。自分でもわからなかった。どれくらい長いあいだ、太陽の真下に立ち、思春期の少年のようにぼんやりとフェイスを見つめていたのだろう？　リースは肩をすくめると、チャーリーと大声で鳴いている子牛のほうに振り返った。「もちろん手伝うよ」

「ああ」ひとりのカウボーイがにやりとする。「だが夜になれば、かわいい奥さんに好きなだけ焼き印を押せるさ」

リースはカウボーイをにらみつけると、身をかがめて火の中にある焼き印を手に取った。頭の中をすっきりさせようとかぶりを振ってみたものの、その日の午後じゅう、カウボーイの言葉が脳裏から離れなかった。

ケヴィン・マクマーフィーが〈トレイル・T牧場〉に妻を迎えに来たのは、夕食がはじまる一時間ほど前だった。彼が近隣の牧場にいる患者たちの往診に駆け回っているあいだ、テンピーは一日じゅうフェイスと楽しく過ごしていたのだが、シャイアン郊外にある自宅へ帰る時間になった。

「本当に夕食をとっていかないの？」玄関ポーチに立ったテンピーとケヴィンに、フェイスは尋ねた。

「そうだなあ」ケヴィンは少し迷った。なんといってもサラの料理はおいしいのだ。

「誘ってくれてありがとう」テンピーはすかさず答えた。「でも夕食までごちそうになってしまったら、今夜ここに泊まらなければならないわ。ケヴィンは自分のベッドのほうがよく休めるだろうから」彼女はフェイスにウインクをした。

「つまり、彼女はこう言いたいんだよ。わたしたちがいないほうが、きみたちもよく眠れるだろうってね」ケヴィンがいたずらっぽく言う。

「じゃあ、おやすみなさい、フェイス。ほかの人たちによろしく伝えておいてね。それと幸運を祈っているわ」ケヴィンの腕を取り、一頭立て馬車へといざなう。ケヴィンはテンピーを馬車に乗せてから彼女の横の運転席につき、手綱を軽く振った。馬車が動きはじめると、テンピーはフェイスに投げキスを送り、彼女が屋敷の中へ入るのを見送った。

「いったいなんの話だい？」ケヴィンが興味津々で尋ねた。

「何が？」

「どうして幸運を祈るなんて言ったんだ？」

「今夜、フェイスはリースを誘惑する計画を立てているの」

「なんだって？」

暮れゆく空の下、テンピーは夫を見つめた。

「あなたに警告されて以来、リースは一度もフェイスに触れていないのよ」

「嘘だろう？　あれは何カ月も前の話だ！」信じられないとばかりにケヴィンが言う。

「ええ、本当に」

「なるほど。リースが手負いの熊みたいに落ち着きなくうろついているのも無理はない。ぼくらの結婚式のとき、彼にはもうフェイスを抱いても大丈夫だと伝えたんだが」

「リースはあなたの話を信じなかったようね」

「なんてことだ……。まったくリースはアイルランド人に負けず劣らず石頭だな」

「だから、フェイスに言ったの。あなたから仕掛けないとだめよって。今日の夜、フェイスはあることを計画しているの、だから……」

「わたしたちが一緒に夕食をとるわけにはいかなかったんだね」ケヴィンはかぶりを振った。含み笑いがしだいに満面の笑みへと変わっていく。「きみたちふたりは今日の午後、リースを誘惑する計画を練っていたんだな？　まったく、信じられない！」

「あら、別にいいでしょう？」テンピーは体を寄せると、ハンサムな夫に口づけた。

「今日はほかにどんな計画を立てたんだ？」テンピーが唇を離すと、ケヴィンは期待を込めて尋ねた。「そこにわたしの名前もあがったかな？」

「当然よ。フェイスとわたしで、あなたにどうやって最新の情報を伝えようかと計画を練っていたの」

「フェイスとリースに関する最新の情報かい？」ケヴィンがあまりにがっかりした様子だったので、テンピーは噴き出さずにいられなかった。

「いいえ、あなたとわたしに関する最新の情報よ」

「きみとわたしの？」

「どうやらわたし、赤ちゃんができたみたいなの」

ケヴィンが手綱を思いきり引いたため、テンピーは座席から転げ落ちそうになった。馬車が完全に停まる。ケヴィンはしばし沈黙したあと、ようやく口を開いた。「確かなのか？」

テンピーはちゃめっけたっぷりに笑みを浮かべた。「お医者様に診てもらわないと、完全に確かだとは言えないわ」

「医者はこうしてきみを見ているよ」ケヴィンが優しい声で言う。

「それで、お医者様はこの事態をどう考えているのかしら？」テンピーは答えを知りたくてたまらなかった。今、何より大事なのは、ケヴィンが現状を受け入れてくれるかどうかだ。

「なんだか呆然としているよ。まさか、このわたしが……」ケヴィンは喉を詰まらせた。目に涙が光る。まだこの奇跡が信じられない。「ああ、わたしは父親になるんだね。わたしたちに子どもができるんだ！」ケヴィンは叫び出したいような、踊り出したいような気分だった。それに泣き出したい気分でもあった。妊娠を告げられた患者がどんな気持ちになるのか、今はじめてはっきり理解できた気がする。「ああ、テンペランス」彼は身をかがめると、テンピーにそっと優しくキスをした。「こんな嬉しいことがあるだろうか。きみ、具合はどうなんだ？　体調は万全かい？」

「ええ、万全よ」テンピーが笑いながら答える。「とてもいい気分だわ」

「父親か……」ケヴィンは喜びのあまり、ため息をついた。自分自身を、そしてテンペランスを誇らしく感じた。だがふいにある考えが脳裏に浮かび、いっぺんに感慨が吹き飛んだ。

「ぼくは今、四八歳だ。子どもの親になるには年を取りすぎていないだろうか？　はじめての子どもだというのに」

テンピーは優しい笑みをケヴィンに向けた。「実は話したいことがあるの。あなたに打ち明けなければならないことよ。そしてあなたが知る必要のあることなの……」テンピーは話しはじめた。家に向かう馬車の中、聞こえていたのは彼女の声だけだった。

話し終えると、テンピーは黙って座ったまま、ケヴィンが何か言うのを待った。

ケヴィンはテンピーの手を取り、たった今聞かされた驚くべき事実をなんとか理解しようとした。自宅に着き、正面玄関を開けて屋敷に入り、テンピーを抱きあげて寝室へ連れていくまで、何も話すことができなかった。そしてダブルベッドの真ん中にテンピーをそっとおろすと、おもむろに口を開いた。

「さっきも同じことを言ったが、こんなに嬉しいことがあるだろうか！　盛大に祝わなくては！」ネクタイを取り、シャツのボタンをはずしながらケヴィンは言った。

テンピーは彼に両腕を差しのべた。「ああ、ケヴィン……」涙が頬を伝っていく。喜びの涙だ。そして、愛の涙だ。

「テンピー、どうしてもっと早く教えてくれなかったんだい？」ケヴィンはランプを吹き消すと、妻が待つベッドへ飛び込んだ。

〈トレイル・T牧場〉の母屋はしんと静まり返っていた。書斎にいたリースはランプを吹き消すと扉を閉め、階段をあがって最近使っている寝室へと向かった。書斎にある革張りの長椅子で寝るのは、とうの昔にあきらめた。今では、フェイスが寝ている主寝室の隣に位置する寝室のベッドで寝るようにしている。

リースは自分の寝室の扉を開けると、中へ入った。部屋を横切りながら服を脱ぎ捨てていく。暖炉には小さな火がくべられていた。フェイスだ。毎日さりげない心配りをしてくれるフェイスに感謝の言葉をかけられたらどんなにいいだろう。何度そうしようと思ったことか。だが、どうしても言えない。ぼくの日々の暮らしが少しでも快適になるよう、彼女が心を砕いてくれていることを認めるのが怖い。それにフェイスがここを去ったあと、そういった気遣いとは無縁の生活に戻るのが恐ろしい。だから、何も言うまいと心に決めたのだ。

それゆえ、ずっと気づかないふりを続けている。一日の終わりにくつろげるよう、フェイスが熱い風呂を用意してくれていることも、葉巻やブランデーを補充してくれていることも。それはとりもなおさず、フェイスがぼくを思いやってくれているからだろう。だが、それについてはなるべく考えないようにしてきた。とはいえ、暖炉に火が入った部屋の暖かさや、ベッドに敷いてある清潔なシーツの手触りを心ひそかに楽しまずにはいられない。本音を言えば、フェイスの女らしい気配りがありがたかった。そういう気配りを明日も感じたいと考えている。

リースはベッドへ向かうと、上掛けをめくった。おそらく一日のあいだに、フェイスと体を重ねることを一〇〇〇回は考えているだろう。しかも一〇〇〇とおりの違ったやり方でだ。リースはベッドの端に腰をおろすと、ブーツを脱ぎはじめた。ああ、フェイスと愛を交わせたらどんなにいいか。目をきつくつぶり、ベッドに全裸で横たわるフェイスの姿を頭からどうにか追い出そうとする。フェイスを抱きしめたい。抱きしめたくてたまらない。そして、彼女の髪のかすかな香りを味わいたい。あたりの空気をかぐと、フェイスを思うあまりか、本当に彼女の香りがした。リースはブーツを蹴飛ばすと、ベッドに横たわった。

「もうあなたは来ないんじゃないかと思いはじめていたの」優しい声とともに、ラヴェンダーの香りが近づいてきた。

「フェイス？」リースは咳払いをすると、ベッドの端へ寄った。「ここで何をしているんだ？」暗闇の中、目を細めて部屋を確認する。まちがいない、ここはぼくの寝室だ。

「あなたを待っていたの」フェイスは肘をついてベッドにあがると、唇でリースの乳首を軽く愛撫し、彼の胸に口づけた。

「いったいどうした？　何がしたいんだ？」くそっ、フェイスの唇の動きに興奮がいやおうなくかきたてられる。これ以上我慢できるかどうかわからない。フェイスにもう一方の乳首を愛撫され、リースは身を震わせた。

「わかるでしょう？」フェイスは四つん這いになり、リースが身動きできないよう上に覆いかぶさった。丸い腹部をリースの腹部に押しつける。「あなたが欲しいの、リース」熱い愛撫をくり返しながら、唇でリースの胸から平らな腹部へとたどっていく。

リースは思わずあえいだ。嬉しさ半分、苦しさ半分のあえぎだ。フェイスの舌先がへそに差し入れられ、真下にある黒々とした部分を手で探られる。「フェイス、だめだ」リースは彼女を押しのけようとした。「自分が何をしているか、わかっていないんだろう?」

そのときフェイスの手が、欲望の証を探り当てた。彼女は指で包み込んで前かがみになり、高ぶりの先端にキスをした。

リースは快感にうめきながら背中をそらした。

「自分のしていることはよくわかっているわ」フェイスは屹立したものの付け根まで舌を滑らせ、ふたたび先端までなめあげた。「あなたは同じことをわたしにしてくれたもの」

「フェイス」リースが彼女の名前をつぶやく。それは祈りのようにも、ののしりの言葉のようにも聞こえた。「フェイス!」

フェイスは顔をあげると、顔を近づけてリースの唇にキスをした。「あなたを愛させてほしいの、リース」両手で情熱の証をもてあそぶ。「あなたが感じているところを、わたしに見せて」彼女は両手と口を駆使して愛撫をはじめた。

リースはなすすべもなく歓びの波に身を任せた。なぜフェイスがこんな奇跡をもたらしてくれるのか、疑問に思う暇さえなかった。ただひたすら彼女の愛撫を楽しんだ。仰向けになったまま、フェイスが紡ぎ出す魔法を思いきり堪能する。やがてリースは驚くべきクライマックスへと到達し、そのあと今度は彼がフェイスに同じ魔法をかけた。

ふたりは夢中で愛し合った。少し眠ると、ふたたび体を重ね、そっと優しく互いを愛撫した。カーテンの隙間から朝の光がこぼれるまで。

「リース？」

「うん？」彼は目を開けた。

フェイスは片肘をついて体を起こし、枕を体の下に割り込ませると、美しい目でリースを見おろした。

「ここに来る前にあなたがしてくれたことは、いくら感謝してもしきれないわ。クリスマスといい、ジョイのために改装してくれたピンク色の寝室といい、お金といい……」

「しいっ」リースが片手をあげると、指をフェイスの唇に押し当てた。「ぼくに感謝する理由などどこにもない。別に寛大な気持ちからそうしたわけじゃない。きみが欲しかったからだ」

「それでも感謝したいの。あなたはテンピーおばさんやジョイやリッチモンドの家に住むおばたちを幸せにしてくれた。わたし……」フェイスは突然口をつぐみ、顔をしかめた。

「フェイス、どうした？」リースが緊張した面持ちで言う。

フェイスはほほ笑んだ。「あなたの子が、ここから出してほしいとおなかを蹴ったの」リースの片手を取り、自分の腹部に当てる。「ほら、わかるでしょう？」

「ああ、本当だ」リースは顔を輝かせた。「大した力だな。痛くないのかい？」

「痛いときもあるわ。でも、不意を突かれたときだけよ」フェイスは腹部に当てられたリースの手を取って掲げると、彼の手のひらに口づけた。「ありがとう」灰色の目に涙をにじませて言う。「こんなチャンスをわたしに与えてくれて」

「フェイス、よせ」リースは手を引っ込め、横を向いた。「ありがとうなんて言わないでくれ。頼むから、きみにこんな振る舞いをしたぼくに感謝などしないでほしい」ベッドから起きあがり、全裸のまま寝室を行きつ戻りつしはじめた。「ぼくがこういう状態についてどう感じているかわからないのか？　きみにひどい仕打ちをしていることに気づいていないとでも？　おまけにテンペランスはケヴィンと結婚してしまった。くそっ。もし……」ふいに口を閉じ、苦悩の表情でフェイスを見つめる。もし悲痛な裏切りを経験する前にフェイスと出会っていれば……。今、こうしてフェイスの涙を見るのは忍びない。

「リース」フェイスはきっぱりとした口調で言った。「わたしたちは取り引きをしたのよ。法的な書類に署名をして、契約を交わしたの。だからわたしのことで思い悩む必要なんかないわ。このまま順調にいけば子どもを産んで、なんとかあなたの期待に応えられそうね。わたしはそのことを誇りに思っているの」

「フェイス、やめてくれ！」リースが顔を曇らせる。今にも感情を爆発させそうな険しい表情だ。「きみは――」

「赤ちゃんにはわたしのことをどう話すつもり？」

フェイスの唐突な質問に、リースは意表を突かれた。「どういう意味だ？」

「あなたの子どもに、母親についてどう話すつもりなの？」フェイスは下腹部に手のひらを当てた。

「おまえを産んだときに亡くなったと話すつもりだ」

「なんですって？」フェイスは息をのんだ。

リースはフェイスを見つめた。「ほかになんと言えばいいんだ？　母親は産んですぐにおまえを捨てたとでも？　法的書類のせいで捨てざるを得なかったんだと？　しかもそう仕向けたのはぼくだと言えというのか？」

フェイスはかぶりを振った。「でも、死んだなんてあまりにひどいわ」

「自分に命を与えるために亡くなったというなら、ぼくの息子も心から母親を愛せるだろう」リースは暴論を吐いた。「だが、自分を捨てた母親を愛するのはそう簡単ではないに違いない。たとえどんな理由があったとしてもだ」

「それなら、もうひとつだけあなたにお願いしたいことがあるの」フェイスが消え入りそうな声で言う。

「ああ、なんでも言ってくれ」リースは即答した。もしあのいまいましい契約を破棄したいというなら、応じるつもりだった。喜んで。

「わたしたちにはあともう数カ月しか残されていないわ。しかも、いちばんつらい数カ月になるはずよ。だからこそ、最後の数カ月を乗りきるために、わたしはありったけの力を振り絞る必要があると思うの」

「そうだな」今、そんなことは考えたくないとリースは思った。

フェイスは深呼吸をすると、自尊心をかなぐり捨てて、自分の正直な気持ちを打ち明けた。

「そのためにも残りの数カ月、わたしのそばにいてくれないかしら？　お願いよ、リース。

嘘でもいいから、わたしを愛しているふりをしてほしいの」

「まいったな」リースはつぶやいた。フェイスに胸を鋭くひと突きされ、まだ動いている心臓をえぐり出されたかに感じられた。

フェイスは、リースの顔に相反するさまざまな感情が浮かんでは消えていくのを認めた。ふいに自分の言葉を取り消したくてたまらなくなる。どうして自分の望みを声に出してしまったのだろう？「こんなことを言うべきではなかったわね。ただ……少し弱気になっていただけなの。本当にごめんなさい。こんなことを望むのは欲張りすぎよね。許して」

リースは何も答えなかった。デニムのジーンズに脚を突っ込み、床に落ちていたシャツを拾いあげ、ベッド脇から靴下とブーツをつかんで、大股で寝室から出ていった。

扉がバタンと大きな音をたてて閉まった瞬間、フェイスはリースの枕に顔をうずめて忍び泣いた。リースに愛してほしかったけれど、その夢は叶わなかった。せめて愛しているふりをしてほしかったのに、どうやらそんな願いすら聞き入れてもらえなかったようだ。

25

リースはむしゃくしゃした気分を抱えたまま、階段を駆けおりた。愚かな自分を蹴飛ばしてやりたい。妻がすすり泣いているのが聞こえた。またしてもぼくはフェイスを傷つけてしまったのだ。もちろん傷つけるつもりなどなかったが、結果的にそうなってしまった。フェイスの言葉に唖然とするあまり、なんと声をかければいいのかわからなかった。真情を吐露した彼女の率直さに、心の奥深くを激しく揺さぶられたのだ。つくづく自分がいやになる。ぼくのせいでフェイスは、愛してほしい、許してほしいと乞い願わざるを得なくなったのだ。

リースは大股で台所を通り抜け、裏口から出ると扉を勢いよく閉めた。ぼくは大ばか者だ。自分が腹立たしくて仕方がない。なんて愚かなんだろう。なぜフェイスに言われたとおりのことができない？　調子を合わせて、愛しているふりをすればいいじゃないか。どうしてそうできないんだ？　それは、ぼくがふりをすることに疲れてしまったからだ。これ以上、偽りの生活を続けるのはうんざりだ。即刻、誰かに相談する必要がある。ぼくより年上で、知恵のある誰かに。ぼくがみずから引き起こした混乱を軌道修正する手助けをしてくれる誰かに。リースは祖父の小屋の扉をノックした。

ダンカンが扉を開けた。

「おじいさん、話を聞いてほしいんだ」リースは単刀直入に切り出した。

「ちょうどこれから朝食をとりに母屋へ行くところだ」ダンカンが言う。

「いや、ふたりきりで話したい」リースはしかめっ面をしながらダンカンを、続いて祖母のエリザベスを見た。「困っているんだ。おじいさんの助言が欲しい」

エリザベスは夫にほほ笑んだ。「話を聞いてあげて。あなたたちの朝食は母屋から運ばせるから」続いて孫のリースに向かってにっこりし、言葉を継いだ。「おなかがいっぱいになったほうが、きっとあなたのおじいさんもいい助言ができるわ」彼女はリースの腕を軽く叩き、扉から出ていった。

ダンカンは孫息子を中へ招き入れて、くつろぐよう促した。数分後メアリーが朝食をトレイにのせて戻ってくると、ダンカンはリースに言った。「さあ、食べながら話そう」腹をすかせた男ふたりが十分満足できる量の朝食だ。

リースは祖父の言葉にうなずいたものの、メアリーが小屋から出ていくのをじっと待った。

「それで、わたしに相談とは？」揚げパンと蜂蜜の容器に手をのばしながら、ダンカンが尋ねた。

「ひどいことをしでかしてしまったんだ。ぼく自身と、ぼくが大切に思っている人の名誉を汚してしまった」リースはがくりと頭を垂れ、祖父の言葉を待った。

「おまえがそんなことをするとは思えん」

リースはいれたてのコーヒーをすすった。

「だけど、本当なんだ。そのせいでいやな気分を味わっている」

「それなら、いい気分になれるよう事態を正す必要があるな」ダンカンの言葉には無駄がなかった。

「そこが問題なんだ。どう事態を正せばいいのかわからないんだよ。何をすべきかさっぱりわからない。どうすれば軌道修正できるのか、おじいさんの助言が欲しいんだ」

ダンカンは孫息子を見つめた。ダンカンにとって、リースはいつだって自慢の孫だ。そんなリースが自分や他人の名誉を汚すようなことをするとは信じがたい。だが目の前にいるリースは本当に誰かの名誉を傷つけてしまったと感じ、猛省している様子だ。思えば、この孫息子が何かを相談にやってきたこと自体が珍しい。本来、リースは誇り高く自信たっぷりな男だ。世の中において自分がどういう人間か、どういう立場にいるかをきちんと把握している。もし助言を求めにここへやってきたとするなら、リース自身が心の底から必要としているのだろう。きっと深刻な問題を抱えているに違いない。

「おまえがいったい何をしたのか、聞かせてくれ」ダンカンは言った。「そうすれば、助ける方法もわかるだろう」

リースは祖父と自分のためにコーヒーを注ぎ足すと椅子に戻り、正式な結婚の手順を踏まずに法定相続人を産ませるという壮大な計画のすべてを打ち明けた。この計画ならば、来るか来ないかわからない花嫁を、祭壇の前で待つ必要はない。子どもを産んでくれる母親を金で買えばいいだけの話だ。しごく論理にかなう取り引きゆえに、感情的なしがらみもいっさいない。だからこそ、フェイスに承諾してもらえるようあれほどの大金を支払ったのだ。

すべてを話し終えると、リースは静かに暖炉の火を見つめながら、ダンカンの答えを待った。かつてはこれ以上ないほど賢明ですばらしく思えた自分の計画が、今では悪趣味で安っぽいものにしか思えない。まるで詐欺師の悪だくみだ。

「じゃあ、おまえはフェイスと一緒に祭壇の前に立たなかったのか？　代わりにいとこを行かせたのか？」ダンカンは激怒した。「フェイスから子どもを奪うつもりだったのか？　金を払うから、二度と子どもには会うなと？」

リースは無言のままうなずいた。

「わたしにはおまえを助けられん」ダンカンはかぶりを振った。「まったく、おまえには本当に失望した。おまえが今の事態を正すためにできることはひとつしかない。そしていくらおまえのためであっても、わたしが代わりにそうすることはできないんだ。わかるか？」ダンカンは激昂して言うと、リースの目を見据えた。「おまえは最大の恐怖と向き合わなければならない」

祖父が何を言っているのか、リースにはよくわかっていた。だが本当にできるかどうか、自分に自信がない。

「フェイスを愛していれば簡単なことだ」ダンカンが励ますように言う。「あの娘を愛しているんだろう？」

「わからない」リースは胸の内を打ち明けた。「愛するというのがどういうことなのか、よくわからないんだ。かつてグウェンドリンを愛したけれど……」

「あの浅ましい女をか？」ダンカンが嘲りの口調で言った。「おまえは彼女のことなど愛しちゃいなかった。彼女と結婚できるという思いに有頂天になっていただけだ。おそらく社交界を見返してやりたい一心だったんだろう。だから、あの女はおまえの心を傷つけたわけじゃない」祖父は反論しようと口を開きかけたリースを身ぶりで制した。「あの女が傷つけたのはおまえの自尊心だ」

「フェイスとのことをどうすればいいんだろう？」リースは立ちあがると、コーヒーの飲み残しを暖炉に捨て、うろうろと歩きはじめた。心の奥底では何をすべきかわかっている。だが、祖父の口からはっきりと言ってほしかった。

「それがわからないほど、おまえは愚かではないはずだ。どうすべきかはわかっているんだろう？　フェイスと本物の結婚をするんだ。必要とあらば、土下座してでも頼め。それができないなら、フェイスを故郷へ送り返すんだ。子どもと一緒に」

「そんなことはできない」絶望のあまり、リースの瞳に苦悶の色が浮かんだ。

孫息子の苦しげな表情を目の当たりにし、ダンカンは身も心も引き裂かれそうになった。だが、ここでリースに同情するわけにはいかない。ダンカンはリースに背を向けた。

「おまえが正気を取り戻すまで、わたしにできることは何もない」

リースは扉に向かって歩き出した。

「待て、もうひとつ言いたいことがある」ダンカンは振り返らないまま肩越しに言った。「ちゃんと結婚するまで、フェイスには指一本触れてはならない」

「おじいさん……」

「いいな」

「わかったよ」リースはうなだれ、小屋から出ていった。


何かがおかしい。フェイスはひしひしとそう感じた。一家の人々のあいだに明らかにぎくしゃくした雰囲気が流れていた。ここ二カ月というもの、ダイニングテーブルにぴりぴりと緊迫した雰囲気が漂っている。ダンカンとエリザベスは、食事をとりに母屋へ来るのをやめてしまった。今、彼らの食事はトレイで小屋まで運ばれている。それにリースは手負いの獣のように牧場をうろうろと歩き回ったり、愛する親族たちに食ってかかったりしている。あたかも最愛の友を失ってしまったかのごとく傷ついた様子だ。

フェイスはそんなリースの苦しげな表情を見るのが耐えられなかった。彼のそばへ駆け寄って慰めてあげたいものの、そうするのが怖かった。そんなことをしても、リースに拒絶されるのではないかと不安だった。思いきってリースを待ち伏せしたあの夜以来、彼とは一度もベッドをともにしていない。なんとかしてリースの助けになりたいけれど、彼の逆鱗に触れるのが恐ろしい。それにわたし自身、体も心もくたびれはてていて、そんな勇気は奮い起こせそうにない。

リースの親族がぎくしゃくしているのは、自分のせいでもあると、フェイスにはわかっていた。日々の暮らしの中で、同情の目でちらりと見られたり、自分の名前がささやかれたりしているのをなんとなく感じる。けれども、一族の不和に自分がどう関わっているのかはさっぱりわからない。

フェイスは思いきってメアリーに尋ねてみることにした。ガラスで囲まれたエリザベスの温室で、ふたりは最後の薬草の収穫をし、来春のために球根を植える作業を行っていた。メアリーはせっせと土を掘り、球根を植える作業に没頭している。フェイスは妊娠一〇カ月目に入ったため、メアリーに球根や道具を手渡す役を務めていた。

どうやって話を切り出せばいいのかあれこれ考えたあげく、単刀直入に尋ねた。「メアリー、いったい何が起きているのか教えてもらえないかしら？　ずっと何かがおかしいと感じていたの」

メアリーはエプロンについた土を払ってしゃがみ込んだ。

「わたしの口から言うべきことじゃないわ」

「お願いよ。リースだけでなく、わたしにも関係があるんでしょう？　だったら、わたしにも知る権利があると思うの」

「リースは自分と、わたしたちにとって大切な人の名誉を汚したの」メアリーはフェイスの張りつめた表情を見据えた。「わたしは詳しい話は知らないし、知りたくもない。でもリースが自分で名誉挽回するまで、おじいさんはリースと言葉も交わさないし、一緒に食事もとらないと言っているの」

「リースは自分の名誉を汚してなんかいないわ！」フェイスは思わず叫んだ。「それにほかの誰の名誉も。あなたのおじい様はまちがっているわ」両腕をまっすぐ頭上にのばしてからおろすと、無意識のうちに背中をさすりながら、体の痛みをなんとか和らげようとした。

「リースが自分でそうおじいさんに言ったのよ」

「それならリースがまちがっているんだわ」フェイスは頑固にも言い張った。「リースは誰の名誉を汚したと言ったの？」

メアリーは答えようとせず、移植ごてを手に取ると、ふたたび地面に穴を掘りはじめた。

「わたしなのね？」

メアリーが顔をあげ、フェイスの困惑した顔を見つめた。「ええ」

「そんなことだろうと思ったわ。まったくなんて鈍くて、愚かで、とにかくどうしようもない男なの！」フェイスが言う。テンピーがよく使う言い回しのまねだ。「どうやって自分がわたしの名誉を汚したか、リースは何か話したの？」

「事実上、あなたとは結婚していないと言ったそうよ。結婚式には自分の代わりにわたしの兄さんを行かせたって。わたしが知っているのはそれで全部よ」メアリーはさらなる質問を封じるように言った。「代理ではなく、直接自分が教会に出向いてもよかったはずなのに」

フェイスは頭に血がのぼった。なんてことかしら。これではもうごまかすこともできない。リースのおかげで、牧場のみんなに知られてしまった。わたしがかりそめの花嫁だということとを！「でも、法的にはちゃんと結婚しているわ！　デイヴィッドがそう言っていたもの。そもそもわたしだって結婚なんてしたくなかったし、リースに直接教会に出向いてほしいとも考えていなかった。リースは指輪さえ用意していなかったんだもの。たとえ彼から指輪は必要かときかれたとしても、わたしだってどう答えたかわからないわ！」本心と裏腹な言葉を吐きながら、フェイスはメアリーがきれいに植えた球根の前を足音も荒く行ったり来たりした。

「ええ、そうよね」メアリーが言った。「それに、たとえリースがあなたに結婚を申し込んだとしても、教会に行くことができるかどうか疑問だわ」

フェイスは振り向いてメアリーを見た。「どうして？」

「彼は怖いのよ」

「そんなばかな。リースが教会を怖がっているというの？」フェイスはその考えを一蹴しようとした。だが次の瞬間、心のどこかで小さな声が聞こえた。〝思い込みにとらわれていてはだめよ。現にテンピーおばさんの、リースがわたしに触れるのを恐れているという言葉も真実だったじゃない〟フェイスは背中にこぶしを当て、体の凝りをほぐそうとした。「信じられないわ」

「リースが怖がっているのは教会じゃないの。ふたたび恥をかかされることを恐れているのよ。教会の祭壇の前でね」

「よほど頭がどうかしていないかぎり、祭壇の前で待っているリースを置き去りにするような女性はいないはずよ。そうでしょう？」フェイスはあり得ない光景を思い浮かべながら言った。

「いいえ、それがいたのよ。リースに恥をかかせた女が。その女は、ほかの〝混血のなりあがり者たち〟の目の前で、リースを見せしめにしたの。〝洗練された〟ボストン社交界に認められるのは一〇〇年早いって」メアリーは詳しく説明しはじめた。「相手はお上品なレディだったわ」

「なんてこと！　許せないわ。リースみたいな誇り高い男性にそんな屈辱を味わわせるなんて……。リースが子どものために母親を雇おうとしたのも無理はない――」

「ねえ、フェイス、あなたはリースを愛しているのね、そうでしょう？」メアリーはフェイスの言葉を遮った。

「リースはどうしようもなく愚かだわ」フェイスは振り向き、裏口の向こう側を見つめた。リースの書斎がある場所だ。「でも、それはわたしも同じよ。ええ、わたしはずっとリースを心から愛している。ずっと前にそう伝えるべきだったのよ。何かが変わるかどうかはわからないけど、せめてこの家から追い出される前に、自分の口からリースに愛していると伝えなくては」彼女は温室から出ようとして足を止めた。困惑の表情を浮かべ、ゆっくりとメアリーのほうに振り向く。

「どうかしたの？」フェイスのただならぬ様子を見て、メアリーが駆け寄った。

「わたし、粗相してしまったみたい」フェイスは決まり悪そうにささやいた。「脚に水がしたたり落ちているの」

「大変、赤ちゃんが生まれるんだわ」メアリーはフェイスの腕をつかみ、台所へ通じる扉へ連れていこうとした。「ねえ、歩ける?」

歩けるかですって? フェイスはもう何時間も歩き続けているような気がしていた。今では立派な妊婦姿のテンピーを連れてケヴィンが到着するよりもずっと前から、彼女は寝室をうろうろと歩き回っていた。歩き続けているうちに、またしても激しい陣痛がはじまった。もうくたくただし、激痛にこれ以上耐えられそうにない。できることなら横になって休みたかった。けれどもフェイスがいくら頼んでも、サラはいっこうに耳を貸してくれない。サラとリースが交代でフェイスの手を取り、部屋を歩かせている。

もちろん、ケヴィンはこういう処置に猛反対し、フェイスを寝かせるべきだと言い張った。だがサラは頑として首を縦に振ろうとはせず、チェロキー語で何かまくしたてると、医師の意見をはねつけた。

「サラはなんて言っている?」ケヴィンが、フェイスの体を支えながら歩かせているリースに尋ねた。「興奮して早口になると、聞き取れなくなってしまうんだ」

「フェイスが横になるにはまだ早すぎると言っている」リースの顔は、ケヴィンも見たことがないほど青白くなっている。フェイスの陣痛を目の当たりにし、明らかに衝撃を受けている様子だ。「チェロキー族の女は、陣痛の間隔が短くなるまで歩くんだと言っている」

サラの言葉をくり返してはいるものの、リースは個人的にはケヴィンの意見に賛成だった。こんなにつらそうなフェイスの姿は見るに忍びない。心の中で祈らずにいられない。どうかおばが今すぐ、フェイスが横になることを許してくれますようにと。

「フェイスはチェロキー族の女じゃないいんだ、くそっ！」ケヴィンが憤懣《ふんまん》やるかたない様子で言う。「それに、医者はわたしだ！」

「でも、生まれてくる赤ちゃんにはチェロキー族の血が流れているわ」テンピーがケヴィンの肘をそっと取る。「チェロキー族の伝統に従って出産したいというのは、フェイスの希望なのよ」

「だが、テンペランス、今目の前でつらそうに歩いているのは、生まれてくる赤ん坊じゃない」ケヴィンが指摘する。「わたしたちの……フェイスなんだ」

フェイスはまたしても強烈な陣痛に襲われて大きくあえいだものの、陣痛の波がおさまるとリースにささやいた。「歩くわ」決然とした様子で一歩踏み出す。

「わかったよ」ケヴィンは譲歩した。「あと少しだけなら歩いてもいいだろう。だがもう限界だとわたしが判断したら、ベッドに横にならせる。わかったかい？」

サラ以外、全員がうなずいた。激怒するケヴィンのことなどおかまいなしに、サラは赤ん坊が生まれる瞬間を固唾をのんで見守っている。

それから三〇分後、ケヴィンは怒鳴った。「もう十分だろう！」今や陣痛の間隔が短くなり、フェイスは動くこともままならない様子だ。この二五分というもの、リースはそんな彼女を半分引きずり、半分抱えるようにしてなんとか歩かせてきた。

だが、サラはかぶりを振った。

「反対しても無駄だぞ、サラ。フェイスをベッドに寝かせる！」ケヴィンがリースにうなずくと、リースはフェイスの体を抱きあげた。それでもなおサラはかぶりを振り、両手を大きく動かしながら早口で何かまくしたてている。

「ベッドが柔らかすぎると言っている」リースはサラの言葉を伝えた。「あと、フェイスはうずくまるべきだって」

「絶対にだめだ！」ケヴィンは猛反対した。「わたしの初孫を逆子で産ませるわけにはいかない！」

「なんだって？」リースはフェイスからケヴィンに、さらにテンピーへと視線を移した。テンピーがおもむろにうなずく。「なんてことだ《マザー・オブ・ゴッド》！」リースの口から飛び出したのは、ケヴィンの口癖だった。

「実はそうなんだ、リース」ケヴィンが言った。「生まれてくるのは、わたしの孫なんだよ。フェイスはわたしとテンペランスの娘なんだ。さあ、リース、わたしの娘をベッドへそっと運んでほしい。わたしがきみの子どもを取りあげられるように」

リースはサラのほうをちらりと見たが、結局ケヴィンに言われたとおり、細心の注意を払って彼女の体をベッドへ横たえた。ケヴィンの告白があまりに衝撃的で、そうすることしかできなかった。

「さあ」ケヴィンは腕まくりをし、両手を洗いながら命じた。「部屋から出ていってくれ」

だが、リースはその場に突っ立ったままだった。なるほど、ケヴィンにとっては、フェイスの赤ん坊はかわいい孫に当たる。だが生まれてくるのはぼくの子どもなのだ！　フェイスだけを苦しませるわけにはいかない。

ところが、リースはすぐに後悔するはめになった。やはりケヴィンに言われたとおり、部屋から出ていくべきだった。フェイスが叫び声をあげるたびに胸が苦しくなり、自分がどんどん顔面蒼白になっていくのがわかる。このままだと失神して、完全に面目を失うかもしれない。リースがいよいよ観念した瞬間、赤ん坊が誕生した。

ケヴィンは赤ん坊を取りあげ、喜びの声をあげた。産声をあげた赤ん坊を見て、泣き笑いの表情を浮かべた。


フェイスにも先ほどのケヴィンの告白は聞こえていたが、あまりに疲れきっていて、意味がよく理解できずにいた。あとでゆっくり考えようと自分に言い聞かせる。すべて落ち着いてから考えればいい。でも、まずは赤ちゃんが見たい。リースと自分が生み出した奇跡をこの目で確かめたい。疲労に負けて眠ってしまう前に。

「どっちかしら？」フェイスは体を起こしてわが子を見ようとした。

テンピーが赤ん坊をおくるみに包み、しっかりと腕に抱いてフェイスのそばへやってきた。

「女の子よ、フェイス。小さな美しい女の子だわ」

テンピーはおくるみをそっとフェイスに渡すと、彼女が起きるのを助けて枕にもたれさせた。小さなおくるみを開いて、フェイスに赤ん坊の小さな顔が見えるようにする。これが母子の初対面だ。

フェイスは赤ん坊を見つめた。テンピーは大げさに言ったわけではなかった。赤ん坊は本当に美しい顔をしていた。髪は真っ暗で、整った顔立ちをしている。

「まあ、きれいな青い目をしているわ」

「ブラック・アイリッシュだ」ケヴィンが誇らしげに宣言する。「わたしに似たんだな」

「赤ちゃんは最初、みんな目が青いものよ」テンピーが諭すようにケヴィンに言った。

「茶色の目の子どもが生まれてくると思っていたのに。父親似の茶色の瞳を想像していたのよ」フェイスはテンピーに言った。

「大きくなったら茶色の瞳になるかもしれないわ」テンピーは娘を慰めようとした。

「でも、わたしはそれを見届けることはできないのね」フェイスはつぶやくと目に涙を浮かべた。「リースは?」

「ここにいる」暖炉の近くに立っていたリースがベッドへ近づき、端に腰をおろした。

フェイスは腕をのばし、リースにおくるみを渡そうとした。

「あなたの娘よ。この子はあなたのものよ」

口を開きかけたリースを制して、フェイスはおくるみを彼に渡した。

「女の子だって立派なあなたの跡継ぎよ。きっとデイヴィッドが、ふさわしい契約書を作成してくれるでしょう」赤ん坊がリースの腕の中でむずかる。彼はおくるみをフェイスに戻そうとした。

「抱っこしてくれ、フェイス」リースが懇願するように言う。

「だめよ」フェイスは涙を流しつつ、リースに笑みを向けた。「あまりにつらすぎるもの。あなたはこの子と仲よくやっていく方法を学んでいかなければならないわ。もうあなたの娘なんだから。わたしはあなたのためにこの子を産んだだけよ」彼女はリースからも娘からも顔をそむけた。

「フェイス……」リースがふたたび赤ん坊を渡そうとする。

フェイスはかぶりを振った。

テンピーが前へ進み出ると、リースから赤ん坊を受け取った。

「フェイスは疲れているのよ、リース。少し休ませてあげて。それからでも話せるわ」

「だが、ぼくはフェイスを……」リースはありったけの努力をして、愛していると言おうとした。けれども、うまく言葉が出てこない。

「寝かせてあげなさい」チェロキー語でサラがリースに言った。「おまえの気持ちは、明日フェイスに伝えればいいわ」

26

「本当に考えを変える気はないの？」トランクに荷物を詰めているフェイスを見ながら、テンピーが尋ねた。

「自分だって今までずっと考えを変えず、わたしに何も打ち明けなかったでしょう」フェイスはテンピーのほうを向いた。わたしの母親だ。ただし一カ月半が経った今も、テンピーが姉プルーデンスにわたしの養育を託したという事実をなかなか受け入れられずにいる。

「あなたに打ち明けたいと何度思ったかしれないわ。でも、そうするわけにはいかなかったの」テンピーはまたしても同じ説明をくり返した。「あなたはプルーデンスとエドワードの長女として育てられる必要があった。それがあなたを引き取る条件として、ふたりから言われたことだったの。わたしはその条件をのんだわ。そうすればずっとあなたのそばにいられたからよ。だから、本当のことが言えなかった。それに、あなたが家から追い出されるような危険を冒すわけにはいかなかったの。どうかわかって、フェイス」

「最初、わたしに本当のことを話せなかったのはわかるわ。だけど、ふたりが亡くなったあとまで……」フェイスはドレスを折りたたむと、トランクに入れた。「ほかのみんなは知っていたんでしょう？　ヴァートおばさんもハンナもアグネスも。だったら、わたしにも話してくれたらよかったのに」

「ええ、知っていたわ。みんな一緒に暮らしていたから、ヴァートたちもわたしの〝恥さらしな行為〟には気づいていたの。プルーデンスが亡くなったあと、わたしだってあなたに真実を打ち明けたかった。でも、怖かったの。あなたとのあいだに築きあげた関係が崩れてしまいそうで」テンピーは灰色の目に涙を浮かべた。「二五年も偽り続けた姪に、本当はあなたの母親だなんてどうして告白できると思う？　自分以外の人に娘の養育を託した事情を、あなたに理解してくれと言うほうが無理だと思ったの」

「でも、今ならわたしもわかるわ」

「ええ、今のあなたならそうでしょう。わたしと同じまちがいを犯そうとしているんですもの。わたしがあなたを置き去りにしたように、あなたも自分の娘を置いていこうとしている」

「あなたは一度もわたしを置き去りになんてしなかったわ！」フェイスは負けじと反論した。「いつだってわたしを愛してくれた。わたしが必要としているときは、いつもそばにいてくれたじゃない」フェイスは別のドレスを折りたたむと、トランクにしまった。

「わたしはまだここにいるわ」テンピーは石頭のブラック・アイリッシュの娘に指摘した。「そして、あなたの父親も」

「もちろんよ、ふたりはずっとここで暮らすんだもの。だけど、わたしは違う。デイヴィッドが今度リッチモンドへ行くと言っていたわ。なんのために行くのかは言わなかったけれど、離婚の手続きを進めるために決まっている」

「リースからは何か言われたの？」

「いいえ、何も」

「それならデイヴィッドがなぜリッチモンドに行くのか、本当の理由はわからないじゃない」

フェイスはトランクから顔をあげ、母親の心配そうな顔を見つめた。「とにかく重要なのは、何か理由があってデイヴィッドがリッチモンドへ行くということよ。きっと離婚に関する手続きに違いないわ。だからわたしもジョイを連れて、デイヴィッドと一緒に行くつもりよ」

「だったら、わたしもあなたの父親も一緒に行くわ」

「妊娠しているのよ。長旅なんかするべきじゃないわ。ワイオミングで安静にしていないと。それにリースも赤ちゃんの世話を手助けしてくれる人が必要だと思うの」

「赤ちゃん？　その言い方はなんなの！」テンピーが怒りを爆発させた。「せめてここを去る前に、自分の娘に名前をつけてあげようとは思わないの？」

「それはリースの仕事よ」

「わたしはあなたに名前をつけたわ」テンピーが打ち明けた。「あなたの名前を考えて、その名前を娘につけるようプルーデンスに約束させたの。あなたの娘も、母親であるあなたから何か授かるべきだわ。名前以上にすばらしいプレゼントがあるかしら？」

「いいえ、あの子には父親がいるわ」フェイスははらはらと涙を流した。「わたしはリースにあの子を授けたのよ。わかるでしょう？　リースは愛すべき人を必要としているの。拒絶される恐れを感じることなく、思いきり愛せる相手を望んでいるのよ」

「それならあなたはどうなの？」テンピーが食いさがる。「あなたは何を望んでいるの？」

「リースと娘が親子としてうまくやっているかどうかを知ることよ」フェイスは母親を抱きしめた。「そして、みんながふたりをこれからも見守ってくれることだわ」

「それは約束できないわ。あなたはわたしの子どもなのよ、フェイス。わたしの肉であり血でもある。もしあなたがリッチモンドへ行くなら、わたしも一緒に行くわ」テンピーは足を踏ん張った。「あなたをあきらめたりしない。もう二度と」

「いいえ、あきらめなければならないの。ここに家族がいて、家があって、心から愛してくれる夫もいるのだから。あと数カ月したら愛すべきもうひとりの子どもも生まれるんだから」

テンピーは涙を振り払った。

「わたしは出ていかなければならないの。知っているでしょう？　契約書に署名した以上、法的な義務を果たす必要がある。契約条件は守らなければならないわ。〝テンピーおばさん〟がプルーデンスおばさんとの約束を守ったようにね」

「あのときわたしは一六歳だったし、父の意志に従わなければならなかった。でも、フェイス、あなたは違う。契約を守らなかったとしても、リースがあなたを責めるとは思えないわ。それにあなたが赤ちゃんと会うのを、リースが本気で禁じようとしているとも思えない。彼が契約書の条件を無理やりあなたに押しつけようとしているふうには見えないの」
「でも、もしリースが本気だとしたら？　彼が断固として契約の条項を守ろうと考えているなら、ヴァートおばさんたちはどうなると思う？　リッチモンドの家を危険にさらすわけにはいかないわ。だって、あれはおばさんたちの家なんだもの」

「ああ、フェイス、なんて気丈な娘なの！　あの契約を破棄するために弁護士を雇うこともできるのよ」

「それでリースの体面を汚せというの？　わたしの体面も？」フェイスはトランクのふたを閉じ、その上に座った。「わたしはリースを愛しているの。だから彼が出した条件をきちんと守りたい。リースが望むなら、どんなことでも叶えてあげたいの」テンピーを見つめながら言う。「リースが望んだのは自分の子どもよ。それにもうひとつ、わたしが彼の人生から消えること」

「あなたはまちがっているわ、フェイス」

「いいえ、今回にかぎっては違うわ」フェイスは悲しげに言った。「もし赤ちゃんが生まれる前にリースからここに残ってほしいと言われていたら、わたしも喜んでそうした。でも今となっては……あまりに遅すぎるわ。リースは今まで一度も、わたしを愛しているとは言ってくれなかった。ほのめかしたことさえなかったんだもの……」

小さな娘を胸に抱きながら、リースは子ども部屋をうろうろと歩き回った。フェイスは今日の午前中にここを発とうとしている。それなのに、ぼくはどうしても行かないでくれと言えずにいる。ここ一カ月半は子犬のようにフェイスのあとを追いかけ、あらゆるチャンスをうかがってきた。それなのに告白する時機を逸してしまった。思えば、これまで数えきれないほどのチャンスを失ってきたのだ。この一年のあいだに、契約を破棄してここで一緒に暮らしてほしいとフェイスに切り出すチャンスは無数にあったはずなのに。

どうしてそう言えないんだ?

「それは怖いからなんだ」リースは娘の耳元でささやいた。「もしフェイスがぼくを愛してくれていなかったらと思うと、怖くなってしまうんだ」自分がこんなに臆病者だとはわれながら夢にも思わなかった。以前はどんな危険を冒すのも怖くないと考えていた。だが今回のことで気づいたのだ。これまで自分の壊れやすい心を危険にさらした機会など一度もなかったことに。「もしフェイスがぼくに欲望しか感じていなかったらどうすればいい?」リースは娘の背中を優しく叩いてげっぷをさせた。乳母から教わったやり方だ。

フェイスに拒絶されることを考えただけで、耐えられそうにない。だがその半面、何もしないまま、むざむざと彼女を失ってしまうのも我慢がならない。

「実は、おまえが生まれたら事態は変わると思っていたんだ」すやすやと眠っている娘に向かって、リースは打ち明けた。「自分ながら、なんて頭がいいんだろうとうぬぼれていたんだよ。おまえを身ごもれば、フェイスはそばにいさせてほしいと言ってくるだろうと期待していた。たとえそう言ってこなかったとしても、ひとたびおまえを産めば、状況は変わると思っていた。おまえをひと目見ただけで、フェイスはもう子どもとは離れられないと観念するだろうと思っていたんだ。そうすれば、ぼくはフェイスを自分のものにできる。あの契約を破棄して、結婚するための正式な書類を作成し、フェイスとおまえが離れずにすむようにできると考えていた。そうすれば、ぼくとおまえ、ジョイ、そしてフェイスは晴れて家族になれる。ぼくは望みのものをすべて手に入れられるはずだった。しかも、ぼくからは何も言わないまま、自分をいっさい犠牲にせずにだ。これほどすばらしい計画はないと悦に入っていた。だが、なんて愚かだったんだろう。もっと分別を働かせるべきだった」

リースは大きな揺り椅子に腰をおろすと、静かに椅子を揺らしはじめた。

「おまえのお母さんは育ちのいい、尊敬すべき女性だ。ぼくに必要とされていようがいまいが、自分はあのいまいましい契約を何があっても守ろうという決意を固めている」リースは娘の頭のてっぺんにキスをした。かすかにラヴェンダーの香りがする。母親と同じ香りだ。

「だからぼくはこうして、おまえと一緒に子ども部屋に隠れているんだよ」

リースは引き続き、幼い娘に語りかけた。

「ここを発つ前に、フェイスはきっとおまえの顔を見にやってくるだろう。おまえのことを心から愛しているからね。こうして待ち伏せしていれば、フェイスと話ができるし、彼女の誕生日に渡すはずだった指輪もプレゼントできるだろう。そのとき、ぼくはフェイスにとっても大事なことを言うつもりだ……彼女に対する自分の気持ちを正直に打ち明けなければならないと思う。たしかにそんなに簡単なことじゃない。だが、フェイスならわかってくれると思うんだ。ぼくがどれほど彼女を……」声がかすれた。彼はもう一度はっきり口に出そうとした。「彼女を……」だが、その先を続けることはできなかった。

リースは赤ん坊を抱き寄せると、小さな体に顔をうずめた。父親の涙を見て、娘にきょとんとされるのを恐れるかのように。


フェイスは揺り椅子で眠っているリースと娘を見つめた。リースの腕の中から赤ん坊をそっと抱きあげた瞬間、彼の頬が濡れているのに気づいた。リースは泣いている娘をあやそうとしたのだろう。そして、揺り椅子を揺らしているうちに、眠り込んでしまったのだ。その光景を思い浮かべ、フェイスは思わずほほ笑んだ。リースはきっといい父親になる。娘は彼の愛を一身に受けるに違いない。

フェイスはつま先立ちで揺りかごのほうへ移動した。でも本音を言えば、リースが起きないかとなかば祈る気持ちだった。

言いたいことが山ほどある。リースに伝えたいことが。でも、これまで何ひとつ言えずにきた。わたしはここに残りたい。ここに残ってくれとあなたに言ってほしい。どうかあなたのそばに置いて。だって、わたしはあなたを愛しているのだから。たとえ、あなたがわたしを愛しているふりさえしてくれなくても。わたしの愛情にあなたが応えられなくても。フェイスは娘の頭のてっぺんにキスをすると、揺りかごに寝かせた。

「心から愛しているわ」眠っている娘にささやきかける。「あなたのこともリースのことも本当に大好きよ。だけど、ここに残るわけにはいかない。リースに結婚してくれと頼むわけにはいかないの。だって、リースはわたしを愛していないから。過去の傷のせいでリースは誰も愛せなくなってしまったの。誰かを信頼するのが怖くなってしまったのよ」

フェイスは木製の揺りかごを優しく揺らしはじめた。

「あなたのお父さんはわたしを愛することを恐れている。でも、あなたのことは心から愛してくれているわ。母親であるわたしがあなたを愛するのと同じくらいにね。だから約束してちょうだい。リースを大切にすると。すくすくと成長して幸せになってね。ああ、あなたと一緒に暮らせたらどんなによかったか。いつか、わたしを許してくれる日が来るのを祈っているわ。それに……」涙で声を詰まらせた。「いつの日かこれを読んで、わたしがあなたを、そしてあなたのお父さんをどれだけ愛していたかわかってくれるよう願っているわ」彼女はふたりへの愛をしたためた手紙を揺りかごに忍ばせた。

封筒にはフェイスの直筆で、たったひと言だけ書かれていた。わが子の名前だ。

ホープへ。

フェイスは最後にもう一度娘にキスをして、リースの漆黒の髪にも軽くキスした。

それから子ども部屋をあとにし、階段をおりて正面玄関から出ると、一頭立て馬車に乗り込んだ。母とケヴィンが列車の駅まで送ってくれる手はずになっている。フェイスは、デイヴィッドより先に出発することに決めていた。デイヴィッドがやってきたときには、すでにリッチモンドにいたい。落ち着いて離婚の条件を話し合うために。

オマハ行きの郵便列車は駅を九時に出発する予定になっている。フェイスはその列車に乗ろうと考えていた。

真夜中に目覚めたリースは、揺りかごに忍ばせてあった手紙に気づいた。ためらいもせず封を破き、目を走らせる。

フェイスが行ってしまった。リースは愕然として揺り椅子に崩れるように座り込んだ。なんてことだ。またとないチャンスを逃してしまった。フェイスは子ども部屋へやってきた。そしてぼくを起こさないまま旅立っていったのだ。

リースは混乱していた。どうするべきかわからなかった。物心ついてからはじめてのことだ。これまで数々の計画を練りあげて成功を重ねてきた戦略の達人リース・ジョーダンが負けたのだ。それもこれもすべてフェイスが出ていったせいで。

彼は揺り椅子から立ちあがると、子ども部屋をうろうろしはじめた。われながら、自分の愚かさにほとほとあきれる。フェイスの気持ちを勝ち取ろうとしていたのに、彼女を旅立たせてしまった。しかも、自分の人生にとっていちばん大切なのはフェイスだとやっとわかったのに。何か打つ手を考えなければならない。どうにかしてフェイスを引きとめる計画を立てなければ。

リースはフェイスの手紙を握りしめ、暖炉の中へ放り投げた。ホープにこんな手紙は必要ない。ホープは母親の愛情をじかに感じながら成長していくのだから。リースは子ども部屋から飛び出すと、廊下を大股で駆けていった。

「起きろ！」リースはデイヴィッドが寝ているベッドの脇へ立ちはだかると、いとこの肩に手をかけて揺さぶった。

「いったい今、何時だ？」デイヴィッドがもぞもぞと起きあがる。

「そんなのはどうだっていい。着替えをして馬車に乗るんだ。早くしないと間に合わない」

デイヴィッドはベッドから脚を垂らして座ると、ズボンに手をのばして脚を突っ込みながら尋ねた。「どこへ行くつもりだ？」

「フェイスが出ていってしまったんだ。だが、必ず彼女を取り戻してみせる。これからシャイアンにある電報局へ行く」

「今からか？」デイヴィッドがちらりと掛け時計を見た。

「今じゃなきゃいつ行くんだ？」リースは言い返した。「フェイスが出ていってから、もうずいぶんと時間が経っている。さあ、早く！」リースは寝室の扉を乱暴に閉めると、ブーツの音を響かせ、廊下を足早に進んでいった。静まり返った屋敷じゅうに大声を響かせながら。

「デイヴィッド、赤ん坊を忘れずに連れてきてくれ。それに乳母もだ！」

「ウィッチモンドには戻りたくない」硬い長椅子の上で落ち着きなく身じろぎしながら、ジョイがいらだったように文句を言った。「おうちに帰りたい。ブルータスをひとりにするのはいや。それにサムやイースと離れたくない」先ほどから幾度となく口にしている言葉をまたしてもくり返す。

「わたしもよ、ジョイ。でも、戻らなければならないの」フェイスは硬い声で説明した。

「いやだ、絶対にいや！」

「ほんの少しのあいだだけよ」テンピーが口を挟んだ。「もしいやなら、ケヴィンおじさんとわたしと一緒にもう一度ここへ戻ってこられるわ」見送りに来たはずのテンピーとケヴィンは、結局フェイスたちと一緒に駅から郵便列車に乗り込んでいた。

「ほんとに？」ジョイが顔を輝かせる。

「もちろんだ」ケヴィンが請け合った。

「フェイスも一緒？」

「そう願うわ。もしその気になれば、フェイスはわたしたちと一緒に暮らせるけれど、やっぱりリースと赤ちゃんと暮らすほうが断然いいもの」娘の反論も恐れずに、テンピーはずばりと言った。

そのとき、列車の汽笛が鳴り響いた。

「次の駅には、あとどれくらいで着くのかしら？」テンピーが夫に尋ねる。「着いたら、そのへんを歩いてきたいわ」

「リッチモンドまで一緒に来る必要なんてないわ」フェイスは言った。「こんな列車の長旅が、妊娠中の体にいいわけがないもの」

「わたしを置いていこうとしても無駄よ。それにあなただって、ヴァートにひとりで会いたくないでしょう?」テンピーはフェイスを見て笑いながら言葉を継いだ。「わたしたち、いつもふたりで力を合わせて、なんとかヴァートと渡り合ってきたじゃない。それにわたしの妊娠を知らせたこの前の手紙を読んで、ヴァートは烈火のごとく怒っているはずよ。まちがいないわ」

「あるいは、ひどくうらやましがっているかもしれない」ケヴィンがからかう。「なんといっても、きみはハンサムな夫をつかまえたんだから」

テンピーは笑うと、椅子の上で身じろぎした。

「しかもお金持ちの夫をね。姉のヴァートはハンサムな男には見向きもしないの」

「それは珍しい。ぼくが知っている女性たちとは違うな」ケヴィンはフェイスにウインクしてみせた。

「ヴァートが関心のあるのは金持ちの男だけよ」テンピーが言う。

「それなら、きみたちは……いや、きみは幸運だね。金持ちでハンサムなわたしと出会えたんだから。ヴァートもさぞ悔しがるに違いない」うっかり口にした失言を気にして、ケヴィンはフェイスのほうをちらりと見た。

フェイスは何も気づかないふりをした。長期休暇から故郷のわが家に帰るだけのちょっとした列車での旅だ。嘘だとわかっていても、そういうふりを続けていたかった。

ケヴィンはフェイスの様子が心配だった。大声で泣きわめけばいいのにと思わずにはいられない。それに、あの愚かなリースが正気を取り戻してくれたらいいのだが。ケヴィンは手をのばし、テンピーの手を握りしめた。

テンピーがケヴィンを見あげる。「あとどれくらいかかるかしら?」

「あと少しで次の駅に着く。まずはそこでおりて、朝食をとろう」

ケヴィンが懐中時計のふたを閉めた瞬間、列車は轟音とともにパイン・ブラフス駅に到着した。

「フェイスもおりて」ジョイがフェイスの手を引っ張った。

「わたしはここで待っているわ」

「そんなことは許さないわ」テンピーが抗議する。「わたしたちと一緒におりて、ここで朝食をとりましょう」

「でも、わたし……」

「母親の言うことは聞くものだよ」ケヴィンがたしなめる。「さあ、おりよう」

フェイスは座席から立ちあがると、ジョイのあとを追って通路を歩き、駅へとおりたった。

プラットホームで、ひとりの若い男が叫んでいた。

「フェイス・ジョーダンに電報です。ミセス・リース・ジョーダンに電報が届いてます」

電報配達人が叫んでいるのが自分の名前であると、フェイスが気づくのに一瞬、間があった。結婚したあとの姓だったからだ。「ここよ！」フェイスは叫ぶと、手を振った。

「わたしたちにだ！」ジョイは叫ぶと、嬉しそうに飛び跳ね、配達人に渡すための硬貨をフェイスから受け取った。

配達人はジョイから硬貨を受け取ったものの、電報のほうは用心深くフェイスに渡した。

フェイスは封を切り、メッセージに目を走らせた。それから電報を胸の前できつく握りしめると、泣き笑いの表情を浮かべた。

「なんて書いてあったんだい？」ケヴィンが尋ねる。

フェイスはケヴィンに電報を手渡した。そこに書かれていたのは、簡潔で的を射た、いかにもリースらしい文章だった。


〝そこにいてくれ。きみを愛している。ぼくはようやく目が覚めた。きみが必要だ。娘もきみを必要としている。デイヴィッドと祖父、神父と一緒にそちらへ向かう。すぐに教会へ行こう。契約によれば、きみにはまだぼくの息子を産む義務がある。結婚してくれ。新たな条件を話し合おう。愛している。追伸、ついに「愛している」と言えたぞ！　リース〟

エピローグ

フェイスはパイン・ブラフス駅のプラットホームを行きつ戻りつしながら、シャイアンからの列車の到着を今か今かと待っていた。とうとう列車がゆっくりと停止すると、無意識のうちに小走りで駆け寄った。

最初に列車からおりてきたのはリースだ。プラットホームに足をつけた瞬間、フェイスに向かって両腕を思いきり広げた。

フェイスはリースの腕の中へ飛び込んだ。ジョイも負けじとリースの膝に抱きつく。

「愛しているよ」リースはフェイスの耳元でささやいた。「愛している。きみを愛しているんだ」リースはフェイスを強く抱き寄せ、顔にキスの雨を降らせると、唇をぴったりと彼女の唇に重ね合わせた。「結婚しよう、今すぐに。今日、結婚するんだ」

「まあ、リース」彼に対するさまざまな思いが込みあげてきて、フェイスは思わず口にした。「てっきりあなたはわたしと別れたがっている、だからデイヴィッドは離婚の手続きをしにリッチモンドへ行くんだと思っていたの。だってあなたは、わたしのことを一度も――」

リースはまたしても口づけて、フェイスの言葉を遮った。「ぼくは怖かったんだ。きみがぼくと別れたがっているんじゃないかと不安だった。勇気を振り絞って、どれだけきみを思っているか伝えようとしたんだが……」フェイスをさらに強く抱きしめながら言葉を継ぐ。「約束してくれ。ぼくからもう二度と離れないと。一緒にいてくれ。いつもそばにいてほしい」

リースはそこではじめてあたりを見回した。ちょうどデイヴィッドとダンカンが列車からおりてきたところだ。デイヴィッドは腕にホープを抱きかかえている。リースは手をのばし、デイヴィッドからホープを受け取ると、フェイスに赤ん坊を渡した。

「ぼくらはきみを愛している。ぼくらにはきみが必要だ。きみが恋しくてたまらない。さあ、もう一度ぼくと結婚すると言ってほしい」

「ええ」フェイスはホープを抱き寄せると、リースを見あげてほほ笑んだ。

「今日でいいかい？」リースは期待を込めて尋ねた。

「ああ、リース」フェイスの目から涙があふれ出した。「だめよ。こんなのは」

「なんだって？」リースは一歩あとずさると、フェイスの顔をまじまじと見つめた。

フェイスがつま先立って顔を傾け、リースに口づけた。

「心の底から愛しているわ、リース。でも、その場の思いつきで結婚式をあげたくないの。もっとわたしとあなたにふさわしいやり方があるはずよ」フェイスはリースに笑みを向けると、またしてもキスをして、あふれんばかりの愛情を伝えようとした。「神父様を連れてきてくれて本当にありがとう。でも、今日は彼の出番はないわ」

ようやくフェイスの言いたいことを理解したリースは、それを心の中で反芻し、咳払いをした。「盛大な結婚式をあげたいんだね？」

「ええ、そうなの」フェイスがリースの顎の下にある傷に口づけた。

「大勢、招待客を呼んで？」

「ええ」フェイスはつま先立ち、リースにキスをねだった。

リースは身をかがめてそれに応えた。フェイスの腕の中で、ホープが身をよじる。「ケヴィンにエスコートされてヴァージンロードを歩きたいんだね？　そしてぼくに祭壇の前で待っていてほしいと？」彼はひとつひとつ確認するように言った。

「ええ、そうよ」

「わかった」リースは重々しいため息をついた。「だがひとつだけ、ぼくの頼みを聞いてくれるかい？」

「何かしら？」

「もう一度言ってほしいんだ。ぼくを愛していると」

「ああ、リース、あなたを愛しているわ。死がふたりを分かつまで、わたしの愛は変わらない」

「聞きたかったのはそれだけだ」リースはジョイを抱きあげ、フェイスとホープも一緒に抱きしめた。どうしても笑みを抑えることができない。ぼくのいちばんの夢がついに叶ったのだから。

ついにぼくらは家族になったのだ。

二週間後、シャイアンにあるローマカトリック教会で結婚式が執り行われた。式をつかさどったのは、テンピーとケヴィンが結婚したときと同じ神父だった。

式の様子を思い出して、リースは思わず頰をゆるめた。あれは、シャイアンの町はじまって以来の最大規模の結婚式だったに違いない。しかも、これ以上ないほど鮮やかな色合いに満ちあふれた式だった。

リースの花婿付添人を務めるデイヴィッドが祭壇前にひとりで立っていた。

フェイスの花嫁付添人を務めたのはメアリーとサラだった。ふたりともアレクサンダー家に代々伝わる赤と緑の格子柄のドレスを身にまとった。チェロキー族の伝統にのっとった本格的な結婚式用衣装だ。

案の定、ジョイはピンク以外の色は絶対に着ないと言い張った。

テンピーは美しい深緑色のヴェルヴェットのドレスを身につけた。大きなおなかを目立たせない、すばらしい仕立てだった。ケヴィンは生後二カ月になる孫娘を膝にのせ、テンピーの隣に座った。

フェイスのおばであるヴァートと〈リッチモンド婦人裁縫会〉のふたりは、結婚式に出席するかどうかで最後まで言い争った。特にヴァートは列車がシャイアンに到着しても、烈火のごとく怒ったままだった。

リースにはヴァートの気持ちがわかる気がした。彼自身、結婚式当日までさまざまな葛藤を感じていたからだ。だが結婚式はなんの問題もないまま、滞りなく進んだ。そういう意味では、〈リッチモンド婦人裁縫会〉の面々には感謝してもしきれない。家柄の違いを指摘し、式を台なしにすることもできたはずなのに、彼女たちはそうしなかった。型破りな式を目の当たりにして、ヴァートたちは相当なショックを受けたに違いない。なぜなら……。

まず、花嫁であるフェイスがワインレッドのドレスを着ていた。しかも、彼女と一緒にヴァージンロードを歩いたのはリースだったのだ。フェイスはリースの肘に手をかけ、彼の大股に合わせてすばやく祭壇へ向かって進んだ。

中には冷笑を浮かべ、ふたりがあんなに急いで祭壇へ向かったのは、また花嫁に逃げられるのをリースが恐れたからだと噂する招待客もいた。だが、なんと言われようとリースは気にならなかった。自分たちふたりのことは自分たち自身がいちばんよくわかっている。もちろん、ぼくの大切な親戚もわかってくれている。

神父の前で誓いの言葉を述べたときのフェイスの表情を思い出し、リースは思わず笑みを浮かべた。左手から年季の入った指輪をはずされ、代わりにきらめく指輪をはめられた瞬間、フェイスの頬に涙がこぼれ落ちた。それに、はずしたほうの指輪をジョイから返されたときのハンナ・コルソンの表情も忘れられない。ついに指輪はもとの持ち主に戻されたのだ。

式の終わりに、フェイスは神父の許可を得たうえで、招待客の前で声明文を読みあげた。そのときの彼女の言葉を思い出すと、いまだに涙を浮かべずにはいられない。きっと一生忘れないだろう。ぼくの心にしっかりと刻みつけられている。

「わたしは皆様の前で、夫リース・アレクサンダー・ジョーダンを永遠に愛することを宣言します。夫が受け継いだチェロキー族とスコットランド人とイングランド人の血を、ともに分かち合えることを光栄に思います。そしてこうして愛する男性のかたわらに立てること、彼の子どもを産めることを誇りに思います」宣言が書かれた紙には、フェイス・エリザベス・コリンズという署名があり、花婿付添人により日付と保証署名が記されていた。

続いてリースが自分の声明文を読みあげた瞬間、アグネスとハンナは気を失ったヴァートをこっそり扇であおぐはめになった。

リースは礼服のポケットから、一束の分厚い書類を取り出した。デイヴィッドが厳粛な面持ちで、リースに祭壇の蠟燭を手渡す。

「ぼくは皆様の前で、この契約の無効を宣言します」そう言うと、リースは書類の端に火をつけた。たちまち書類が燃え出し、やがて灰に変わると、リースはそれをトレイの上に放り投げ、花嫁に語りかけた。「愛しているよ、フェイス。契約内容を改めて見直し、ぼくらふたりにとって有意義な内容にしよう」それから彼はかがみ込んで、フェイスにキスをした。

ふたりの娘のホープは結婚式のあいだじゅうにぎやかに声をあげていた。そして式の終了から三〇分後、自分の洗礼式で神父に聖水をまかれると、さらに大声で泣き出した。

洗礼名はホープ・アマンダ・ジョーダン。この日、彼女は赤ん坊なのに、すでにみなに一目置かれる存在であることをみごとに証明したと言っていい。

元気すぎる娘を見て、招待客とともに苦い含み笑いを浮かべている、父リースのように。そんな夫を見てほほ笑んでいる、母フェイスのように。

フェイスのおばであるヴァートのたっての頼みで、リースは結婚式の一部始終を取材させて地元紙の一面を飾らせ、リッチモンドへ届けさせた。ヴァートがほくそ笑みながら、その新聞をリディア・アボットの郵便受けに入れたのは言うまでもない。

リースは細心の注意を払い、記事の中に〝チャンプ・コリンズ〟の名前が出ないようにした。今後もチャンプのことは、秘密として厳重に守られていくだろう。ジョーダン家でシャンパンを開けるたびに、ぼくはチャンプの思い出に乾杯するに違いない。

訳者あとがき

ときは一八六九年。南北戦争敗戦の爪痕が残るヴァージニア州リッチモンドでは、フェイス・エリザベス・コリンズがまたとないチャンスに飛びつこうとしていました。〝西部の大牧場の跡取り息子の世話をしてくれる未亡人募集、高額報酬を約束〟という新聞広告を偶然見つけ、多額の税金の支払いにあてるために、身分を偽って応募したのです。運命のいたずらにより、ハンサムな広告主リース・アレクサンダー・ジョーダンと知り合い、みごと採用されたフェイス。ところがリースが求めていたのは〝跡取り息子の世話をしてくれる女性〟ではなく、〝跡取り息子を産んでくれる女性〟だったのです……。

著者レベッカ・ヘイガン・リーは、ロマンティック・タイムズ賞の常連である人気ロマンス作家です。学校卒業後、一度はテレビやラジオの世界に身を置いたものの、小説家になる夢をあきらめられずに退職。本書『奇跡は草原の風に』により、アメリカの大手書店チェーンのウォルデンブックスが贈るウォルデンブックス賞を獲得し、本作を含む『Borrowed Brides』シリーズでアメリカのベストセラー作家入りを果たしています。このシリーズは、いずれも西部開拓時代初期のアメリカのワイオミング州が舞台の中心で、〝かぎられた時間の中でかけがえのない相手と出会い、結ばれる〟という男女の機微を鮮やかに描いたストーリーです。当時の舞台設定を十二分に活かし、先住民の血を引く主人公ならではの葛藤や苦悩までもがきめ細かに描かれています。特に本書の、長時間かけての列車の旅や雄大な大牧場での生活ぶりなどの描写は、まさに映画かドラマを見ているかのよう。時空を超え、いっきにタイムスリップしたかのような感覚を味わえる一冊です。

壮大なスケールで展開するプロットが持ち味のレベッカ・ヘイガン・リー。この作家の作品が今後も邦訳されることを願ってやみません。

二〇一五年五月

ライムブックス

奇跡《きせき》は草原《そうげん》の風《かぜ》に

著　者　レベッカ・ヘイガン・リー
訳　者　宮前《みやまえ》やよい

2015年6月20日　初版第一刷発行

発行人　成瀬雅人
発行所　株式会社原書房
〒160-0022東京都新宿区新宿1-25-13
電話・代表03-3354-0685　http://www.harashobo.co.jp
振替・00150-6-151594
カバーデザイン　松山はるみ
印刷所　図書印刷株式会社

落丁・乱丁本はお取替えいたします。
定価は、カバーに表示してあります。
 ISBN978-4-562-04471-9 Printed in Japan